추억의 평화방탕

추억의 평화다방

초판 1쇄 찍은 날 § 2006년 12월 4일
초판 1쇄 펴낸 날 § 2006년 12월 14일

지은이 § 정경하
펴낸이 § 서경석

편집장 § 문혜영
편집책임 § 이종민
편집 § 한지윤

펴낸곳 § 도서출판 청어람
등록번호 § 제1081-1-89호
등록일자 § 1999. 5. 31
어람번호 § 제5-0117호

주소 § 경기도 부천시 원미구 심곡1동 350-1 남성B/D 3F (우) 420-011
전화 § 032-656-4452 팩스 § 032-656-4453
http://www.chungeoram.com
E-mail § eoram99@chollian.net

ⓒ 정경하, 2006

ISBN 89-251-0430-X 03810

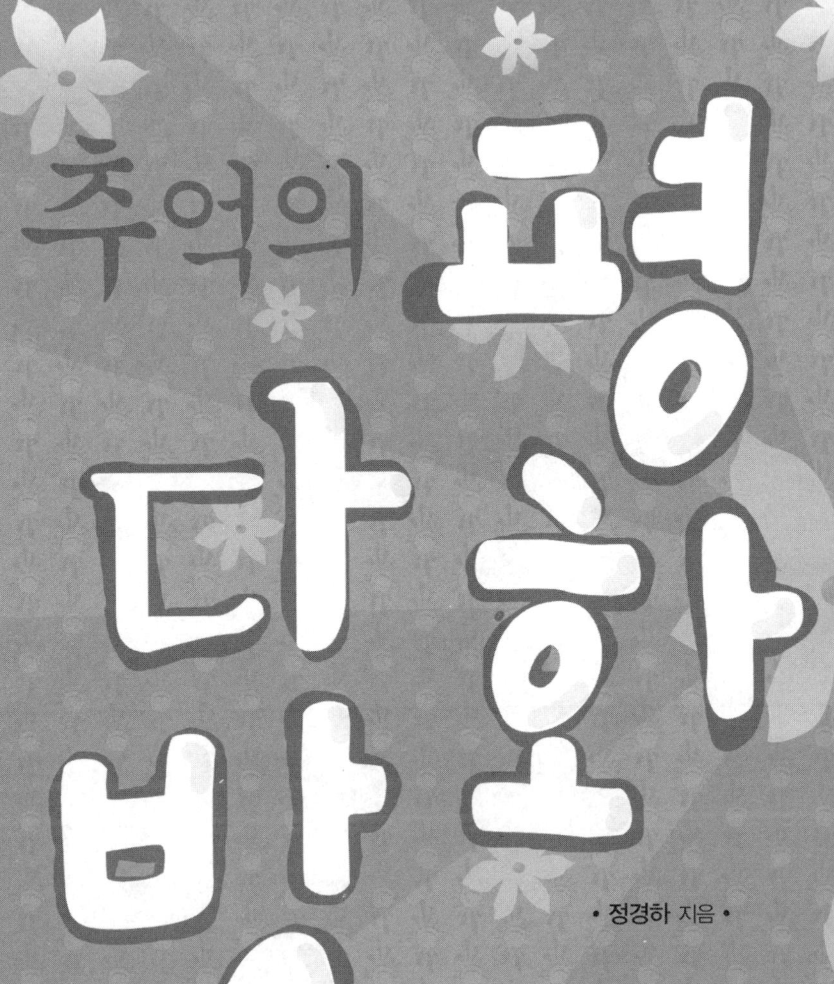
추억의 평화다방
정경하 지음
도서출판 청어람

목　차

프롤로그

한가로운 농촌 마을, 새벽 동이 터오고 있었다. 봄이 오는 계절이라 그런지 풋풋한 흙 내음이 가득한 새벽 공기가 그리 차갑지가 않았다. 파란 지붕, 빨간 지붕이 사이좋게 옹기종기 모인 마을에서 조금 떨어진 아담한 한옥 한 채. 한옥의 시원스레 넓은 마당에서 경운기 한 대가 벌써부터 탈탈거리고 있었다.

쿵! 쿵!

"아, 시끄러."

새벽이 훨씬 넘어서야 잠이 든 탓에 옥희는 제정신이 아니었다. 어디선가 아련하게 들리는 소음에도 일어나지 않고 짜증만 내며 이불을 끌어당겼다.

잠시의 정적.

쿵!

“이옥희.”

옥희는 요란한 문소리와 함께 들리는 엄마의 목소리에 부스스 눈을 떴다. 떠지지도 않는 눈을 억지로 비비며 앞을 바라보자 노란 비옷으로 완전무장한 엄마의 모습이 확 들어왔다. 그러자 잠이 퍼뜩 깨는 것을 느꼈다.

저저, 공포의 노란 비옷!

옥희는 얼른 이불을 끌어당겨 머리끝까지 뒤집어썼다.

“눈 뜬 거 다 봤데이. 니도 얼른 준비하고 나온나.”

“싫다. 난 아무것도 못 봤다. 얼른 문 닫아라!”

옥희는 이불 속에서 크게 소리쳤다. 지금껏 이십구 년을 살며 나름 힘겨운 일도 많았지만 그렇다고 피하지 않았다. 꿋꿋하게 온몸으로 대항하며 이겨냈건만, 유일하게 피하고 싶은 것이 바로 엄마의 노란 비옷이다.

엄마가 노란 비옷을 입은 날은 복숭아밭에 약을 치는 날이다.

봄이 오면 언제나 이른 새벽, 해도 뜨기 전 노란 유황이 안개처럼 떠다니는 복숭아밭에서 엄마가 약을 치는 동안 누군가 약줄, 이른바 호스가 엉키지 않도록 줄을 잡아줘야 했다.

“얼른 나와 호스 잡아!”

그 누군가가 항상 이 씨 집안 큰딸인 옥희였기에, 그녀는 약 치는 일이라면 아주 진저리를 쳤다. 약 치는 날, 복숭아밭에 있어보지 못한 사람은 결코 모른다. 유황약 특유의 매캐한 냄새를! 눈이 아리는 밭에서 고생하는 것은 아주 신물이 났다.

"철희 시켜."

옥희는 마지막 발악으로 올해 열다섯 살 난 남동생을 들먹였다. 그러자 흰 마스크에 가려진 엄마의 목소리가 높아졌다.

"어요, 니! 내가 나이 마흔에 고작 약 호스 잡게 하려고 철희 낳았는지 아나! 그 남사스러븐 거 다 감수하고?"

가만가만, 듣고 보니 매우 기분 나쁜 말이다. 이불을 박차고 일어난 옥희가 엄마에게 뒤지지 않을 만큼 큰 목소리로 물었다.

"그럼 나는 약 칠 때 호스 잡으라고 낳았나?"

"잘 아네! 당장 나온나!"

"엄마!"

그러자 엄마가 작은 눈을 반짝이며 비장의 무기를 꺼내 들었다.

"자꾸 이래 반항하믄, 니 저 아랫집 동식이네 공장에 취직시키 뿐다!"

"고, 공장!"

백수가 된 지 딱 두 달째. 한가롭게 인생을 즐기고 있던 그녀에게 섬유공장 경리 사원으로 취직하란 초등학교 동창 동식이의 성화를 엿들은 후, 최신자 여사는 옥희의 반항기를 잠재우는 수단으로 공장을 들먹거렸다.

경리 사원이란 핑계일 뿐, 콧물이 줄줄 흐르던 꼬맹이 때부터 옥희를 좋아한다고 노래를 부르는 동식이의 흑심이 무엇인지 옥희와 최 여사 모두 알고 있었다. 어떻게든 옥희를 구슬려 잘 사귀어보자는 마음이라는 것을. 하지만 절대 안 될 말이었다. 이미 대세가 기운 것은 알지만, 그렇다고 고분고분 나가서 호스를 잡을 수는 없었다. 옥희는 이불을 끌었다 놨다, 한탄을 늘어놓았다.

"우와, 진짜 너무하네. 내가 만년 백수도 아니었고, 이제 겨우 두 달째 노는 건데, 참말로 너무하네."

그 모양을 보던 엄마가 고개를 휙 돌려 마당에 계시던 아버지를 큰 소리로 불렀다.

"보소, 옥희 아부지예. 내 동식이네 갑니더."

"식전부터 거는 와 가노?"

의아한 아버지의 말씀까지, 옥희는 자리에서 후다닥 일어나 발걸음을 돌리는 엄마의 팔을 잡았다.

"엄마, 내 간다, 가!"

"진즉에 그럴 것이지. 따라온나."

그럴 줄 알았다는 듯 엄마가 의기양양 대청마루를 나가자 옥희는 기운 쪽 빠진 얼굴로 따라 나갔다. 그리고 헛간에 그녀를 위해 준비되어 있던 노란 비옷을 챙겨 입고 마스크를 썼다. 그녀가 준비를 하고 나오자 경운기에 앉은 내외가 짐칸을 가리켰다.

"타라."

“예.”

옥희가 익숙한 솜씨로 짐칸에 올라타자 경운기는 이내 출발

했다.

탈탈탈.

바야흐로 약치는 시절이 돌아왔다.

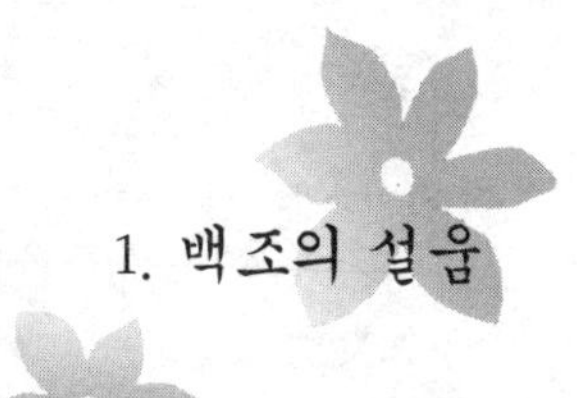

1. 백조의 설움

경운기 짐칸에 실려 마을에서 조금 떨어진 복숭아밭으로
가는 동안 옥희는 우울했다.

"숙희는 뭐 하노?"

"아이고, 숙희 잡니더. 어제 야근하고 늦게 왔다 아닙니꺼."

"그라나? 숙희가 있어야 내 약줄 잡아주는데."

경운기 운전석에서 일손 부족을 안타까워하는 아버지에게 엄
마가 말했다.

"뭔 걱정입니꺼? 옥희 있잖아예. 하루 종일 노는 아 일시키지
뭐 할라고예?"

진짜 울컥한다. 그녀보다 두 살 어린 여동생 숙희가 어제 야

근을 하고 왔다고? 천만의 말씀이시다.

'속지 마시오, 아부지! 아부지 작은 딸 숙희, 어제 새로 생긴 나이트에서 발바닥에 땀 나도록 놀다 왔습니다!'

옥희는 두 주먹을 불끈 쥐며 소리없이 절규했다. 소리 내어 말하면 더 좋다고? 천만의 말씀이다. 우애를 강조하시다 못해 허물도 감싸줘야 하는 것을 진정한 형제애라 여기시는 아버지에게 숙희의 행적을 고한다면 언니답지 못하다 하여 도리어 혼이 날 것이다.

하지만 이렇게 천대받는 큰딸이라니, 다시 생각해도 우울하다. 무엇보다 일하러 오라는 곳이 있음에도 백수여야 하는 자신의 처지가 한심했다.

두 달 전까지 그녀는 이 지역에서 그런대로 괜찮다는 사립대학, XX대학교의 교무처에서 사무를 봤었다. 그 대학의 졸업생이기도 해 학교를 졸업하던 해 바로 시험을 쳤고, 합격이 되어 지금껏 일해왔는데, 젠장맞을! 학사관리처에서 교무처로 자리 이동된 빌어먹을 과장 때문에 아무 문제 없이 잘 다니던 직장을 그만둬야 했다.

올해 스물아홉 살. 스물네 살부터 일해왔으니 이제 오 년차 아니던가. 나름대로 애정을 가지던 직장을 때려치운 이유는 바로 손버릇 나쁜 과장 때문이었다.

여직원 사이에서 손버릇 나쁜 것으로 유명한 사람이었지만, 그리고 그것 때문에 자리 이동된 과장이었지만 옥희는 과장 놈이 자신에게도 집적댈 거라 생각도 못했었다. 자꾸만 몸을 스쳐 대는 것을 참다 참다 결국 퇴근길에 강제로 차에 태우려는 과장 놈 정강이를 화끈하게 차버렸다. 그것에 앙심을 품은 과장의 사 사건건 시비를 견디다 못해 확 뛰쳐나와 버렸다.

하지만.

"정신 안 차리고 뭐 하노! 오늘 복숭아밭에 전부 약 쳐야 하는 데, 니 그래가 다 할 수 있겠나? 앙? 정신 똑바로 차리라."

새벽 동이 트기도 전에 밭에 끌려와 약 칠 걸 생각했다면…… 더구나 노예감독관 최 여사의 얼굴을 떠올렸다면 그리 쉽게 그 만두지도 못했을 텐데.

이제야 새삼 후회가 된다. 검은 호스에서 노란 유황약이 품어 져 나오자 옥희는 한숨을 푹 내쉬었다.

"어이구, 내 팔자야."

힘든 새벽 밭일을 하고 들어와 아침을 먹는 자리. 하늘같은 장녀는 밭일을 하고 왔는데, 이 철없는 두 동생들은 눈곱만 겨 우 떼고 나와 상 앞에 앉았다. 옥희는 어젯밤 나이트에서 논 것 이 분명한 숙희를 힐끗힐끗 노려보며 열심히 밥을 먹었다.

먹어야지. 먹어야 서러운 백수 생활에 힘을 얻는다.

그때 열심히 김치찌개를 퍼먹는 그녀에게로 최 여사의 근엄 한 목소리가 찾아들었다.

"옥희야, 뒷집 순자네 과수원에 냉이가 그리 탐스럽단다. 그거 쪼매 캐온나."

"컥!"

잘 넘어가던 밥알들이 목구멍에서 반란을 일으켰다. 옥희는 가슴을 팡팡 치며 엄마를 보았다.

"엄마, 이제 시키다 시키다 별걸 다 시키네. 남의 집 과수원에 가가 냉이를 캐오라고?"

그러자 엄마는 태연히 남은 밥알을 싹싹 긁어 먹으며 그녀를 보았다.

"와? 하기 싫나?"

"당연하지."

"보소, 옥희 아부지. 자식 낳아 키워봐도 아무 소용 없네예. 저그 아부지 냉이 수북이 넣은 된장찌개 좋아하는 거 알믄서도 싫다네예."

그러자 아버지가 숟가락으로 그릇에 담긴 밥을 꾹꾹 누르며 말씀하셨다.

"그래, 그람 점심때도 김치찌개 묵지 마. 저리 눈치를 주는데 냉이가 뭔 말이고. 됐다, 옥희야. 아부지 그거 못 묵어가 입맛 없어도 개안타. 냉이 캐오지 마라."

환장하겠다. 엄마보다 강력한 아버지의 말씀에 거절할 도리가 없는 옥희가 눈물을 머금고 말했다.

"바구니 찾아도."

엄마, 아버지의 눈에 승리의 V자가 가득했다.

능구렁이 부부. 과수원에 쪼그리고 앉아 있다, 안면있는 동네 젊은 것들을 만나면 그 망신을 다 우짜라고! 옥희는 콱 막힌 가슴을 두드리며 물을 마셨다.

"자잘한 거는 필요없다. 우야든지 대가리 굵은 놈으로 골라서 캐그라. 알긋나?"

그녀의 시름 따윈 알 리가 없는 엄마가 아침상을 물리고 의기양양한 얼굴로 바구니를 안겨주었다.

"무슨 바구니가 이렇게 큰데? 여기를 다 채우라고?"

옥희가 거짓말 조금 보태서 빨래하는 고무통만한 바구니를 보며 경악했지만 엄마는 태연하기만 했다.

"그게 얼마나 한다꼬. 다 채아온나."

"어, 엄마!"

쾅!

그녀가 다급히 불렀으나, 엄마는 요새 같은 안방으로 사라진 후였다. 옥희는 손에 들린 바구니를 내려다보았다. 다시 봐도 얼마나 큰지…… 하지만 어쩌랴. 채우라면 채워야지.

"휴."

자신의 방으로 들어온 옥희는 옷장을 뒤져 검은 모자와 흰 목장갑을 찾았다. 봄볕에 얼굴이 얼마나 많이 타는지, 흙이 손톱 밑에 들어가기라도 하면 얼마나 안 빠지는지 누구보다 잘 알기에 만반의 준비를 했다. 그때 방문이 삐죽이 열리며 숙희가 들어왔다.

"언니야, 내 파우더 좀 빌려주라."

두 살 어린 동생이지만 그녀보다 키도 5㎝나 더 크고 날씬해 모델 부럽지 않은 몸매에, 얼굴 또한 꽤 예쁜 숙희가 조물조물 말을 하자 울컥 울화가 치밀었다.

"없다!"

"아앙, 언니야. 내 오늘 우리 병수 오빠 만나기로 했다. 예쁘게 보여야 하는데 마침 파우더가 똑 떨어졌네. 오늘 하루만 빌리자, 응?"

옥희는 평소와는 달리 팔자락에 들러붙어 온갖 애교를 떠는 숙희를 무시한 채 검은 모자를 썼다. 몸에 딱 붙는 청바지에 핑크빛 니트를 입은 숙희는 더할 나위 없이 상큼한데, 반찬 국물이 군데군데 얼룩진 흰 트레이닝 복 차림의 자신은 참 구질하단 생각이 들자 기분이 급격히 저조해졌다.

"오늘 하루 빌려주면 남아나는 파우더가 없다는 거 알거든? 그러니까 꿈 깨고 자네 방 가시게."

단호한 거절에 숙희가 본색을 드러냈다.

"에잇, 치사하다. 집에서 놀면서 쓰지도 않는 파우더 좀 빌려주면 어때서 그래? 언니, 니 진짜 치사하다."

"그.래.서?"

그렇지 않아도 '집에서 논다'는 이유로 너무 많은 일을 해야 하는 옥희는 숙희의 말에 천천히 뒤를 돌아보았다. 두 눈에 파란 광선을 담고서.

“뭐, 뭐가 그래서고. 빌려주기 싫으면 관둬라.”

한 번 발끈하면 눈에 보이는 게 없는 옥희를 아는지라 숙희가 멈칫거리더니 이내 방을 빠져나갔다.

“어유…….”

숙희가 나간 방에서 옥희가 방구들이 꺼져라 한숨을 쉬었다.

두 살 어린 여동생에게도 애인이 있는데……. 하다못해 막둥이 철희도 여자 친구가 있는 눈치였다.

동생들의 불타는 연애담에서 홀로 소외되어 있어 외롭긴 했지만 결혼 생각이 있는 것은 또 아니었다.

자신이 평탄한 연애를 할 것 같시는 않았다. 지금껏 한 명의 남자 친구도 없는 것이 그것을 증명했다. 다만 이 서러운 백조 생활에서 탈출하고 싶을 뿐. 옥희의 머릿속엔 못 가본 세상과 해보지 못한 일들에 대한 열망이 가득했다.

우울한 상념에 사로잡혀 한갓진 밭두렁을 따라 뒷집 과수원으로 가자, 그곳엔 이미 동네 아주머니 몇 분이 냉이를 캐고 있었다.

“안녕하세요?”

사과밭으로 내려가며 인사를 하자 아주머니들이 반갑게 맞아주었다.

“그래, 오나?”

“밥은 묵었나?”

인사가 여기까지라면 얼마나 좋을까.

"집에서 논다 카드만 냉이도 캐러 다니나? 아지매 다 됐네."

눈이 쭉 찢어진 건넛마을 후삼댁 아주머니가 콕 쥐어박는 말을 한다.

"그러게요. 많이들 캐세요. 전 저기 가서 캘게요."

옥희는 억지로 웃으며 무시무시한 아주머니들의 무리에서 멀어졌다. 털썩 바구니를 던지곤 자리에 쪼그리고 앉아 하늘을 보자 청명한 봄 하늘이 그녀를 반겼다.

"아이고, 날씨 진짜 좋네. 꽃놀이 가야 하는데, 아쉽다."

문득 봄 캠퍼스가 얼마나 아름다운지 떠오르자 울적해졌다. 정말 이럴 줄 알았다면 좀 참았을 테다. 과장 놈이 손버릇 나쁜 거야 온 캠퍼스 여직원들이 다 아는 사실이었다. 성격 나쁘게 꼬장꼬장 그녀를 괴롭혔지만, 그래도 월급이 나오는 곳을 박차고 나온 것은 그녀가 너무 성급했다.

집에서 출퇴근하기 편하고, 대학식당이라 밥값 저렴하고, 과장 놈 아니면 일하기도 깔끔했는데…….

그때는 그만두는 것이 굉장히 용감하고 속 시원한 일이라 생각했다. 하지만 하루 이틀 시간이 지나고 집에서 구박이 늘어가자 옥희는 자신이 무슨 대단한 정의의 사도라고, 그걸 못 참고 때려치웠는지 후회가 되었다.

Rrrrr.

한없이 울적한 생각에 잠겨 있는데 휴대폰이 요란하게 울렸다. 번호를 보니 반가운 사람이다. 옥희는 얼른 목장갑을 벗고 전화를 받았다.

"응, 내다. 성미야."

옥희는 반갑게 말했다. 그러자 수화기 너머 친구는 거두절미하고 용건만 말했다.

[언제 올 거야?]

"음, 그게 말이다."

시원하게 대답할 수 없어 우물쭈물하자 요란한 비명 소리가 들려왔다.

[야, 너 아직도 고민해? 내가 여기 얼마나 사수하고 있는지 몰라서 그래?]

시간상 근무 시간일 텐데 이렇게 요란하게 소리치는 것을 보니 며칠 동안 계속된 그녀의 우유부단함에 친구가 이성을 잃었나 보다.

[계약직이라 해도 얼마나 많은 사람들이 탐을 내는데 그렇게 뜸을 들이는 거야!]

성미는 옥희가 근무하던 대학 교무처에서 제일 친한 동기였다. 이 년 전 서울로 이사를 가서도 그곳 대학 교무처에 취직이 되어 일하던 중, 옥희의 소식을 듣고 같은 대학 내 계약직 자리를 알아봐 주었다. 마침 성미가 일하는 교무처에 자리가 비자, 성미는 얼른 올라오라고 밤낮으로 전화를 해댔다. 그러나 옥희는 자기 일처럼 도와주는 성미가 너무 고마웠지만 어쩐지 계속

망설이고 있었다.

[그러지 말고 내일 당장 서울 와라. 응?]

"내야 가고 싶지. 그런데 여기서 대구 나가는 것도 아니고 서울까지 가는 건데 그게 어디 쉽냐?"

[야! 서울은 사람 사는 곳 아니니? 뭐가 걱정이야? 잠이야 우리 집에서 자면 되고, 밥도 우리 집에서 같이 먹으면 되는데?]

"알았다. 생각해 보께."

[죽어도 와야 해!]

옥희는 꼭꼭 오라는 성미의 당부를 들으며 전화를 끊었다. 생각 같아선 당장 가고 싶었다. 서울에서 할 일도 여기서 하던 일과 비슷할 테고, 이 한적한 군 소재지를 벗어나 서울특별시에서 살아보고 싶은 마음이 굴뚝같았다(경북 도민이 아니라 특별 시민이고 싶은 바람도 크다). 하지만 송충이는 솔잎을 먹어야 배탈 안 나고 무병장수한다는 최 여사의 화난 얼굴이 아른거리자 모든 의욕이 상실됨을 느꼈다.

"휴, 그래. 육 년 전에도 서울 간다 해서 온 동네방네 소문나게 난리를 쳤던 거 잊었나? 고마 잊자."

그래, 생각하면 청승만 늘어난다. 옥희는 바구니에 던져 두었던 목장갑을 끼고 큰 소리로 흥얼거리기 시작했다.

"꽃 피는 봄이 오면 내 곁으로 온다고 말했지, 이히~"

나훈아의 노래를 부르며 나름대로 추임새까지 넣을 찰나,

"희야."

느끼하고 굵직한 목소리가 들렸다. 신나던 노랫가락이 목구멍으로 쏙 들어가는 것을 느끼며 인상을 찌푸렸다. 젠장맞을. 꽃피는 봄이 올 때, 그녀 곁에 오는 남자가 저놈이라면 무조건 반사다!

"희야, 내다."

옥희는 쪼그리고 앉은 자세 그대로 등을 돌려 버렸다. 부모님조차 부르지 않는 '희야'로 그녀를 부르는 사람은 딱 하나였다. 천동식. 전혀 환영받지 못한 그가 그녀 앞에 쪼그리고 앉았다.

"니 참 구리다. 할매처럼 땅 파고 앉아가 뭐 하노?"

말은 또 얼마나 예쁘게 하시는지. 그녀는 힐끗 동식을 노려보았다.

'동구섬유'란 회사 로고가 또렷하게 찍힌 감색 점퍼에 역시 감색 바지를 입은 저 녀석. 어렸을 적, 콧물을 줄줄 흐르던 자리는 어느새 거뭇한 콧수염이 차지하고 있다. 심술궂게 고무줄 끊어먹고, 시시때때로 남의 신발 훔쳐다가 냇물에 빠뜨리는 것을 생애 최고의 낙으로 여기던 녀석.

하지만 이제 나이가 들어 동네 사람들 눈에 동식이는 능력있는 섬유공장 사장님으로 변했지만, 옥희 눈에는 여전히 그 시절 심술악동 천동식이었다. 젊은 녀석이 벌써 사십대 아저씨처럼 배가 나와 저렇게 쪼그리고 앉은 자세가 너무 힘들어 보였다. 바지 찢어질라, 이놈아.

그녀는 고개를 저으며 최대한 냉정하게 대답했다.

“꺼져라.”

하지만 그녀의 냉대가 새삼스러울 것 없는 동식이 느끼하게 웃으며 얼굴을 디밀었다. 옥희는 그런 동식의 얼굴을 밀어내 주었다.

“냉이 밟지 말고 얼른 니 갈 길 가라.”

“고것참, 새침하기는. 그라이 이런 거 하지 말고 우리 공장에 취직해라. 내가 돈도 마이 주께.”

확!

“니가 내 호미에 죽고 싶나?”

호미를 들며 위협하는 그녀의 말에 겁을 먹었나 보다. 그래, 한다면 하는 이옥희란 말이지. 살벌한 그녀의 얼굴에 주춤 물러난 동식이 아쉽게 입맛을 다시다 주머니를 뒤적거렸다.

털썩.

“자, 그래 할매짓이 좋거등 이거나 묵고 해라.”

옥희는 냉이 바구니로 동식이 던져 넣는 것을 보았다. 그것은 바로 은박 초콜릿.

“뭐고?”

“초코렛이 그거라매? 당신을 향한 열정적인 사랑.”

과연 다음 말이 무엇일지, 도끼눈을 한 옥희가 다시 호미를 치켜들었다.

“그런데?”

“그기 바로 내 마음이다.”

"야!"

불길이 치솟는 옥희의 호미를 피해 저만큼 달아나며 동식이 다시 소리쳤다.

"그거 묵고 니 우리 집에서 내 밥해라! 우리 공장에서 경리도 보고, 솥뚜껑도 운전하고. 그람 우리 집 돈 다 니 꺼다!"

"당장 꺼져라!"

우와, 진짜 환장하겠다.

집에서의 모진 핍박 따윈 다 견딜 수 있다 이 말이다. 그런데 저 천동식 자식이 하는 말은 진짜 참을 수가 없다.

"이놈아! 내가 고작 니그 집에서 솥뚜껑 운전하려고 그리 어렵게 공부하고 회사 다닌 줄 아나!"

"희야, 사랑한데이!"

멀어져 가는 동식에게 소리를 질렀지만, 전혀 굴하지 않는 동식의 마지막 외침은 옥희를 아주 기함하게 만들고 있었다.

더구나 그녀뿐 아니라 과수원 안에 있던 동네 아주머니들도 모두 그 외침을 듣고 말았다. 저 멀리 떨어져 있던 아주머니들이 동식의 외침을 듣고 우르르 달려와 그녀를 둘러싸고 앉았다.

"어요, 자 동식이 맞제?"

"그라네. 아이구, 옥희 올해는 시집가굿네."

동식의 외침이 만들어낸 파장은 엄청났다.

"아이고, 옥희야. 축하한데이. 기저귀 차고 다닐 때부터 서로 친구 하드만, 그래 동식이 자가 알짜 부자다. 그래, 날짜는 언제 잡노?"

"옥희야, 야야. 니 동식이한테 콩만한 다이아 사달라 해라. 여자는 시집가기 전에 한밑천 잡아놔야 한데이."

아주머니들의 열정적인 충고에 억지웃음으로 표정을 수습한 옥희는 얼른 바구니를 들었다.

"야야, 옥희야."

"저 들어갑니다."

절대 아니란 말로 부인을 하면 마른 짚단에 기름을 들이붓는 격이란 것을 알고 있었다. 사실을 사실대로 받아들이지 않고, 부끄러움에 마지못한 제스처로 볼 것이 자명했기에 얼른 도망가는 것이 상책이었다.

"옥희야, 축하한데이!"

미치겠다, 아주.

옥희는 바구니를 들쳐 끼고 집으로 뛰어가며 어떻게 동식이 놈을 죽여줄지 심각하게 고민했다.

미친 듯이 신작로 길을 달려 집으로 들어온 옥희는 냉이 바구니를 대청마루에 풀쩍 던지고 쓰러지듯 주저앉았다.

"동네 우사스럽게 뭐라? 희야 사랑한데이? 우와, 내가 진짜 콧구멍이 두 개라서 숨을 쉰다, 숨을 쉬어."

신발을 팽개치듯 벗은 그녀는 아무리 생각해도 화가 나 가슴을 팡팡 치며 주방으로 들어갔다. 냉장고에서 시원한 냉수를 꺼내 벌컥벌컥 마시고 입을 쓱 닦은 옥희는 다시금 이를 갈았다.

"뭐라? 솥뚜껑을 운전해? 내참, 프러포즈라도 멋지면 말도 안 한다. 천동식, 니는 딱 그것밖에 안 된다. 그라고 니 뛰어갈 때 똥꼬가 바지 먹은 거 알고는 있나? 진정 웃긴다!"

정말, 절대, 네버 동식이가 마음에 없지만, 프러포즈의 소박함에 더 분통이 치미는 것을 어쩔 수가 없었다. 옥희가 마치 눈앞에 동식이가 있는 듯 두 주먹으로 매서운 훅을 날릴 찰나,

"언니야. 언니, 니 어디 있는데!"

대문 밖, 숙희의 요란한 외침이 들렸다.

"언니야!"

저 호들갑이 무슨 일인가 싶어 마당으로 나간 옥희가 대문을 열었다.

"여기 있다. 왜?"

분명 애인 만난다고 꽃단장 하고 나간 동생이었다.

대문간으로 고개를 삐죽 내밀자, 저만큼 떨어진 곳에서 놀랍게도 9㎝ 하이힐을 신은 숙희가 다다다 달려왔다.

"니, 병수 씨 만나러 간다며?"

하지만 그녀의 물음에도 아랑곳없이 숨이 턱에 차도록 달려온 숙희는 그 기세에 놀라 뒤로 주춤 물러나는 옥희의 팔을 턱 잡았다.

"언니, 니 미쳤나?"

다른 때였다면 전주 이씨 집안의 하늘같은 장녀에게 이따위 말을 하는 숙희를 용서하지 않았겠지만, 오늘은 동식이를 저주하느라 숙희에게 발끈할 기운도 없었다.

"왜? 할 말이 뭔데?"

"언니야!"

"할 말 없으면 들어가자."

옥희가 매우 시큰둥하게 숙희의 팔을 치우며 뒤로 돌자, 숙희가 그녀를 확 돌려 세워 어깨를 잡아 흔들어댔다.

"언니 니 동식이 오빠야랑 결혼한다메! 버스 정류장에서 후삼댁 아줌마가 그러드라."

"뭐라 하노!"

아하, 이 일을 어찌할까. 입 가볍기가 처녀 가슴에 부는 봄바람보다 가볍다는 후삼댁 아지매, 일을 벌였나 보다.

"아니다."

옥희는 모든 것을 비우는 심정으로 대답했다.

"별일 아니니까 신경 쓰지 마라."

"맞제? 나도 언니가 제정신이라면 동식이 오빠야랑 결혼할 리 없다고 믿었다. 그리고 동식이 오빠 어제 시내에서 보니까 정다방 오 양이랑 팔짱 끼고 가더라."

오 양이라 하면 이 손바닥만한 소도시 일대를 주름잡는 다방계의 이효리 아니던가.

천동식 개놈 시끼. 그놈의 사랑이 얼마나 팔랑팔랑 가벼운지. 얼굴만 마주쳤단 봐라. 아주 절단을 내줄 테다!

옥희는 두 주먹을 불끈 쥐며 '절단'에의 각오를 다졌다.

"그런데 언니야, 문제는 그게 아니다. 후삼댁 아줌마가 엄마한테도 말했다."

"아악, 진짜?"

쓰러지겠다. 숙희의 날벼락 같은 말에 천동식을 까맣게 잊어버린 옥희는 동생의 팔을 잡고 소리쳤다.

"엄마가 뭐라든데? 악! 니가 들었으면 아니라고 하지!"

"내가 아니라고 말할 틈도 없었다. 아줌마가 말하자마자, 전지가위 살포시 내려놓고 갔다."

"어딜!"

옥희의 절박한 외침에 얼굴이 잔뜩 굳어진 숙희가 고개를 저었다.

"며느리도 모른다."

"숙희야, 이 일을 우짜노!"

옥희는 발을 동동 굴렀다.

농촌 마을의 농번기가 지나면 동네는 깊은 가을부터 겨울 동안 집안의 대소사가 하나씩 이루어진다.

봄바람 부는 날에는 농사 준비로 바쁘고, 뙤약볕 내리쬐는 여름에는 눈뜨기 무섭게 일해야 하며, 가을이 되면 그것들을 수확하기 바쁘니 말이다.

한해 겨울로 접어들면 동네에선 저 집에서 사위를 보고, 이 집에서 며느리를 본다더라…… 잔치 준비로 북적이기 시작했다. 품앗이 잔치 준비도 모자라, 결혼식 날이 되면 동네 어른들은 관광차에 몸을 실고 전국 팔도로 하객 품앗이에 나섰다.

한 달에도 두어 번씩 함이 들어오고, 한복 입은 신랑각시들이 초행길에 나서는 그 와중에도 조용한 집이 있었으니, 그 집이 바로 옥희네였다.

동네 유지인 옥희네에서 겨우내 퍼 나른 축의금만 얼마인가 말이다. 그것은 다 이십대 후반이 훌쩍 넘도록 결혼은커녕 애인도 없이 버티고 있는 옥희 때문에 그나마 애인 있는 숙희마저 갈 길을 못 가니, 그녀를 보는 엄마의 시선이 고울 리가 없었다.

"아이구, 옥희네야. 옥희 더 늙기 전에 그만 시집보내라. 자 더 늙으면 아무도 안 데려간데이."

"그라마, 남자 다 거서 거다. 얼른 보내라."

하객 노릇을 마치고 집으로 돌아오는 관광차 안에서 과년하다 못해 늙은 딸년을 걱정해 주는 동네 아주머니 덕에, 엄마는 아주 진저리를 쳤다. 작년 겨울에도 그랬고 재작년 겨울에도 그랬는데, 올 겨울마저 겨울이 깊도록 남의 집 결혼식만 다닌 엄마는 어느새 그 말이 한이 되었다.

그런 엄마인데, 동식이라도 좋으니 시집가라 할 것이 뻔한 엄마를 어찌하면 좋으랴!

"언니야, 절대 동식이 오빠는 아니다. 오 양을 생각해라. 오 양 눈에 눈물 내면 언니 니 눈에 피눈물 난다. 내는 병수 오빠야 만나러 간다. 언니 혼자서 깊이 생각해 봐라."

머리와 마음이 모두 복잡해 피가 마르는 그녀에게 일갈한 숙희가 엉덩이를 살랑거리며 다시 대문 밖을 나갔다.

과년한 딸 시집 못 보내는 것을 한으로 여기는 엄마가 소문을 들었다…….

숙희 말처럼 혼자서 깊이 생각하던 옥희는 후다닥 방으로 뛰어들이 왔다. 그리고 옷장을 얼이 검은 트렁크를 꺼내 손에 잡히는 대로 옷을 집어넣었다.

"그래, 서울 가자. 성미 말대로 서울도 사람 사는 곳인데, 성미랑 같이 밥 먹고, 잠자면 된다. 꿈에 그리던 서울 생활하러 가는 거다."

이대로 소문에 주저앉을 자신이 걱정되어 옷을 넣는 손이 더욱 빨라졌다.

"옥희야, 대문간 다 열어두고 어디 갔노? 옥희야!"

헉!

미친 듯이 옷을 집어넣던 옥희는 복숭아밭에서 전지가위를 놓고 사라졌다는 엄마의 목소리에 화들짝 놀라 멈칫했다.

"옥희야."

"어, 어! 내 여기 있다."

그녀는 낑낑거리며 트렁크를 옷장 속에 넣고 방을 나왔다. 마당을 가로질러 오는 엄마의 손에 시커멓고 커다란 비닐봉지가 한들거렸다. 디딤돌에 신발을 벗고 마루에 앉은 엄마가 그녀를 손짓해 앉게 했다.

"니 여 앉아봐라."

"왜?"

서울 간다고 짐 싸다 나와 엄마를 보노라니 심장이 절로 떨렸다. 대구 경북을 벗어나면 죽는 줄 아는 엄마의 눈에 서울은 과년한 딸자식이 살아갈 곳이 못 된다 판단된 곳. 번번이 엄마 앞에서 좌절된 서울행이지만 이번에는 야반도주를 하는 한이 있어도 가고 말 것이다.

하지만 옥희 가슴은 새가슴. 보따리 들고 야반도주 할 것을 생각하니 벌써부터 심장이 떨렸다.

"옥희야."

"어, 엉?"

엄마의 부름에 지레 놀라 화들짝 대답하자, 엄마가 비닐봉지를 통째로 그녀에게 안겨주었다.

"복숭아나무 가지 치던 것도 다 놔두고 사 왔다. 함 봐라."

나이가 들고, 백수가 되어 있던 지난 몇 달간 보기 힘들던 엄마의 미소란 참…… 섬뜩하다.

"야가 보라니까네 뭐 하노."

후다닥 달려들지 못하고 큰 눈만 껌뻑거리는 딸을 보다 못한 엄마가 손수 비닐봉지에 담긴 무언가를 꺼냈다. 그것은 베개 한 쌍. 초록색 커버의 베개 하나와 다홍색 커버 베개 하나. 옥희가 의미를 몰라 멀뚱멀뚱 바라만 보자, 엄마가 베개를 옥희 품에 안겨주었다.

"봐라, 색깔 참 곱제? 이불집에서 젤로 비싼 거다."

"내 꺼가? 뭐 하러 두 개씩이나 사는데?"

"가스나, 부끄러워하기는. 하나는 니 꺼고 또 하나는 동식이 꺼다. 참 곱제?"

"엄마!"

지금 당장 집시물이 있다면 동식이 놈 코를 박아버릴 테다. 옥희는 엄마가 지칭한 동식이 베개를 발로 확 밀치며 소리쳤다.

"동식이 놈 베개를 와 사노? 내랑 가랑은 아무 사이도 아니란 말이다."

"가가 그마이 사랑 고백했으면 됐지, 뭔 아무 사이도 아니라? 복에 겨웠구만. 앙살 부리지 말고 자, 베개 가지가서 이불장에 곱게 놔두라."

"아니다, 동식이도 오 양이랑 사귄단다."

"스케일이 큰 머스마는 다방 아도 만나고 하는 기다. 니는 나이도 묵을 만큼 묵은 기 와 사업하는 남자들의 세계를 모르노."

"싫다, 싫다, 싫다! 내 동식이 싫다!"

그녀의 반항에 전혀 동요되지 않은 엄마가 무심하게 말하자,

옥희는 팔짝팔짝 뛰었다.

"내 진짜 동식이 싫다고!"

"그럼 니 뭐 하고 살 건데? 직장도 없어, 남편도 없어. 뭐 할 건데?"

"서울 갈 거다!"

"……."

옥희의 외마디 외침에 이은 침묵.

"문디, 지랄병이 또 도졌다. 그놈의 서울 타령은 삼육구가?"

삼육구. 옥희 나이 스물세 살, 대학을 졸업하고 취업 붐을 타 상경하려 하였으나 좌절했고, 스물여섯 살 인생의 터닝 포인트를 위해 상경하려던 것 또한 저지당했기에, 엄마는 스물아홉 살 현재 또 그저 그런 반항으로 취급했다.

"아니다. 서울에 취직되어서 가는 거다."

이번엔 절대 좌절하지 않을 테다. 반드시 가는 거다. 옥희의 두 눈이 필사의 의지로 불타올랐다.

"소 방구 뀌는 소리 하지 마라."

"엄마!"

그때 모녀의 살벌한 대치 속에 대문이 열리며 낫을 든 아버지가 들어오셨다.

"봄은 봄이다. 천지에 꼴 벨 게 이리 많네. 근데 뭐가 이리 시끄럽노? 동네 길에 임자랑 옥희 목소리밖에 안 들린다. 뭐꼬?"

옷에 묻은 풀을 탁탁 털고 모녀 사이에 턱 앉으신 아버지가 엄히 추궁하셨다. 옥희는 잔뜩 불쌍한 목소리로 애원했다.

"아부지, 엄마가 자꾸 동식이랑 결혼하라 합니다. 오 양이랑 그렇고 그렇다는데 어찌 이럴 수가 있습니까?"

옥희의 눈물 어린 호소를 듣던 아버지가 엄마를 추궁하셨다.

"흠, 신자야. 니 참말이가? 참말로 금쪽같은 내 자식, 오 양이랑 바람난 놈한테 시집보낼라 했드나?"

환갑이 다 되어가지만 아버지는 항상 엄마의 이름을 부르셨다. 아버지가 진지한 얼굴로 엄마를 보자, 엄마는 시선을 마주치지 못하고 천장만 바라보았다.

"뭐 오 양이랑 바람이 납니꺼? 오봉쟁이한테 마음 주는 머스마가 어딧다고. 동식이 가가 원래 일편단심 옥희 아닙니꺼?"

"야야, 신자야. 그래도 내는 동식이 놈 싫다. 내도 보니까네 오 양이랑 좋아서 죽고 못사는 거 같드만. 니 만약에 그놈아가 오 양이랑 팔짱 끼고 다니는 게 내 딸이랑 결혼하고서도 그라면 우짤래?"

"그라마 옥희 아부지, 자 서울 간답니더! 그럼 서울 보내까예?"

아버지의 계속된 추궁에 엄마가 세모눈을 하고 쏘아붙었다.

"동식이 싫은 건 싫은 거고 서울은 와 간다 이 말입니꺼!"

"취직해서 간다니까."

"문디. 어디서 에미를 속일라 하노!"

"아니다, 취직됐다."

엄마의 목청에 질세라 옥희마저 절절한 외침을 하니, 듣고 있던 아버지가 한 손을 들었다.

"스탑. 여기서 잠시 휴정."

"아버지!"

옥희가 매달리며 애원하자, 아버지는 점잖게 말씀하셨다.

"법정에서도 원래 양측의 주장이 팽팽하면 다 휴정하는 기다. 옥희 니는 대학교에서 일했다는 아가 그것도 모르나? 자, 각자의 방에서 딱 십 분간 감정을 가라앉히고 다시 모이자. 해산."

아버지는 일장연설을 하듯 선언하고 엄마의 손을 잡았다.

"와 이랍니꺼. 지금 장난할 기분 아닙니더."

"어허, 참말로. 신자 니 아들 앞에서 남편 뜻을 존중하그라. 얼릉 들어온나."

강압적인 아버지의 힘에 못 이겨 엄마가 방으로 들어가자 마루에 덩그렇게 홀로 남은 옥희는 입술을 잘근잘근 씹었다.

또 무슨 속셈이 있으신 게다. 이십구 년 동안 저 '휴정'에 얼마나 골탕을 먹었는지, 그만큼 당했는데도 모르랴! 자식들과의 뜻이 어긋나는 경우, 지금처럼 말싸움으로 번지다 능구렁이 부부가 '휴정'이란 명목하에 안방으로 들어갔다 나오면, 옥희·숙희·철희 모두 눈물을 머금고 그들의 주장을 포기해야 했다. 그것이 무엇이든.

옥희는 초조함에 안방 미닫이문으로 살포시 다가가 귀를 기울였다. 하지만 얼마나 목소리를 낮추어 대화를 하는지 분명 두

런거리는 소리는 들리는데 뜻을 파악할 수가 없었다.

필시 무슨 모의를 하시는 거다. 아악, 망할 휴정!

옥희는 제 머리를 쥐어뜯으며 소리없이 절규했다.

드르륵.

그때 갑작스레 안방 문이 열리고 부부가 등장했다. 밖으로 나오려던 부부는 헐크처럼 머리를 쥐어뜯는 그녀를 보며 침착하게 말했다.

"니 뭐 하노? 니 방에 안 들어갔드나?"

음흉한 부부. 옥희는 결심 어린 목소리로 주장했다.

"안 드갔습니다. 아부지, 엄마가 무슨 말씀들을 하고 나온 건지는 몰라도 내 절대 서울 갑니다."

"그래, 가그라."

헉! 절대 서울만은 안 된다고 지난 구 년 세월 동안 주장하던 엄마가, 그 엄마가! 허락을 했다. 충격에 옥희의 큰 눈이 더 커다래져 눈동자가 밖으로 튀어나올 것만 같았다.

"엄마, 대구가 아니라 서울 간다고. 서울 가도 된다 이 말이가?"

"그래, 가그라. 죽은 사람 소원도 들어준다는데, 에미가 되어가지고 산 자식 소원 못 들어주겠나?"

"우와, 엄마!"

감격이다. 이보다 더한 감격이 없다. 드디어 상경이란 것을 해보다니. 동식이 놈도 잊고, 소도시의 한적함도 잊은 채 바쁘게 살아줄 테다. 옥희는 자리에서 일어나 엄마를 꼭 껴안았다.

"엄마, 참말로 고맙다. 내 진짜 열심히 돈 버께."

엄마는 그런 옥희의 등을 토닥토닥 자애롭게 두드려 주며 말했다.

"오야, 잘살그라. 아부지가 오늘 저녁에 채 씨네 전화 넣어줄 테니 아무 걱정 하지 말고 얼른 짐 싸라."

잉?

"엄마?"

옥희는 엄마의 품에서 번쩍 얼굴을 들었다.

"내 서울 가는데 그 집에 왜 전화를 넣는데?"

그러자 모녀의 행동을 주시하던 아버지가 엄숙하게 선언했다.

"그 집 가서 살아야 서울 가는 거 허락한다."

"아버지! 엄마!"

"오야. 짐 싸라."

저저 교활하게 번득이는 눈을 보라! 뒤늦게 속았다는 생각이 든 옥희는 아주 혀를 깨물고 죽고만 싶었다.

"채가네 집이 크다 캤다. 니가 내 딸자식이면 채가한테도 딸이나 다름없다. 옥희야, 니 채가 내외를 아부지처럼, 그리고 엄마처럼 모시고 살아야 한다. 그 집 형제들한테도 숙희, 철희한테 마냥 잘하고. 알았나?"

우와, 참말 미치겠다. 아버지의 말을 들으며 옥희가 충격과 경악 속에 바라보자 엄마가 씩 웃었다.

"와? 가기 싫나? 그람 여서 살아라. 우리가 바라는 것도 니가 여서 사는 건데, 니가 서울 간다니까 그리 말하는 거다. 우얄래?"

채 씨 아저씨 집.

아버지랑 둘도 없는 죽마고우, 절친하신 분. 딱 여기까지면 물론 절대 그 집에 가는 것을 마다할 일이 없다. 하지만 이 년 전 보았던 그 신랄하고, 싸가지없으며, 살아 있는 동안 다시는 보고 싶지 않은 채 씨 아저씨네 아들이 살고 있기도 한 집!

"어, 엄마. 서, 서울 가면……."

내색하지 않으려 해도 깊이 동요한 것은 어쩔 수 없었다. 옥희의 떨리는 목소리에 엄마가 회심의 미소를 지었다.

"무영이 집에 가그라."

"그래, 무영이네 가서 살그라. 내가 니를 우예 키웠고, 너거 엄마가 니를 우예 키웠노. 이 험한 세상에 딸 함부로 내둘리긴 싫다. 그 집이 싫으마, 여서 살고."

"아, 아부지."

일단 서울로 가는 것은 절대 진리였지만, 하지만…….

아아, 동식이냐, 싸가지 성격파탄자냐 그것이 문제로다. 하지만 도토리 키 재기가 더 빠르겠다. 옥희에게는 둘 다 진퇴양난이었다.

대체 그리 소망하던 서울행을 주저하게 만드는 그 채 씨네,

그중에서도 채 씨네 아들 무영이란 인간이 어떤 인간인지 그것
을 모르면 결코 그녀의 마음을 이해할 수 없다.

인간에 대한 생각을 다시 하게 되었던 그날! 그래, 그날이 어
떠했는지 회상에 잠겨보도록 하자.

2. 평화다방의 악연

딱 이맘때였다. 그날은 아침부터 불길했다.

"철희야, 니 아부지 따라 꼴 베러 가자."

"숙희야, 바구니 들고 나온나. 밭에 나물 뜯어야 한데이."

아버지, 어머니가 이상하도록 엄숙한 얼굴로 각각 숙희와 철희를 데리고 밭으로 나가셨다. 홀로 남은 옥희는 아버지의 엄명을 받아 소죽을 끓여야 했다.

농촌이란 항상 손이 딸리기 마련이다. 집안의 장성한 자식들이 일을 도와야 하는 것은 진리처럼 당연했지만 소죽 끓이는 일은 절대 만만치 않았다.

"꼭 내한테만 이런 거 시킨다."

입이 대자나 나온 옥희는 집에서 30m 떨어진 축사로 걸어가 커다란 가마솥에 불을 떼기 시작했다.

새벽녘에 일어나 하는 일이라 불을 떼고 앉아 있으려니 눈이 저절로 감겼다.

꾸벅꾸벅 반쯤 감긴 눈으로 앉아 있다 다 끓은 듯 구수한 냄새가 나는 소죽을 파란 바가지로 한 가득 펐다. 비몽사몽 바가지를 들고 일어서는데 뭔가 물컹하게 부딪치는 느낌.

탁!

끼이이익!

그와 함께 자동차 급정지 소리 같은 외마디 비명 소리가 새벽 정적을 뚫었다. 옥희는 그 소리에 더 놀랄 수도 없게 놀라 잠이 달아났다.

"뭐꼬!"

상황 파악에 들어가자, 이제 갓 석 달 된 암송아지 영순이가 절뚝거리며 비명을 질러대고 있었다.

"엄마야!"

옥희는 먹을 것만 보면 환장을 하는 영순이를 묶어놓는다는 것을 잊었음이 그제야 떠올랐다.

다 큰 소와는 달리 아직 어린 영순이를 아버지는 자유롭게 풀어놓고 길렀다. 하지만 먹을 것만 보면 이성을 잃는 영순이인지라 소죽을 끓일 땐 반드시 묶어야 한다는 것을 잠결이 잊고 만 것이다.

영순이가 어떤 송아지이던가! 지난해 가을부터 올해 초까지 축사에서 암소들이 이상하게 새끼를 낳지 못해 아버지의 애간장을 태웠는데, 그 와중에 딱 한 놈 태어난 귀하디귀한 영순이. 아버지가 신주단지 모시듯 예뻐하는 그 영순이!

녀석의 순하고 커다란 눈망울에서 커다란 눈물이 뚝뚝 떨어졌다.

"가스나야. 가만있어도 줄 건데 왜 달려들어 가 데이는데!"

옥희는 뜨거운 소죽에 발을 데인 송아지가 애처롭게 울자 가슴이 찢어지는 것 같았다.

"아이고, 먹는 건 왜 그래 좋아해서는. 내가 니 줄라고 끓이지 내 먹을라고 끓이나. 이 일을 우째."

발을 동동 구르며 찬물을 떠주었지만 야속한 영순이는 그녀를 피해 도망갔다. 제 어미 곁으로 가 찢어지게 울어대자, 영순이 어미뿐 아니라 축사 안에 있는 모든 소들이 그녀를 노려보는 듯했다.

"이게 뭔 소리고? 뭔 일인데 소들이 이리 울어쌌노?"

난리났다. 심상치 않은 소들의 외침에 놀라 뛰어온 아버지를 피해 옥희가 얼른 바가지를 놓고 물러났다. 아버지는 세상 모든 일에 다 허허로운 분이지만, 자신이 키우는 소들에 관해서는 절대 허허롭지 않았다.

"뭐꼬?"

"벼, 별일없어요."

아버지의 다그침에 옥희가 얼른 고개를 저었지만, 어디 그것에 속을 양반이던가. 그녀의 대답은 싹 무시하고 축사로 들어간 아버지가 곧 사건의 정황을 파악했다. 찢어지듯 울던 영순이가 자신을 예뻐라 애지중지하는 주인에게 애처롭게 다가가자, 아버지의 노한 음성이 들려왔다.

"아이고, 이것아. 소 밥 주라 했지 소 곰탕 하라 했나!"

"뭔 일입니꺼?"

그 소동에 마치 기다리고 있었다는 듯 엄마마저 등장하자, 옥희는 아주 땅을 파고 드러눕고만 싶었다.

"아이고, 영순아. 니를 누가 이랬노? 엉? 아이고, 이 어린것을 이래 만들어놓고 다리 피고 잠을 자나! 아이고, 영순아."

마치 영순이가 자식인 듯 엄마는 애통해했다. 그에 질세라 더욱 굵은 눈물을 후두둑 떨어뜨리는 영악한 송아지!

"옥희 니 당장 따라오거라!"

아버지의 부름에 옥희는 잔뜩 기가 죽어 집으로 갔다.

'니가 정신이 있는 아가? 영순이 상처 덧나가 잘못되면 우야노. 엉?'

곧 있을 아버지의 외침이 귀에 쟁쟁했다. 종종걸음으로 아버지를 따라와 집에 도착한 옥희가 무릎을 꿇고 앉아 곧 날아들 호통에 몸을 잔뜩 움츠렸다.

"니 잘못했나, 안 했나?"

시작이다. 아버지의 질문에 옥희가 기죽은 얼굴로 대답했다.

"잘못했어요."

"그래?"

그녀의 사죄에 아버지의 목소리가 천천히 잦아들었다. 그것이 무슨 징조인지, 폭풍 전 고요라 생각하는 옥희는 자라목이 되었다.

"그라마 얼른 들어가가 옷 입어라."

"네?"

호통을 기대하던 옥희는 너무나 잔잔한 아버지의 목소리에 눈이 둥그레졌다.

"옷은 왜요?"

"오늘 우리하고 갈 데가 있다."

잉? 옥희는 아버지 곁에 앉은 엄마를 보며 소리없이 물었다, 어딜?

"채가가 아들 데리고 온다 캣다. 옥희 니 옷 얌전하게 입고 준비해라."

"아버지!"

이런 소리 소문 없는 선을 보았나! 옥희는 질색을 해서 소리쳤다.

"저 선 안 봐요. 저번에 오리농장 한다던 박 씨네 아들 선본 뒤로 선은 죽어도 안 본다고 했잖아요!"

석 달 전 보았던 그 선은 아주 죽여줬다. 반들반들한 대머리도 모자라 선보는 자리에서 막걸리를 원샷한 박 씨 아들이 그녀 무릎에 대고 오바이트를 하는 바람에 아주 개망신당했던 기억이 지금도 생생했다.

"엄마랑 아부지도 다신 선 안 봐도 된다 했잖아요."

"그람, 니 영순이 우짤 기고?"

"영순이는 영순이고, 내가 영순이보다 못하나?"

옥희가 엄마에게 반항하자, 아부지의 엄한 목소리가 날아들었다.

"니 영순이한테 미안하제?"

"아부지, 물론 미안은 한데요. 그런데 영순이한테 미안한 거하고 선보는 것하고 무슨 상관입니까."

"니가 싫은 걸 함으로써 미안한 마음을 표현하는 거제."

이 무슨 희한한 논리인가! 그녀가 선을 봄으로써 영순이한테 미안한 마음을 표현한다고? 그럼 영순이가 이해를 해주는 건가? 도통 모르겠다.

참 난감하다. 저지른 죄가 있으니 마냥 반항은 못하겠고, 그렇다고 또 선 자리에 나가긴 싫고.

"옥희 니, 아무리 짐승이라 해도 아픈 거 다 안데이. 가 눈물 흘리는 거 봤나, 못 봤나? 애기들 피부마냥 살이 연한데 그 뜨거운 소죽을 뒤집어썼으니 영순이 그기 얼마나 아프것노."

아버지의 말에 가슴 한구석이 불편하게 요동쳤다. 농촌 마을에서 살다 보면 사람만큼 자주 보는 것이 짐승들이다. 소, 돼지, 강아지, 병아리. 어릴 때부터 짐승을 보노라면, 그것들이 사람처럼 다가온다. 따라서 옥희는 아버지가 말한 것처럼 영순이의 고통에서 자유로울 수 없었다.

"그라고, 니! 영순이보다 영순 에미를 생각해 보거라."

"영순 에미는 왜요?"

내심 조금의 죄책감이 밀려드는 그녀를 보며 아버지가 마지막 강타를 날리셨다.

"니 대학 사 년 등록금 낼 때마다 영순 에미가 달을 보며 울었던 거 기억하나?"

또 시작이시다. 아버지의 엄숙한 목소리에 결국 전투 의지를 잃은 옥희가 고개를 내려뜨렸다.

"니 대학 공부시킨 건 아부지도 아니고 어무이도 아니다. 다 영순 에미 덕이다. 영순 에미가 부지런히 새끼 나가 그놈들 팔아가 니 공부했으니 닌 영순 에미 덕에 대학생 노릇했다, 맞제?"

"네, 맞습니다."

농촌 마을에서 나락 농사, 과일 농사는 모두 한 계절에 수익이 집중된다는 단점이 있다. 봄, 가을 꼬박꼬박 내야 했던 비싼 등록금을 내기 위해 적금을 깨거나 대출을 받거나 해야 했지만 옥희네에선 한우를 팔아 금전을 마련했었다.

그녀가 그러했고, 숙희가 그러했으며, 아마 철희 또한 축사의 소가 절반쯤 줄어들어야 대학 공부를 마칠 것이다.

"그 은혜를 잊어선 안 되제. 배 아파 낳은 새끼들 다 팔리가도록 암 말도 못했던 에미한테 영순이는 마지막 남은 자슥인기라. 우얄그고? 옥희 니 준비할 그가?"

"네, 하겠습니다."

눈물을 머금고 돌아서는 딸을 보며 그제야 함박웃음을 머금은 부부가 소곤거렸다.

"봐라, 신자야. 하늘도 돕는다 그자?"

"그라게요. 참말로 인연이네요."

옥희는 그렇게 영순이에게 죄를 사하는 마음으로 선을 보러 나갔다.

검은 스커트에 흰색 블라우스를 입고 좀처럼 신지 않는 하이힐을 신은 옥희는 부모님과 함께 버스정류장으로 나왔다.

한적한 시골 도로만 운전하던 아버지라 혼잡한 대구 시내로 운전하는 것은 엄두도 못 내셨다. 물론 그것을 인정할 생각이 없는 아버지는 기름을 아껴야 한다는 핑계를 대시지만 말이다.

한 시간에 딱 네 대 있는 버스를 기다리는 동안 아버지의 휴대폰이 울렸다.

"아이고, 그래."

반가운 음성을 보아하니 채 씨 아저씨인가 보다.

공항으로 가야 한다고 호들갑을 떨던 부부는 휴대전화로 뭔가를 심각하게 이야기하더니 대구 북부 정류장으로 갈 것임을 말했다.

"공항이 아니고요? 왜 대구 끝까지나 가야 해요?"

"어디든 상관없다."

옥희의 물음에 엄마가 단호히 대답했다. 뭐, 엄마 말처럼 상관없다. 어차피 영순이를 위한 선 아니던가. 옥희는 어깨를 으쓱거리며 막 도착한 버스를 탔다.

한 시간 정도 달리고 달려, 버스는 북부 정류장에 도착했다. 엉덩이에 쥐가 내릴 만큼 앉아 있었던 옥희가 진저리를 쳤다.

"아이고, 시간을 딱 맞췄네. 저기 온다."

버스에서 내리자마자, 원주행 고속버스를 발견한 아버지가 반색을 했다.

"저 차가 맞습니꺼?"

"그래, 기똥차게 시간 맞춰 오네."

두 내외가 뚫어질 듯 지켜보는 가운데 원주에서 도착한 고속버스의 문이 열렸다. 옥희 역시 나름 호기심을 가지고 보자 사람들이 우르르 내렸다.

사람들이 거의 다 내려갈 무렵, 아버지가 외쳤다.

"저 있다!"

어디어디? 옥희는 고개를 빼고 쳐다보았다. 그러자 어렸을 때 보았던 희미한 기억을 타고 채 씨 아저씨 내외가 보였다. 그

뒤로 내리는 무영이란 남자도 함께 말이다.

연둣빛 니트에 짙은 색 청바지를 입은 남자는 뭐, 조금 키 크고(한 182㎝ 정도), 조금 스타일 멋지고(장동건처럼), 조금 몸 좋은(비처럼) 정도?

별거 아니네. 흥. 옥희는 팔짱을 끼고 해후를 지켜보았다.

"아이고, 이 천만 억만아! 안 죽고 살아 있었드나!"

"그래, 이놈의 돌구야! 내가 왔다!"

옥희 아버지, 이석구. 무영 아버지 채억만.

사는 게 바빠 만나지 못한 채 오랜 세월 그리워만 하던 두 양반은 터미널 사람들의 시선도 아랑곳없이 서로를 얼싸안았다. 그들 뒤로 무영과 무영 어머니가 다가왔다.

"안녕하세요."

다소곳이 인사하는 옥희의 목소리를 배경 삼아 어머니들끼리 서로 반가워 호들갑을 떠는 동안 두 사람은 서로를 유심히 살펴보았다.

그녀를 쭈욱 훑어보는 남자의 시선이 곱지 않음을, 남자를 쳐다보는 그녀의 시선 또한 곱지 않음을, 그들은 동시에 고개를 싹 돌림으로써 인정하기로 했다.

그전에 옥희는 가까이 다가온 남자의 왼쪽 눈에 파란 멍자국을 놓치지 않았다. 아무리 스타일이 좋다 해도, 한쪽 눈이 퍼렇게 멍든 남자는 팬더곰 같았다. 이 진저리 치게 싫은 자리에서 그나마 발견한 남자의 흠은 그녀의 기분을 좋게 했다.

거리에서 사람들의 시선을 받으며 해후를 하던 채 씨 아저씨가 주위를 둘러보았다.

"이럴 기 아이다. 어디 들어가가 이야기하자. 어디 보자, 아이고, 저기 다방 있네. 보자, 대구다방도 있고 평화다방도 있네. 여가 대구인 거는 모르는 사람이 없을 거고, 모름지기 세상은 평화로버야제. 자, 무영이 니부터 평화다방으로 앞장서그라."

평화다방이라니!

옥희는 채 씨 아저씨의 시선이 머문, 터미널의 입구에 나란히 있는 다방의 허름한 모양새에 기가 막혀 질색을 했다. 생면부지 팬더곰도 마찬가지였던지 떨떠름한 목소리로 제안을 했다.

"아버지, 그냥 카페로 가요. 네?"

"이놈아, 내가 여기 카페 갈라고 왔드나? 어디서든 옥희만 보면 된다. 덥다. 얼른 드가자."

팬더곰의 반항을 한 마디로 잠재운 채 씨 아저씨가 앞장서자, 그 뒤를 어른들이 따라 올라갔다. 대세는 이미 기운 것. 옥희와 무영도 한숨을 쉬며 부모님의 뒤를 따랐다.

밖에서 보던 허름함은 안에서도 그대로 재현되고 있었다. 옥희는 여섯 사람이 우르르 들어서자 평화다방 안이 꽉 차는 것을 느낄 수 있었다.

바야흐로 때는 2004년 봄, 최첨단 디지털 문명을 살아가는 옥희에게 80년대 시골 다방에서 봤음직한 대형 선풍기가 천장에 달라붙어 언제 떨어질지 모르는 불안을 가중시켰다.

불길함에 자꾸만 눈치를 힐끔거리고 있는데 주인인 듯한 반쯤 벗은 여자가 파란 물 컵을 내려놓으며 주문을 강요했다.

"뭐든 통일해 주이소."

참, 장사 편하게 하신다. 평소 같았으면 발끈해서 서비스 정신에 대해 일장연설을 할 옥희였지만 날이 날인만큼 참아야 했다.

"마, 메뉴판 볼 필요도 없다. 여 오렌지주스 여섯 잔 주소."

말을 마친 옥희 아버지가 불만있냐는 듯 주위를 쓰윽 돌아보자,

"그래, 오랑쥐주스가 최고다. 그거 주소."

서울에서 삼십 년 이상을 사셨다는 채 씨 아저씨가 아버지보다 더한 사투리로 맞장구를 치셨다. 풉, 오랑쥐주스? 옥희는 입안을 깨물며 웃음을 참아야 했다.

"비행기 타고 올라 했드만, 무영이가 갑자기 원주로 가는 바람에 이리됐다. 원주에서 비행기 타러 댕기는 것보다 버스가 더 빠르다 캐가 버스 타고 안 왔나."

자리가 정돈이 되자, 장소가 이동된 것에 채 씨 아저씨가 사과하듯 말씀하셨다.

"죄송합니다."

자기 아버지의 필살기 눈살에 남자가 꾸벅 고개를 숙여 사과했다.

오호라, 팬더. 너 선보기 싫다고 날았었나 보다? 그러다 한 대 맞은 거 맞제?

옥희는 물 컵을 들며 고소한 듯 남자를 바라보았다.

"주스요."

무슨 수를 썼는지, 오렌지주스 여섯 잔을 오 분 만에 타왔다. 목이 탄 김에 잔을 들어 벌컥벌컥 마시던 옥희는 주스를 겨우겨우 삼켜야 했다.

이것참 오묘한 맛일세.

힌 잔에 오천 원이니 하는 오렌지주스를 맛본 옥희는 고개를 절레절레 저었다.

이 맛이 어떠냐 하면, 그 옛날 88올림픽이 한창이던 그 시절. 더운 여름, 학교를 파하고 집으로 돌아가며 사먹던 냉차 맛과 흡사했다. 달달하긴 하지만 정체를 알 수 없는, 강한 물맛 속에 아련히 느껴지는 오렌지 향 분말. 과연 여섯 잔을 오 분 만에 타 올 만했다.

오천 원은커녕 오백 원도 아까울 듯했다. 이건 명백한 사기 아니냐고 일어나 따지고 싶었으나 이 자리가 무슨 자리이던가, 영순이를 화상 입힌 죄로 부모님 모시고 나와 선보는 맞선 자리 아니던가.

'어휴, 참자. 그러니 평화다방이지.'

옥희는 체념의 한숨을 쉬었다.

눈을 흘깃거리자, 마침 주스를 마시는 남자가 보였다. 한 모금 마시자마자 찌푸리는 그 표정을 보노라니 오렌지 분말 맛을 느낀 것은 자신만이 아닌 듯했다.

그래도 그렇지. 싫은 걸 저렇게 싫다고 표시하는 게 진정한 남자는 아니지. 옥희는 잔뜩 찡그린 얼굴이 정녕 자신보다 두 살이나 많은 것이 맞는지 의심스러웠다.

'후…….'

그녀는 어쩔 수 없는 상황에 대한 짜증과 그럼에도 표현할 수 없는 처지가 짜증나 테이블 아래로 발길질을 했다.

뾰족한 구두가 앞뒤로 왔다 갔다 하는 것을 몇 번이나 느꼈을까? 갑자기 앞에 앉은 남자가 외마디 비명을 질렀다.

"엇!"

헉, 구두코에 물컹하게 차이는 것과 다리를 감싸는 남자를 보자, 옥희는 얼른 시침을 떼고 시선을 외로 돌렸다.

"니 와 그라노?"

"아, 아닙니다."

남자가 그녀를 노려보다 아버지의 물음에 애써 감정을 추스르는 것이 느껴졌다. 음, 팬더가 생각보다 예의가 있네.

옥희는 자신의 실수를 눈감아주는 남자에 대해 조금 호의가 생기기 시작했다. 조금 마음이 가벼워지는 것을 느끼며 오렌지 주스의 탈을 쓴 냉차 잔을 든 순간,

"악!"

옥희는 그대로 꼬꾸라지듯 발목을 감쌌다.

"와?"

너무 아파 정신을 못 차리는 그녀에게 엄마가 물었다. 그녀는 눈물까지 머금으며 둘러댔다.

"아, 모기한테 물렸나 봐요."

"호들갑스럽기는, 얌전히 있어라."

그녀는 엄마의 타박을 들으며 눈앞의 남자를 노려보았다. 실수라고 눈감아주는 줄 알았더니, 세상에, 남자가 비겁하게 여자의 약하디약한 발목을 찬 것이다. 실망감을 감추지 못한 옥희가 매우 눈을 부라리자 그에 질세라 남자 또한 눈에 빡 힘을 준다. 흥, 그래 봤자 팬더곰 멍 자국만 선명하다. 분한 옥희가 다시 남자의 다리를 툭 치자, 그가 다시 그녀의 발목을 찬다.

'헉!'

'악!'

감정 실린 서로의 발길질에 비명을 애써 삼킨 옥희와 무영은 평화다방에서 전쟁을 생각했다.

어떻게 살았는지 지난 반평생을 회상하던 두 쌍의 부모님이 다시 그들에게 관심을 돌렸다.

"아이고, 우리만 신이 났네. 젊은 아들 지겹구로."

"그라게, 돌구야. 야들 데이트할 만한 데 없겠나?"

두 아버지가 심각하게 고민을 하자, 옥희 엄마가 중간에 톡 끼어들었다.

"우리도 같이 가야 하니까네, 공원 어떻습니까? 여서 택시로 한 십 분이면 달성공원 간다 아닙니꺼?"

달성공원.

옥희는 혀를 깨물고 쓰러지고만 싶었다. 달성공원이 어디던가? 동물원 겸 공원. 넓은 잔디밭과 어우러진 둥근 타원형의 공원. 대구 시민의 안락한 휴식처.

"제수씨, 그거 좋네요. 그럼 우리 거로 갑시다."

"자자, 다들 일나거라."

옥희와 무영은 어른들의 재촉에 일어나 서로의 발길질에 아픈 다리를 끌고 평화다방을 나왔다. 그러자 찬란한 봄빛이 그들을 반겼다.

"아버지, 그냥 저희들끼리 시간 보내면 안 되겠습니까?"

그때 신이 나서 서로 어우러진 부모를 향해 무영이 말했다.

우와 잘한다, 팬더! 평화다방과 달성공원의 조합에 진저리치던 옥희가 반색을 해 돌아보았다.

"어른들 계시면 아무래도 저희는 좀 어색할 테니 말입니다."

하지만 진지한 무영의 말에 옥희 엄마가 손을 내저었다.

"아이고, 무영아. 우리가 눈치가 그리 없겠나? 너거 절대 그런 걱정 하지 말그라. 달성공원 거기가 둥—그렇게 되어 있다. 너거는 오른쪽으로 돌고, 우리는 왼쪽으로 돌면 된다 아니가. 절대 만날 일 없으니까 걱정하지 말고 데이트해라."

졌다.

옥희는 준비된 엄마의 대답에 다리에 힘이 풀려 휘청거렸다. 팬더 역시 더 이상의 할 말을 찾지 못했나 보다, 제 부모님이 손수 열어주는 택시를 타고 공허하게 앉아 하늘만 보는 것을 보니.

그녀도 눈물을 머금고 택시에 올라탔다. 엄마 말처럼 평화다방에서 달성공원까지 십여 분이 채 걸리지 않았다.

북적거리는 사람들 틈을 비집고 거대한 기와 대문 입구에 들어서자, 둥근 타원형의 거대한 잔디밭이 그들을 반겼다. 옥희가 잠시 상황도 잊고 푸른 잔디를 경탄 어린 눈으로 보는데 엄마가 오른손을 길게 뻗었다.

"자, 일로 가거라."

그리고 나머지 왼손을 들어 당신들이 갈 길을 가리킨다.

"우리는 일로 갈란다. 너거 천천히 걸어라. 알긋나? 천천히, 얘기 많이 하고 중간에서 만나자."

마지막으로 엄마는 정면으로 보이는 중앙부를 가리켰다.

"중간에서 만나가 밥 무러 가야지. 자, 우리 먼저 간데이."

어른들이 저마다 손을 흔들며 입구의 왼쪽으로 걸어가기 시작했다.

졸지에 둘만 남자 썰렁하기 그지없었다. 옆에 선 남자를 힐끔힐끔 보자, 어랏, 이 남자 어느새 저만큼 걸어가고 있었다.

"이봐요."

너무 어이가 없어 옥희는 다다다 뛰어가 남자의 팔을 턱 잡
았다.

"혼자서 가면 어떡해요?"

그러자 남자는 눈썹을 팍 찌푸리더니 너무, 너무, 너무 재수
없는 목소리로 퉁명스레 말했다.

"혼자 있기 싫으면 잘 따라오든지."

우와, 저 팬더 말버릇 좀 보게!

"그럼 좀 천천히 걸어요."

"싫습니다."

저 남자 클 때 말 안 듣는다고 자기 어머니가 무지하게 두들
겨 팼을 것이다. 옥희는 부아가 치밀어 꽥 소리 질렀다.

"발이 아파서 그런다니까요?"

"아파도 그냥 걸어요."

그녀의 외침에도 팬더가 냉랭하게 거절하더니 성큼성큼 걸어
가는 것이 아닌가! 살다 살다 저렇게 매너없고 성격 나쁜 남자
는 처음이었다. 저런 남자를 상대로 성질을 내는 것은 참 무의
미하다.

'옥희야, 니 오늘 으수 좋은 일 한다 치자. 저 남자는 분명히
성격 나빠서 평생 장가도 못 갈 긴데, 니 한 몸 희생해가 선이란
것을 보게 해주자. 니 분명 극락왕생할 거다.'

옥희는 어깨를 들썩이며 남자의 뒤를 따라 걸었다.

별말없이 동물 우리를 스쳐 지나가니 속도가 무척 빨랐다. 휴

일이라 공원에는 사람들이 무척 많았다. 봄날을 만끽하고자 아이들의 손을 끌고 나온 젊은 부모, 사랑하는 연인, 황혼의 데이트를 즐기는 노인들까지.

그런데 그녀는 영순에게 화상 입힌 죄로 평화다방에서 선보고, 어른들이 왼쪽을 도는 동안 팬더와 오른쪽을 돌아야 한다. 아무리 좋게, 좋게 생각하자 해도 울컥하는 것은 사실이다.

그때, 가슴이 절절한 안타까움으로 멍들어갈 무렵 멈춰 선 팬더.

덩달아 멈춰 선 옥희는 바로 앞 우리에서 털이 가을 낙엽처럼 붉은 곰을 보았다. 곰이 구경하는 사람들이 던져 준 과자를 먹는 모습을 보자 기어이 한숨이 터져 나왔다.

"앞에는 불곰, 옆에는 눈두덩 새파란 팬더곰. 휴우…… 인생 참 처량하다."

"야!"

헉! 골몰히 생각해 잠겼던 옥희는 갑작스런 외침에 화들짝 놀라 주위를 두리번거렸다. 그러자 옆에서 얼굴이 붉으락푸르락 성질이 난 무영이 다다다 따지기 시작했다.

"뭐? 팬더곰? 야! 내가 왜 팬더야? 그런 넌 호박이냐? 엉?"

흠, 생각이 자신도 모르게 소리가 되었나 보다.

"어우, 내가 정말! 이 화창한 날씨에 여기까지 끌려온 것도 화나는데, 뭐야? 앞에는 불곰, 옆에는 팬더곰? 정말 너무하다고 생각하지 않나?"

마구 다그치는 남자 앞에서 차츰 작아지던 옥희 역시 남자의 계속된 말에 화가 나기 시작했다.

그녀는 두 팔을 허리춤에 올리고 한 발로 땅을 탁탁 쳤다. 고개를 한 바퀴 쓰윽 돌린 옥희는 평소 쓰지 않는 우악스런 목소리로 말했다.

"보소, 뭐라 했소? 호바악? 이 양반이 참말로!"

"그래, 이 호박아. 내가 왜 팬더냐?"

"그람 난 와 호박인데!"

불곰 우리 앞에서 서로 허리춤에 팔을 얹고 눈싸움을 벌이기 시작했다. 얼굴이 붉어져 죽일 듯 서로를 노려보는 그들을 사람들이 힐끔거리며 지나갔다.

눈에 힘을 너무 주어 눈물까지 나려던 찰나, 그들을 부르는 소리가 있었으니,

"옥희야, 밥 무러 가자."

벌써 중간 지점까지 왔나 싶은 마음에 놀라 뒤를 돌아보자, 두 쌍의 부부가 해맑게 웃으며 손을 흔들었다.

"갈비찜 주문해 놨데이. 식기 전에 가자."

옥희 아버지 말씀 한마디에 무영 아버지 장단을 맞추신다.

"무영아, 니 와 그라고 있노? 얼른 옥희 에스코트해가 이리 못 오나?"

다시금 입버릇 고약한 팬더와의 선이란 사실을 상기하자 옥희는 아주 땅을 파고 그 속에 드러눕고 싶었다. 그래도 조금 전

까지는 서로 희생당한 처지라 이해하자 싶더니, 본성을 파악한 지금은 집에 가고만 싶었다.

힐끗 곁에 선 남자를 노려보자,

"뭘 봐?"

이 자슥이! 너무나 까칠한 말에 화악 불길이 치솟는데 그가 한숨을 쉬었다.

"그래, 오늘만 보고 말 사이인데 내가 참는다."

"흥. 내는 오늘만 보고 말 사이라 해도 못 참것소, 팬더 양반아."

"이게 정말!"

정말 이상하다. 대구 경북 지방이라 해도 평소에는 절대 억센 억양으로 말하지 않았다. 조근조근 표준어를 구사하려 노력하는데, 그런데 고운 서울말을 아주 거칠게 쓰는 이 남자 앞에서는 굵고 억센 대구 사투리가 보란 듯이 나왔다.

그녀의 도발에 남자의 커다란 눈이 이마 끝까지 치솟았다. 그러다 남자는 저 앞에 쌍심지를 켜고 노려보는 자신의 부모와 눈이 마주치자 애써 감정을 조절했다.

"후우, 잠자. 채부영, 참아. 저 호박 따위의 말에 휘둘릴 필요가 없어. 참자."

"흥!"

옥희는 그러거나 말거나 남자를 철저히 무시하며 홱 돌아섰다. 그러다 눈을 부라리는 엄마와 시선이 마주쳤다. 저 강력한 포스가 뜻하는 건, '잘하그라. 니가 오늘 암송아지 하나를 우째 했는지 기억한다믄 잘해야 한다'.

그 기세에 한풀 꺾여 터덜터덜 걷자, 옆에 남자도 한숨을 푹 쉬며 따라 걸었다.

언제 예약까지 해놨는지 그들이 제법 큰 식당 안으로 들어가자 곧바로 먹음직스런 갈비찜이 나왔다. 출출했던 시간이라 어른들이 저마다 수저를 드는데,

"아이고, 내 정신 좀 봐라."

옥희 엄마는 혀를 차며 들고 온 백을 뒤졌다. 옥희는 엄마가 뽀얀 비닐봉지에서 꺼내는 것을 보았다. 비닐봉지를 열자 노란 콩고물이 묻은 찰떡이 보였다.

"자, 갈비찜 묵기 전에 이것부터 묵어라."

"그래, 무영이 니도 묵어라."

엄마가 찰떡 하나를 꺼내 옥희 손에 들려주기가 무섭게 무영 어머니도 찰떡 하나를 들어 무영의 손에 들려주었다.

"엄마, 찰떡은 왜? 내 찰떡 싫어하는 거 알면서 그러노."

옥희는 감히 대놓고 반항하지는 못한 채 조근조근한 목소리로 물었다.

"너거는 그것도 모르나, 선을 보고 잘되라고 먹는 거 아니가. 찰떡의 찰기처럼 쫀똑쫀똑한 사이가 되라고."

콩고물 떨어지는 찰떡을 받아 들고 먹을 생각이 전혀 없이―찰떡의 뜻이 그러하다면 더더욱 먹을 수 없는―멀뚱멀뚱 보기만 하는

그들에게 무영의 아버지가 말했다.

“그래, 선을 보마 그걸 묵어야 한다. 내도 그랬고, 옥희 아부지도 그래가 지금 잘산다 아니가? 얼릉 묵어라. 갈비찜 식는다.”

미처 몰랐다, 찰떡에 그렇게 깊은 의미가 있었다니. 옥희는 생각 같아선 휙 던져 버리고 싶었다. 앞을 보니 마지못해 찰떡을 받아 든 남자 역시 같은 생각인 듯했다.

“야들이 뭐 하노? 얼릉 묵어라 안 하시나. 무영이 니부터 묵어라.”

그들이 기 싸움 하듯 시로를 보고만 있자, 보다 못한 무영의 어머니가 무영을 채근했다. 그에 질세라 그녀 곁에 앉은 엄마가 허벅지를 아프게 찌르며 말했다.

“얼릉 묵어야제, 옥희야?”

네 쌍의 도전적인 시선이 먹기를 채근하는데 무시할 강심장이 못 됐다. 옥희는 결국 눈물을 머금고 찰떡을 입에 넣었다. 무영 역시 매우 싫다는 듯 찰떡을 우걱우걱 씹었다.

“아이고, 참말로 복스럽게 묵네! 자자, 우리도 얼릉 밥 묵자. 돌구야, 니 기억나나? 와, 옛날에 우리 헤어지던 날, 너거 어무이가 소 잡아가 이거 해주셨다 아니가?”

선도 봤겠다, 찰떡도 먹였겠다, 이제 한시름 놓았다고 생각하시는 두 쌍의 부모님은 신바람이 나서 기억을 더듬었다.

“기억나제. 그때 참말로 맛났다, 그자?”

"그라이, 내는 아직도 그 맛을 잊지 못한다."
"야야, 옥희야, 무영아, 손으로 뜯어 묵어라. 푹푹."

이 년 전 그날 선이 그러했다.

그날을 떠올리며 옥희는 한숨을 푹 쉬었다. 대구공항에서 마지막 작별 인사를 하던 순간, 부모님 몰래 가운뎃손가락을 들어 보여주었는데, 눈알이 튀어나올 듯 분해하던 남자의 얼굴이 퍼뜩 앞을 스치고 지나갔다. 그땐 그저 혀를 날름거리려 웃어 주었건만, 어찌 오늘 같은 날이 있을 거라 상상이라도 했단 말인가!

심각하게 고민하던 그녀의 무릎을 톡톡 치며 엄마가 말했다.

"야야, 여서 살그라 마. 동식이가 본심은 천심이다. 오 양은 그냥 오 양이고, 니는 동식이의 영원한 사랑 아니가? 어?"

"신자야, 내 딸이 동식이 싫다 안 하나. 고마 해라."

동식이냐, 싸가지 팬더냐. 성격파탄자냐, 오 양 애인이냐.

서울에 안 가고 여기서 살면 싸가지는 안 봐도 되지만, 여전히 백수인데다 동식이의 사랑 공세에 시달려야 한다. 서울로 가면 싸가지를 봐야 하지만 나름 반듯한 직장에 취직도 하고, 자유로운 도시 생활을 만끽할 수 있다.

흠, 장점이 더 많은 서울행이다. 아침저녁으로 잠깐씩 참아주면 될 것 아닌가? 그 남자도 회사 생활할 것이고, 그녀도 나름 바쁠 텐데?

그리고…… 옥희는 남몰래 삼 년 동안 부었던 적금통장을 떠올렸다. 천만 원짜리 만기 적금 통장. 히히, 그녀에게 아무도 모르는 돈 천만 원이 있다. 뭐, 싸가지가 괴롭히면 확 엎어주고 원룸 얻어 독립하는 거다.

옥희는 결심을 굳혔다.

"내 짐 쌉니다. 얼른 전화하세요."

가는 거다. 인생 뭐 있어? 가고 싶은 곳에 가서 하고 싶은 대로 살면 된다!

"짐 쌀 거니까 방해하지 마세요."

옥희는 의미심장한 눈으로 그녀를 보는 부모님은 잊은 채 방으로 후다닥 들어갔다.

딸이 사라진 거실에는 신자와 석구만이 남았다. 옥희의 방이 쿵쿵거리는 것을 보니 옷장을 엎어놓고 가방 싸는 것을 시작했나 보다.

석구가 조용히 말했다.

"봤나, 신자야."

"그라게요. 아이고, 참말로 채 씨 아들 때문이라도 서울 안 갈 줄 알았드만."

"흐흐."

어쩌면 다시 채 씨 아들과 엮일 수 있는 가능성에 석구와 신자의 입이 벌어졌다.

"보소, 옥희 아부지. 얼른 전화합시다. 우리 옥희 간다꼬예."

“알았다, 알았어.”

두 부부는 덩실덩실 춤바람이 난 듯 어깨를 들썩이며 안방으로 들어갔다.

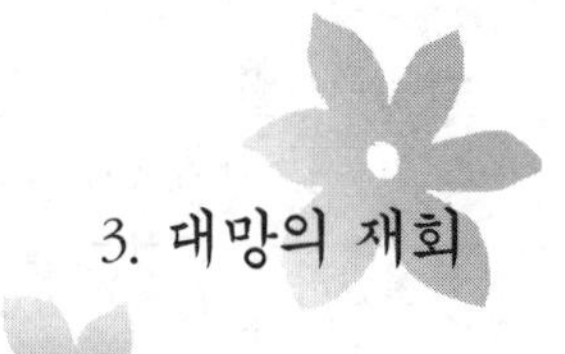

3. 대망의 재회

무영은 계속 시계를 들여다봤다.

"교수님, 한 잔 드세요."

"아, 그래. 고맙다."

앳된 여학생 하나가 수줍게 웃으며 술병을 드는데 그걸 마다 할 수는 없었다. 시계 바늘이 이미 열두 시를 넘어섰지만, 마지 막 잔이라 생각한 무영은 두 눈 질끈 감고 잔을 받아 들었다.

"교수님, 원샷."

무영은 재촉하는 신입생들의 성원에 힘입어 가볍게 잔을 털 어 넣었다. 그리고 바로 자리에서 일어났다.

"자, 즐거운 시간들 되고, 그렇다고 너무 늦지는 말고 귀가할 것. 알겠습니까?”

그러자 술자리에 있던 학생들 모두—특히 여학생—가 앙탈을 부려댔다.

“에이, 교수님! 가시면 안 돼요!”

“네네, 가시지 말아요!”

그 열화와 같은 반대 속에 무영이 씩 웃었다.

“신입생 환영회에 늙은 교수가 앉아 있으면 되나? 나는 조용히 사라져 줄 테니까 젊은 사람들끼리 놀아.”

그러자 조금 전 술을 따라준 여학생이 마구 도리질했다.

“교수님이 뭐가 늙어요? 이제 겨우 서른한 살이면서. 저랑 열한 살 차이밖에 안 나요. 극복할 수 있는 나이예요.”

“강산이 변하고도 남을 나이지. 그만 하고, 나 간다.”

무영은 여유롭게 여학생의 구애를 물리치고 주점을 나왔다. 한동안 칭얼거리더니 곧 자기들끼리의 세계로 빠져드는 녀석들. 무영은 주차된 차로 걸어갔다.

학생들과 함께하기에는 많은 나이지만, 같은 과 교수 중에서는 제일 어린 나이이기에 작년 조교수 부임을 받았을 때부터 무영은 행사 자리에 불려가 앉아 있어야 했다.

뭐, 특별히 혼자만의 세상을 고수하는 것도 아니었기에 행사 자리를 거부할 마음은 없었으나, 밤이 깊을수록 그를 불안하게 하는 딱 하나.

집 앞에 멈춰 선 무영이 심호흡을 했다. 고래등 같은 저택의 불이 모두 꺼져 있는 것을 확인해도 마음이 몹시 착잡하다. 바로 '새나라의 어른'을 고수하시는 그의 대장님 때문에.

무영은 최대한 소리가 나지 않게 열쇠로 대문과 현관을 열고 들어갔다. 밖에서 보았듯 거실엔 불이 꺼져 한 치 앞도 가늠하기 어려웠다. 어디 밤에 한두 번 더듬는 거실인가. 어두움은 아무런 장벽이 되지 못했다.

하지만 살금살금 이층 계단으로 올라가던 무영은 난데없는 호통 소리에 화들짝 놀라 멈춰 섰다.

"이놈의 자속!"

아……걸렸다.

무영은 죽을상을 하고 뒤돌아보았다.

"아, 아버지, 아직 안 주무셨습니까?"

"채 씨 집안의 제일 큰아들이 안 들어오는데 애비가 되어가 발 뻗고 잠을 자나? 어요, 니 지금 시간이 몇 시고? 시간이 몇 시인데 이제 기어들어 오노! 명색이 대학 교수란 놈이 술 먹고 새벽에 쏘댕기나!"

나이 지긋한 양반이 목청도 좋으시다.

무영은 호랑이 얼굴로 버티고 선 아버지께 최대한 죄스런 얼굴을 해보였다.

"학교에서 행사가……."

"그놈의 행사는 새벽까지 하드나? 총장님한테 전화 넣어볼까?"

그래, 핑계가 통할 양반이 아니지.

"죄송합니다."

무영은 고개를 처연하게 늘어뜨리고 처분을 기다렸다. 이를 테면 삼십 분 일찍 기상이라든지. 또 이를테면 횟집에 나와 고기 배달을 하라든지. 아니면 진짜 언짢으시다면 지금 당장 팬티 바람으로 정원에 집합을 하라든지.

"마, 얼른 들어가 자라."

목청 좋으신 양반의 일장연설을 기대하던 무영은 아버지가 너그러운 어조로 말하자 눈이 번쩍 뜨였다.

"네?"

그가 믿기지 않아 반문하자, 아버지가 먼저 돌아섰다.

"내일 할 일이 있으니까네 봐준다."

"아, 아버지."

무영이 불렀지만 아버지는 이미 안방으로 사라진 후였다. 마치 귀신에게 홀린 기분이었으나 뭐 어떤가, 아버지도 마음을 너그럽게 가질 때가 되었다.

그는 히죽거리며 이층 방으로 올라갔다.

대망의 아침.

여행하기 편한 청바지 차림으로 커다란 트렁크를 든 옥희를 역까지 태워주신 내외가 당부를 잊지 않았다.

절대 경박하게 행동해서 부모 이름에 욕 먹이지 말 것.

회사 생활은 누구보다 성실하게 하고, 모범을 보일 것.

"알았다. 알았어요, 아버지. 내가 사회생활 처음 하는 것도 아닌데 잘할 겁니다. 걱정하지 마세요."

못 가서 안달이던 서울행이건만 헤어짐은 참…… 슬프다.

자꾸만 당부를 하며 개찰구 안으로 들어가라 말씀하시는 부모님을 보자 옥희는 괜한 짓을 하는 것이 아닐까 하는 의아한 생각마저 들었다.

"옥희야, 니 고향은 여다. 서울서 일하는 거 힘들면 언제든지 내리온나. 니 몫으로 땅뙈기 해둔 거 팔아가 니 주꾸마."

채가가 아무리 절친한 친구리 해도, 그 집 아들 무영이 아무리 탐이 난다 해도 이십구 년 동안 곁에 끼고 산 자식을 보내는 석구의 목소리가 젖어들었다.

"걱정 마세요. 힘들면 오지 마라 해도 짐 싸들고 내려올게요."

옥희는 그런 아버지를 꼭 껴안고 곁에 선 엄마도 꼭 끌어안았다.

"그냥 여서 동식이랑 결혼하제."

"엄마!"

"알았다. 문디, 얼릉 드가라. 기차 들어온단다."

끝까지 미련을 버리지 못하는 엄마마저 손을 흔들어주었다. 그녀가 먼저 개찰구 안으로 들어가야 집으로 갈 것이라는 부모님의 엄포에 할 수 없이 개찰구 안으로 들어온 옥희는 무거운 가방을 내려놓고 기차가 들어오길 기다렸다.

시간에 맞춰 온지라 얼마 기다리지 않아 곧 안내방송과 함께 서울행 새마을호 기차가 역으로 들어왔다. 낑낑거리며 가방을 들 찰나, 그곳에서 마저 그녀를 부르는 소리가 있었으니.

"희야!"

헉!

트렁크를 던지듯 내려놓고 뒤를 돌아보자, 언제 어디서 소식을 들었는지 검은 비닐봉지를 휘두르며 동식이 달려오고 있었다.

"희야, 내다!"

"니 표도 없으면서 여는 어떻게 들어왔노?"

"입장권 샀다. 아니, 그게 중요한 기 아니고, 니 내 작별인사도 안 받고 갈라 했나?"

그녀가 미처 대답하기도 전 기차가 사 분 뒤에 출발한다는 방송이 나왔다. 그러자 동식은 자기가 들고 온 검은 비닐봉지를 옥희 손에 들려주었다.

"뭔데?"

바스락거리는 봉지 안을 들여다보던 옥희는 동식을 빤히 쳐다보았다. 봉지 안에는 삶은 계란 다섯 개와 사이다 한 캔, 그리고 노릇노릇 구워진 오징어 한 마리가 있었다.

"출출할 때 계란만한 기 없고, 심심할 때 오징어만한 기 없다. 옥희야, 가믄서 내 생각하고 묵어라."

눈물까지 글썽이며 말하는 동식을 보자 옥희도 순간 울컥하고 말았다. 저 녀석과 그녀의 가슴속에 사랑의 주파수가 달라 짝이 될 수는 없다 하나, 평생을 한마을에서 친구로 지냈는데 말이다. 그런 녀석의 배웅을 받으며 서울로 가려니 마음이 이상했다. 익숙한 고향과 익숙한 친구를 두고 가는 서울.

동식이 그녀의 손을 꼭 잡았다.

"희야, 살다가 힘이 들거나 맴이 윽수로 외로울 때 고민하지 말고 내한테 전화해라. 그람 내가 우리 공장 포터 끌고 당장에 서울 갈 기다."

그 말에 옥희가 눈을 비비며 말했다. 눈을 비비지 않으면 울어버릴 것 같았다.

"개놈. 니 오 양이랑 사귄다미."

"아이다. 오 양은 친구다."

동식은 팔까지 휘이 휘이 저어가며 부정을 했다. 그 순박한 얼굴에 어린 절실한 부정에 살짝 마음이 돌아설 찰나, 개찰구 입구를 서성거리는 얼굴이 있었으니.

옥희는 동식의 팔을 툭 쳤다.

"동식아, 니 친구 왔다."

"엉? 누구?"

옥희의 말에 동식이 돌아보자, 파란 보자기의 쟁반을 휘두르며 오 양이 소리쳤다.

"오빠야, 거서 뭐 하는데! 내랑 경운기 타고 뒷산에 진달래 꺾으러 간다 했잖아. 내 배달도 안 가고 왔다!"

"헉! 오, 오 양아."

'친구' 라 변명하자마자 들통이 난 동식의 얼굴이 붉으락푸르락 난리가 났다. 그 모습을 아니꼽게 보던 옥희는 동식의 등을 밀었다.

"진달래 꺾으러 가라. 내 간다."

"희야."

기차에 올라타는 그녀를 부르는 동식의 목소리가 매우 애달팠지만, 옥희는 뒤돌아보지 않았다. 서로 가야 할 길이 다른 운명인 것을.

어요, 동식아. 니 오 양이랑 행복해라.

옥희는 그녀가 좌석번호를 확인해 앉는 것을 차창 밖에서 보며 울먹거리는 녀석에게 행복을 빌어주었다.

덜컹, 자리에 앉자 곧 기차가 출발하는 움직임이 느껴졌다.

간다, 서울. 드디어 내가 간다.

옥희는 두 주먹을 불끈 쥐었다.

쿵쿵.

"형, 일어나. 밥 먹자."

방문을 두드리는 소리와 함께 들려오는 우영의 잠에 취한 목소리.

"우웅."

조금 전에 잠이 든 것 같은 무영은 머리끝까지 이불을 뒤집 어쓰고 꿈틀거렸다. 화창한 봄날이라 해도 온기가 가득한 시트에서 빠져나오는 것은 여간해서 쉬운 일이 아니다.

잠시 지렁이처럼 꿈틀거리던 무영은 겨우겨우 자리에서 일어났다. 숙면을 위해 쳐놓은 검은 커튼에 방은 어둡기만 했다. 비틀비틀 일어나 커다란 창의 커튼을 확 걷자 눈부신 봄볕이 그를 반겼다.

환한 빛에 잠시 눈을 깜박거리다 창틀 앞에 놓인 애기봄맞이 꽃 화분에 인사를 했다.

"잘 잤냐?"

1m 정도 되는 창틀을 따라 놓인 큰 화분에 가득 피어 있는, 흰 별사탕처럼 작은 야생화에 분무기의 물을 주며 아침인사를 한 그는 바닥에 떨어진 셔츠를 집어 입었다.

강의가 없는 날이라 늦잠을 자고 싶어도 그건 단지 소망일 뿐이다. 아침밥은 가족 모두가 모여서 먹어야 한다는 아버지의 철칙에 날밤을 꼬박 새고 작업을 하다가도 아침을 먹기 위해 집으로 와야만 했다. 게다가 어제 늦게 들어오다 걸려서 혼이 난 다음날은 더 부지런히 움직여야 한다.

방을 나온 무영이 아래층으로 내려가자 식탁엔 이미 식구들 모두 둘러앉아 있었다. 그를 힐끔 본 아버지가 별말없이 수저로 국을 떴다. 평소 같으면 늦었다고 혼쭐이 날 텐데……

"안녕히 주무셨습니까?"

무영이 고개를 꾸벅 숙이고 식탁에 앉자마자 아버지의 엄명이 날아들었다.

"무영이 니 밥 묵고 서울역에 가라."

"역에는 왜요? 손님 오십니까?"

무영은 대수롭지 않게 젓가락으로 계란말이를 집으며 물었다.

"네, 알겠습니다. 오늘은 강의 없으니 다녀오겠……."

"가서 옥희 델꼬 온나."

헉! 그는 집었던 계란말이가 후르륵 떨어지는 것도 모른 채 아버지를 보았다.

"옛?"

좀처럼 없는 무영의 새된 음성에 식탁에 앉아 있던 모든 사람들의 시선이 쏠렸다.

"누가 온다고요?"

"젊은 아가 가는귀가 먹었구만. 옥희가 온단다."

어쩐지! 그럴 양반이 아닌데 아버지가 늦은 귀가를 눈감아주신다 했다. 그것도 모르고 좋아라 했던 자신이 멍청하게 느껴졌다. 너무나 어처구니없는 날벼락에 무영의 뇌에서 걸러지지 못한 말이 나왔다.

"호박이 왜요!"

외침이 너무 절절했나 보다. 무영의 말끝에 식탁 위는 잠시 고요가 내려앉았다. 불길한 고요가 이 분 동안 지속되자 눈치없게 열심히 밥만 먹던 연년생 동생 우영이 슬며시 수저를 내려놓았고, 어지간한 일엔 절대 반응하지 않는 열여덟 살 수영마저 슬금슬금 눈치를 보았다.

"니…… 무영이 니 뭐라 했노?"

실수다. 슬하에 딸자식이 없는 아버지, 어머니가 그 호박을 얼마나 예뻐했는지 잊어버렸었다. 아버지의 한 템포 늦어지는 음성은 그가 요령있게 상황을 모면하지 못하면 엄청 두드려 맞을 거라 충고해 주었다. 무영은 진땀을 흘리며 간신히 대답했다.

"아니, 아닙니다. 호, 아니, 옥희가 왜 옵니까, 아버지? 놀러 오나요?"

그러자 다행히 아침부터 기운 뺄 생각이 없으신 듯, 아버지가 밥그릇에 관심을 집중하며 말씀했다.

"앞으로 우리 집에서 살 기다. 가들 아부지가 특별히 내한테 옥희를 맡겼다. 내한테 둘도 없이 귀한 손님이니까 데려올 때 절대 무례하게 굴지 말그라. 알긋나?"

"그, 그럼 우영이보고 가라고 하세요."

두드려 맞는다 해도 말하고 말리라. 무영이 호기심에 두 눈을 반짝이는 우영을 가리키자, 우영이 고개를 끄덕였다.

"네, 아버지. 제가 옥희 데리러 갈게요. 전 한 번도 못 봐서 보고 싶어요."

우영이 대답을 하자마자 아버지의 은수저가 무영의 머리를 첬다.

딱!

불식간에 머리를 맞은 무영이 외마디 비명을 질렀다.

"악, 아버지!"

청명한 북소리마냥 울려 퍼지는 그 소리에 우영과 수영 모두 자라목이 되었다.

"이놈의 자슥. 맏이가 돼가 어디 시키는 일을 동생한테 미루노? 내가 니를 그리 키웠드나? 앙? 니가 갔다 온나. 내가 반드시 옥희한테 물어볼 기다, 누가 데리러 왔는지. 알긋나?"

마구 눈을 부라리는 아버지 앞에서 무영은 반항하지 못했다. 밥이 어디로 넘어가는지도 모르게 먹은 그는 이층으로 쫓겨 올라가 나갈 준비를 해야 했다.

"노인네, 또 무슨 수작으로 호박을 불러들인 거야."

그날도 그랬다.

그때 나이 스물아홉 살. 딱 이 년 전 그날, 봄날처럼 나른하기만 한 그에게 아버진 선을 봐야 하노라고 말씀하셨다. 그것도 대구까지 아버지 어머니랑 같이 내려가 선을 봐야 한단다.

"니도 마, 장가갈 때가 됐다. 내일이다. 준비하그라."

무영은 일방적인 선언에 너무 어이가 없어 이층 창에서 뛰어내리고 싶었다.

아니, 세상이 어떤 세상인데 나이 스물아홉 살인 건전하고 잘생긴 그가 아버지 손 잡고 대구까지 내려가 선을 본단 말인가.

아무리 생각해도 납득이 가지 않았다.

하나, 중요한 것은 그가 납득을 하지 못해도 아버지는 이미 결정을 하셨다는 것. 무일푼 밑바닥에서 시작해 서울에서 알아주는 일식 요리집 주인이 된 아버지의 추진력은 상상을 불허했다.

"그래도, 어디 부모님 손 잡고 대구까지 내려가 선을 본단 말인가! 안 될 일이지."

무영은 그 길로 무작정 선보라는 아버지의 강권에 대항하기 위해 촬영을 핑계 삼아 강원도 원주까지 도망을 갔다.

하지만 아버지와 어머니가 어떤 분이신가. 연년생 형제의 질풍노도 같은 사춘기 시절, 가출했던 하나를 잡아오면 숨 고를 새도 없이 집 나간 또 하나를 잡으러 가던 그 험난한 시절을 모두 이겨내신 분들이다. 게다가 작은 아버지의 외아들 수영이마저 가끔 가슴속에 휭한 바람이 불면 전국을 방황하는데, 녀석도 이틀을 넘기지 않고 귀신같이 잡아오는 분들이 아니시던가.

어떨 땐 마치 아버지가 일식 요리집을 운영하시는 게 아니라 정보기관을 운영하는 것 같은 착각마저 들었다. 역시나 실력 발휘를 하셔서 선을 보러 가야 하는 당일 아침, 아버지는 그가 투숙한 호텔방 앞에서 객실 문을 열자마자 강력한 펀치를 날려 눈두덩 파랗게 멍을 만들어놓았다.

"아악!"

"이놈의 자슥! 니가 감히 도망을 가?"

무영은 그가 외마디 비명을 지르며 주저앉는 것을 보며 아버지가 하셨던 말씀이 아직도 귀에 쟁쟁했다.

"그 아가 누구 자식인 줄 아나? 야야, 내가 그 아들 아부지 아니었으면 이렇게 살아 있지를 못한다. 니도 알다시피 너그 할배가 독립운동가 아니셨나? 육이오 동란에 공산당 놈들이 독립운동가 다 잡아 죽인다고 온 동네를 들쑤시고 다닐 때, 너그 할배, 할매, 그리고 아부지랑 작은 아부지 숨겨준 사람이 바로 옥희네다. 숨겨주다가 들키면 다같이 죽는 기라. 그래도 옥희 할배가 용감하게 우리를 지켜줏다. 맞제, 민자야?"

카랑카랑한 목소리에 객실 문이 열리고 불만 섞인 얼굴들이 그들을 노려보는 것도 방해가 되지 못했다. 아버지와 한동네에서 나고 자라 결혼까지 하신 어머니는 아버지보다 더 열정적으로 고개를 끄덕거리셨다.

"아이고, 맞다 뿐입니꺼. 그때 옥희네 아니였으마 영감은 죽었어예."

"어무이 말 들었나? 옥희 할배가 우리를 숨기주는 것도 모자라가, 내하고 옥희 아부지하고 조금도 차별을 안 두고 이뻐라 했다. 니가 옥희를 만나보지도 않고 이러는 거는 그 은혜를 배신하는 거다.”

무영이 아무리 생각해도 그땐 앞뒤 잴 것 없이 용감했다. 아버지 어머니의 협공에 멍든 눈을 하고서 굳게 대들었었다.

“아무리 그래도 싫습니다! 차라리 군대를 한 번 더 가는 게 낫지 그런 선은 죽어도 못 봅니다!”

잠시의 정적. 아버지의 권위에 도전하는 발언을 한 무영이 두근거리는 심장으로 아버지를 지켜보았다.

“그래?”

그러자, 진노하리란 그의 예상과는 너무 다르게 아버진 침착하고 진지한 어조로 다시 물으셨다.

“참말로 옥희랑 선보는 게 군대 한 번 더 가는 것보다 몬하나?”

“네!”

이미 갔다 온 군대, 다시 갈 일이 없었기에 배짱 두둑한 무영이 확신에 찬 어조로 대답했다.

“그라나? 알궂다. 무영이 니도 잘 알제? 아부지 친구 중에 삼사관 학교에서 원사 하는 자슥이 있다. 가한테 부탁하믄 니 삼사관 학교 입소하는 건 문제도 아닐 기다.”

헉! 순간 무영의 입이 딱 벌어졌다.

“사내 자슥이 말을 할 때는 항상 자기 말에 책임질 자세가 되어 있어야 한데이. 내가 한 번 더 물을 테니까 확실한 답을 해라.”

그의 당황을 유심히 보며 아버지가 쐐기를 박았다.

"……."

뭘 하든, 쉽게 결정을 내릴 수 없는 상황.

"야야, 무영아. 니 잘 생각하그라. 그냥 아부지 엄마랑 대구 가가 옥희 보면 된데이. 근데 그럴 못해가 삼사관 학교 가고 싶나?"

결국 은근슬쩍 끼어드는 엄마의 말에 무영이 고개를 푹 숙였다. 그리고 십 분 후, 무영은 도저히 그의 머리로는 따라갈 수 없는 대장 내외를 따라 호텔을 나와야 했다.

휴일이라 한가한 도로를 달리며 떠올린 그날.

무영의 뇌리에 박힌 마지막 모습은, 제 부모님 뒤에 숨어 혀를 내밀며 가운뎃손가락을 들어 올렸던 매우 건방지고 버릇없는 호박이었다. 이상하게 이 년이나 지난 일이지만 그것만 생각하면 전투의지가 급상승된다.

"어유!"

무영은 신호를 받아 멈춰 선 자동차의 핸들을 내려쳤다. 평소엔 날카로운 이성을 자랑하는 그였지만 이상하게 호박만 생각하면 가슴에서 불길이 치솟았다.

호박, 호박! 그 버릇없는 호박이랑 앞으로 같이 살아야 한다니. 무영은 스튜디오가 딸린 오피스텔로의 독립을 진지하게 고민해 보기로 마음먹었다.

"우와, 장날 시장보다 사람 많은 건 처음 본다."

옥희가 떠나온 고향 역은 한산하기만 했는데, 서울역은……
상상을 초월하고 있었다. 각양각색 남녀노소, 얼마나 많은 사람
들이 모여 왁자지껄 야단들인지.

한적하고 고요한 일상에 길들여진 옥희는 그만 갈 길을 몰라
고개만 내저었다.

"보자, 어디로 가야 하는고? 훔, 어디 약도가 있을 긴데."

고운 표준말이 난무하는 서울역에서 감히 투박한 사투리를
큰 소리로 말하지 못한 옥희가 들고 온 트렁크를 주섬주섬 뒤지
기 시작했다.

성미라도 나오라 할 것을.

팬더네 집으로 갈 것이라 생각해 배웅 나온다던 성미를 나오
지 못하게 했는데, 이렇게 사람 많은 곳에서 길 잃은 아이처럼
있을 줄 몰랐다.

옥희는 트렁크를 뒤져 찾은 팬더네 전화번호와 주소가 적힌
종이를 보며 중얼거렸다.

"아부지가 전화 넣었으면 누가 나와도 나올 긴데. 팬더가 나
올라나? 아님, 아저씨가 나오실라나?"

전화를 해볼까, 아니면 일단 서울역 밖으로 나갈까 심각한 고
민에 싸여 앞을 보자, 검은색과 회색이 난무하는 사람들 사이로
적당히 닳아 몸에 잘 맞는 옅은 청바지에 개암 빛깔 재킷을 입
은 남자가 그녀 곁을 빠르게 지나갔다. 그러자 기분 좋은 스킨

냄새가 같이 스쳐 갔다.

키가 커서 그러나, 얼굴도 진짜 잘생겨 보이는데, 확실히 서울 남자들은 고향 마을 남자들하고는 차원이 다르게 잘생겼다. 저 똑떨어지는 콧대과 턱 선 한번 봐라. 죽인다.

그런데 스타일 멋진 남자에 대해 경탄을 하며, 유심히 앞을 쳐다보던 그녀의 어깨를 누가 확 잡아챘다.

"야, 호박. 넌 사람을 보고도 그냥 지나치냐?"

헉. 놀랄 만한 손 힘에 얼른 뒤를 돌아보자, 조금 전 그 잘생긴 남자가 그녀를 보며 눈알을 부라렸다. 팬더다. 에잇, 팬더인지도 모르고 잘생겼다 난리를 쳤구만. 취소 취소! 정말 눈이 잠시 미쳤었다.

"우리가 다시 안 만날 거라 생각했겠지? 엉? 그러니 네가 그때 이랬겠지?"

이 년이란 시간이 지났음에도 남자는 전—혀 철이 들지 않은 듯, 오래된 그 일을 앙심을 품고 가운뎃손가락을 들어올려 보였다.

남자의 도발에 낯선 곳에서 우울하던 기분이란 모두 사라졌다. 옥희는 고개를 새침하게 돌리며 말했다.

"이 양반, 아직도 철이 안 들었네? 하기야 뭐, 팬더가 다 그렇지. 인간하고 같을 수가 있나."

"패, 팬더!"

그날의 기억이 하나도 사라지지 않은 듯 남자가 발끈해 소리쳤다. 그러자 주위의 모든 시선이 그들에게 쏠렸다.

"부끄럽지도 않나. 공공 건물에서 정숙 모르나, 정숙?"

"너 왜 반말해!"

중요한 건 그게 아닌데, 이 남자 그걸 모른다. 옥희는 귀를 후비며 서울역의 출구를 찾아 두리번거렸다.

콩만한 이 여자! 희고 동그란 얼굴에 보이는 것은 커다란 눈뿐이다. 하나, 그를 멸시하는 저 눈동자—!

스튜디오 딸린 오피스텔로의 독립을 꿈꾸며 감정을 조절했건만 왜, 왜 이 여자를 보는 순간 이렇게 이성을 잃어버리는지 모르겠다.

남들 다 자랄 땐 뭘 했는지 그의 어깨까지 겨우 미치는 작은 키에 청바지와 노란 후드티를 입은 여자는 그의 강의실에 앉은 여대생마냥 명랑해 보였다. 흠, 절대 차림새만 그렇단 말이다. 어디 나이 스물아홉을 파릇파릇한 스무 살 여대생에 비할까! 호박 주제에.

그들의 인연은 평화다방과 달성공원을 끝으로 파투났다. 자석의 극과 극처럼 결코 가까워질 수 없는 사이. 씩씩거리며 여자를 노려보던 무영은 주위 사람들의 힐끔거림에 정신이 들었다.

"너 여기서 우리 집 갈 수 있어?"

다른 상황이라면, 또 다른 상대라면 절대 이런 유치한 발언

따윈 하지 않으리라. 그러나! 호박 아니던가. 무영은 스스로 생각하기에도 비열하게 웃으며 옥희를 바라보았다. 그러자 이 땅꼬마 호박이 그를 물끄러미 본다.

'그래, 겁나지? 지하철 타고, 버스 타고 우리 집 갈 거 생각하니 겁나지?'

어깨가 절로 으슥하며 의기양양해졌다.

하지만.

"집이 삼성동 맞지요? 여기 주소 있으니까 택시 타지 뭐. 우리 아부지 말이 서울서 길 모르면 택시 타라 했소. 그람 채 씨 아저씨가 돈 줄 거라고. 배웅 안 나오면 그러라 했으니까 난 택시 탈랍니다."

호박이 콧방귀를 팍 끼더니 제 할 말만 하고 종종걸음으로 걸어갔다.

"내가 반드시 옥희한테 물어볼 기다, 누가 데리러 왔는지. 알 긋나?"

뒤뚱뒤뚱 걷는 호박 뒤로 아버지의 목소리가 환청처럼 내려앉았다.

"젠장."

한다면 하는 분이 아버지고, 아버지는 복종하지 않는 자식은 항상 엄히 처벌하신다.

"알았어, 알았어! 차 태워줄 테니까 거기 서."

사람들이 보든 말든 크게 소리쳤지만, 호박은 굴하지 않고 앞으로 전진한다. 안 그래도 작은 덩치가 사람들 속에 폭 묻혀 언뜻언뜻 가려지자 무영은 안달이 나기 시작했다.

"야, 너 거기 안 서? 어우, 진짜."

결국 무영이 옥희를 따라 뛰기 시작했다.

고향에서 일요일이면 거리는 한산하기 짝이 없건만, 서울이란 동네는 아침부터 엄청나게 많은 차들이 거리로 나와 있다. 뭘 해서 샀는지는 모르나, 밋들어지는 팬더의 은빛 고급 중형차를 타고서 옥희는 거리를 내다보느라 정신이 없었다. 그러자 그 모습을 절대 고운 눈으로 보지 않는 팬더가 비아냥거렸다.

"태워준다고 그럼 결국 탈 거면서 빼긴 왜 빼?"

팬더는 겉으로 보이는 건 다 괜찮다. 얼굴이야 뭐…… 아버지 말씀이 사람이 입은 비뚤어져도 말은 바로 하라 하셨다. 삐딱한 눈으로 보기에도 얼굴은 여느 남자와 비할 길없이 잘났다. 부리부리한 눈 하며 똑 떨어지는 콧대와 턱 선, 미치도록 섹시한 입술. 어디 하나 나무랄 데가 없다. 거기다 몸매는 요즘 텔레비전에 나오는 몸짱 연예인이 부럽지 않게 미끈히 잘빠졌다. 이 년 전보다 더 잘나졌으면 잘났지, 못나지지 않는 남자였다.

하지만!

"하여튼 상경한 거 티내는 것 좀 봐. 촌닭처럼 두리번거리기는."

딱 저 입이 말썽이다. 저 입—! 옥희는 서울역에서 지금껏 잠시도 빈정거림을 멈추지 않는 무영을 노려보며 말했다.

"그람 내리까?"

내리라면 못 내릴 것도 없다. 낯설고 어색한 이 도시가 서럽기야 하겠지만, 한글만 읽을 줄 알면 어디든 갈 수 있으니 걱정할 것 없다.

"뭐라고 했어? 내리까? 너 지금 반말하니?"

막 골목 어귀로 접어들던 무영은 호박의 말을 들으며 자신의 귀를 의심했다.

"그래, 긴 말 아니면 반말이겠지. 왜?"

그녀가 태연히 반박했다.

이 버릇없는 호박 좀 보시게!

철딱서니없는 스물 살 새내기한테 통하는 위엄 어린 그의 물음에도 그 큰 눈만 동그랗게 뜨고 계속 반말이다.

"너 지금 내 나이가 얼마인지 알고 그러는 거냐?"

"뭐, 열 살이 많은 것도 아니잖아. 다같이 늙어가는 처지에 반말하면 어때."

휴…….

무영은 집 앞 담벼락에 차를 주차하며 말했다. 아주 철없고 어린 학생을 타이르듯 말이다.

“내가 너보다 연장자로서 하는 말이다. 나에 대한 존경을 보여줄 수 없겠냐?”

영감 같기는. 그의 빈정거림을 반말로 상대하던 옥희는 어이가 없었다.

자긴 말이다. 호박이니 뭐니, 그녀를 향해 인신공격성 발언을 서슴지 않으면서 무어라? 존경? 어이구, 고향집 영순이가 웃을 말이다.

차에서 내린 옥희는 차마 못 들을 말을 들은 듯 귀를 후볐다.

“앞으로 꼬박꼬박 존댓말 해라.”

“뭔 말이고?”

“오빠라고 해라.”

오…… 오빠? 어이고, 혈압 올라가는 소리! 팬더더러 오빠라니, 도저히 있을 수가 없는 일이다. 웃기지 마셔라—! 사회에서 두 살은 다 친구 먹는다!

이 부적절한 상황에 분기탱천한 그녀가 두 주먹을 불끈 쥐고 반박할 찰나, 무영이 그녀를 탁 밀쳤다.

“비켜라, 호박.”

그리고 아주 태연히 초인종을 누른다. 개놈—! 채 씨 아저씨는 대체 뭘 먹여 팬더를 키운 것인지!

그녀가 무영에 대해 다시 한 번 그 성질 나쁨에 대하여 분노할 때 대문이 열리고 한 남자가 뛰어나왔다.

“왔어?”

　남자는 무영을 향해 건성을 인사를 하고 무영의 뒤 쪽에 선 옥희를 뚫어져라 바라보았다.

　"저 사람이 옥희야?"

　어머나, 세상에. 저 빛은 대체 어디서 오는 빛이란 말인가.

　그녀를 잘 아는 듯한 남자를 본 옥희는 그녀가 처한 현실을 잠시 잊었다. 세상에나, 세상에나……. 참말로 잘났네.

　할 말이라곤 단지 그 말뿐이었다.

　"반가워요. 저 무영 형 동생 채우영입니다."

　남자는 눈이 하트 모양으로 변해가는 옥희를 향해 웃으며 손을 내밀었다.

　"아, 아…… 네. 저는 이옥희입니다."

　잘생긴 남자 앞에서 말까지 더듬으며 옥희는 우영의 손을 살풋 잡아주었다. 으흐흐, 살결 참 곱다.

　그때, 어디 하나 곱게 넘어가지 않는 무영이 저만큼 현관 앞에서 소리쳤다.

　"야야, 그냥 반말해. 쟤 나이 너보다 어려. 올해 스물아홉 살이다. 하긴 여자 나이 스물아홉이면 꺾어지는 꽃이지. 아니, 시들어 떨어진 꽃이지."

　재수탱이! 우영에게서 잡힌 손을 빼내며 옥희가 무영의 뒤통수를 사정없이 노려봐 주었다.

　"후훗, 그럼 나 서로 반말해도 돼요?"

　그런 옥희를 향해 우영이 말했다. 그래 그래. 바로 그거란 말이지. 동의를 구하는 것.

"네."

무영 때와는 달리 옥희는 사정없이 고개를 끄덕거려 주었다.

"그래, 그럼 지금부터 반말. 아버지랑 어머니는 기다리시다 나가셨어. 옥희 오는 거 보고 가시려고 기다리셨는데, 오늘 고기 들어오는 날이라 먼저 가신다고 미안하다 전해달라 하시더라. 우리도 오늘 아침에 너 온다는 말 들었거든. 이야기는 많이 전해 들었는데 실제로 보니 딱 그 이야기대로다?"

우영은 그녀가 들어오는 동안 기다려 주었다 대문을 닫고 또 손수 현관문을 열어주었다. 매너 좋고. 징말 기다리고 있었던 듯, 친근하게 맞아주는 우영 덕에 옥희는 기분이 조금씩 좋아졌다.

채 씨 아저씨가 서울에서 크게 성공했다 하더니, 집이 정말 으리으리했다. 무영이 성질을 자극하는 바람에 자세히 못 봤던 대문이며 현관이 휘황찬란하기만 했다. 그리고 고향집에서나 봄 직한 넓은 정원 하며—서울은 땅값이 비싸 정원도 손바닥만하다던데 말이다—실내로 들어가자 고급 엔티크 가구가 그녀를 마구 반기고 있었다.

촌닭이라 해도 할 수 없다. 그녀의 시골집도 동네에선 알아주는 부잣집이라고 했건만, 이곳과는 비할 수가 없었다. 세련된 실내 광경에 눈이 저절로 돌아갔다. 다만, 거실 한복판에 앉아 거만하게 무릎을 꼬고 신문을 보는 저 남자만 빼고.

"방은 어머니가 이층에 준비해 뒀어. 일단 앉아서 숨 좀 고르자."

그래도 안면이 좀 있다는 팬더는 저리 건방을 떨고 앉았는데, 우영은 입 안의 혀처럼 다정했다. 생김새는 닮은 형제이건만…… 참 다르다. 옥희가 소파에 앉자 우영이 팔걸이에 기대서 물었다.

"옥희 커피 마실래? 나 마실 건데 같이 마시자."

아이고, 저 웃는 얼굴 함 봐라. 그 찬란함이란! 오뉴월 땡볕에 버터가 녹아내린다. 아무리 생각해도 진짜 잘났단 말이지. 그런데다 말끝마다 생글거리니 어찌 정이 안 든단 말인가. 채 씨 아저씨가 큰아들은 잘 못 키웠어도 작은아들은 저리 훌륭하게 키워냈다.

무릎을 치며 경탄을 하고 싶었으나, 대답을 기다리는 우영과 무신경하게 앉은 무영으로 인해 그럴 수가 없음이 심히 애통하다.

옥희는 최대한 조신하게 대답했다.

"네, 좋아요."

"음, 블랙으로 줄까?"

"어, 아니요. 블랙은 써서 못 마셔요. 저는 둘, 둘, 둘이요."

나름 진지한 대답에 우영이 웃기 시작했다.

"훗, 둘, 둘, 둘? 뭐야, 다방 커피?"

그러자 옥희가 수줍게 고개를 끄덕였다.

"네."

다방 커피. 인정하기 싫지만 바로 오 양이 둘, 둘, 둘로 타는 커피의 일인자였다. 모심기에 여념이 없는 여름철 오 양의 '둘둘둘 커피'를 마셔본 아저씨들은 그야말로 추풍 낙엽 떨어지듯 쓰러졌다.

"아이고, 오 양아. 이기 뭔 맛이고? 우째 타면 이리 맛나노? 우리 할마이 갈키 주봐라."

"하모 하모. 우리도 갈키도고. 식후에 마시는 커피가 숭늉인지 커피인지 모르게 탄다 아니가."

그렇게나 맛난 커피가 둘둘둘 커피이다.

절대 지존에 빛나는 오 양이 찬란하게 웃는 것을 둘러싸고 벌어지는 논두렁의 매일 같은 여름 풍경이었다.

"네, 다른 말로는 파출부 커피라고도 하지요. 집주인 아줌마 없을 때 설탕, 프림 푹푹 퍼 넣어 달달하게 탄 커피요."

"하하하. 파출부 커피. 그럼 나도 그렇게 마셔볼까?"

옥희의 대답에 우영이 계속 웃었다. 서울말과는 다른 억양에도 무척 웃겼지만, 동그란 눈을 크게 뜨고 하는 말은 더 웃겼다.

하지만 그들의 다정한 대화에 불붙은 이가 있었으니, 너무 다소곳한 그녀의 대답에 신문을 읽던 무영의 눈이 세모꼴로 변했다. 저 호박, 그에겐 항상 퉁퉁거리는 못난이 인형 주제에 우영에겐 마치 천사처럼 웃으며 말한다. 꼬박꼬박 존댓말을 하며!

그리고 우영이 녀석! 대체 뭐가 그렇게 웃기다고 저래? 무영은 그녀의 대답을 재미있어하는 동생을 노려보았으나 눈치없기로 따라올 자가 없다는 우영 아니던가.

무영은 신문을 소리 나게 탁 접으며 자리에서 일어났다.

"커피메이커에서 원두커피 내려. 나도 한 잔 가져다 주고."

"어? 그냥 커피 탈 거야. 블랙으로 줄게."

"커피메이커 원.두.커.피."

우영의 제안에 무영은 스타카토 발음으로 강조해 말하고 이층, 자신의 방으로 들어갔다.

진짜 성격 이상하다. 옥희는 팬더의 뒤통수를 노려보았다. 그 쓴 원두커피를 마시려면 자기나 마시던가, 참 성격 희한하네.

"그냥 주는 대로 먹지. 하여튼 성격 희한해."

마침 중얼거리는 우영까지, 같은 배에서 태어나고 자란 형제마저 인정하는 성격이상자가 바로 팬더다.

"갔다 올게. 두 종류의 커피를 타려면 시간이 걸리니까……."

"같이 가요. 저도 도울게요."

"그럴래?"

"그럼요. 저 커피 진짜 잘 타요."

반색을 한 우영과 어깨를 나란히 주방으로 들어가는 옥희의 목소리가 웃음으로 가득했다.

쾅! 방문을 소리 나게 닫고 들어온 무영은 방 안을 이리저리 서성거리며 분을 식히려 노력했다. 젠장, 저 호박이 사람 인내심을 이토록 시험에 들게 한다. 아! 그에겐 처음 본 순간부터 인상을 써대더니, 우영 앞에서는 천사가 따로 없다, 따로 없어.

"아우, 침착하자, 채무영."

호박의 농간에 놀아나지 말자 수없이 되뇌도 여전히 괘씸하다.

그래, 앞으로 두고 보자, 이호박! 무영은 마치 문가에 옥희가 서 있기라도 한 듯 그곳을 한없이 노려봐 주었다.

우영과 사이좋게 커피를 나눠 마시고 이야기를 나누다 보니 오늘 처음 본 사람이란 것이 믿어지지 않을 정도로 친해졌다. 옥희는 우영의 안내로 그녀의 방으로 준비된 이층 방에 짐을 풀며 입을 다물지 못했다.

"우와."

방 안에 들어서자마자 핑크빛 시트가 구름처럼 내려앉은 침대와 주홍색의 앙증맞은 일인용 소파가 눈에 확 들어왔다.

침대 머리맡 커다란 창에서 쏟아져 들어오는 햇빛이 춤추는 방은 넓고 쾌적했다.

"너무 예뻐요."

"그래? 마음에 든다니 다행이야."

세심하게 인테리어 된 방 안에 있자, 옥희는 진심으로 환영받는 기분이 들어 울컥해졌다. 그래, 이 집엔 팬더를 제외하고 모두 그녀를 반기고 있었다.

"짐은 급한 것만 풀고 내려가자. 곧 저녁 시간인데 밥 먹어야지."

"네에."

문을 닫고 우영의 친절한 말에 옥희는 붙박이장 문을 열고 트렁크를 통째로 던져 넣었다. 밥을 먹을 거라는데 짐 정리가 웬 말이란 말인가. 타향이든 어디든 세끼는 꼬박꼬박 챙겨 먹어야 했다.

옥희는 후다닥 방문을 열려다 아차 싶어 멈춰 섰다. 아무리 좋아도 그렇지, 고향집에 무사히 도착했다는 전화 한 통을 안 했다. 그녀는 얼른 휴대폰을 들고 1번을 눌렀다. 신호가 딱 세 번 갔을 때, 엄마가 전화를 받으셨다.

"엄마, 내 옥희."

[아이고. 그래, 잘 갔드나? 길은 안 잊어부리고?]

큰딸의 목소리를 들은 신자의 음성이 반가움에 높아졌다.

"어, 아저씨가 큰아들 내보냈드라. 지금 집에 왔는데, 엄마 엄마. 내 방이 되게 좋다."

다시 둘러봐도 멋지다. 옥희의 입이 자꾸만 벌어졌다.

[아이고, 그러나? 그래, 옥희야. 아부지, 엄마가 했던 말 다 기억하제? 남의 눈 밖에 나는 짓 하면…….]

"절대 안 되지. 잘할게. 걱정하지 마라."

옥희가 씩씩하게 대답하자 신자가 한시름 던 목소리로 말했다.

[알았다. 뭔 일 있으만 전화해라.]

엄마와의 통화를 끝내고 그녀가 막 아래층으로 내려가자 우영도 전화를 받고 있었던 듯, 수화기를 내려놓았다. 그리고 난처한 듯 그녀를 보았다.

"흠, 어쩌나? 아버지가 많이 바쁘셔서 일찍 못 들어온다는데?"

우영은 뒷머리를 긁적거리며 상황을 설명했다.

"원래 아버지, 어머니가 일찍 들어오셔서 다같이 외식하려고 했거든. 옥희가 서울에 온 기념으로 말이야. 그런데 예약하지 않았던 단골손님이 단체로 밀려와서는 도저히 못 나오시겠대. 우리끼리 저녁을 먹어야 할 거 같아."

"그럼 그래야죠. 제가 뭐 큰손님이라고요."

미안한 기색이 역력한 우영을 안심시키듯 옥희가 두 손을 휘휘 내저었다. 그 말에 우영은 아침 식탁 앞에서 형이 옥희를 데리러 가지 않으려 반항하다 오지게 머리를 맞았던 것이 떠오르자 짓궂게 씩 웃었다.

"왜? 옥희 너 우리 집에서 큰손님이야."

"아유, 별소리 다 합니다."

"그래, 그럼 우리끼리 먹……."

쿵!

우영의 목소리가 요란한 현관 문소리에 끊겼다. 놀라서 뒤를 돌아보자, 힙합 청바지를 입고 거실 바닥을 죄다 쓸며 웬 남자아이가 들어왔다. 옥희가 한눈에 보기에도 사회에 큰 불만이 있는 듯, 반항기 어린 녀석의 얼굴은 반질반질 윤이 났다.

대체 이 집 아들들은 뭘 어떻게 먹고 자라서 얼굴 잘났어, 키도 커, 몸매까지 죽인단 말인가.

동식이 같은 배불뚝이만 보던 옥희의 눈이 하루 사이 너무 호사를 누린다.

"수영아, 인사해. 아버지가 아침에 말한 옥희 누나야."

우영이 소개를 시켜주었다.

그녀가 빤히 쳐다보자, 그런데 이 녀석. 버릇없게 눈인사조차 하지 않고 그녀 곁을 쌩 지나쳤다. 그녀의 존재를 철저히 무시하며.

흠…… 버릇없는 것이 딱 팬더를 닮았구나.

대적해야 할 싸가지가 늘었다는 자각을 하는 그녀에게 우영이 중얼거렸다.

"저 녀석…… 사춘기라서 그래. 네가 이해해 주라."

비록 어머니 나이 마흔에 낳은 귀한 막둥이 철희라도, 녀석처럼 저렇게 안하무인 상대방을 무시했다면 비 오는 날 동네가 비좁도록 쫓아가며 두드려 팼을 것이다. 하지만 누구 앞이던가. 옥희는 애써 조근조근 이해하는 척했다.

"그럼요. 당근 이해하죠. 제 막내 동생도 저런데요 뭐."

그녀는 가식적으로 웃어주었다.

"작은 아버지가 귀하게 키우셔서 그래. 외아들인데다 사춘기라서 좀 반항적이야. 이해해 줘서 고맙다."

"작은 아버지 아들이요? 아, 난 오빠 동생인 줄 알았는데."

팬더가 말할 땐 기함할 것 같더니, 우영 앞에서는 시키지 않아도 '오빠'란 소리가 술술 나온다.

"응. 작년에 작은 어머니가 돌아가셨어. 원래 심장이 안 좋으셔서 평소에도 무척 힘들어하셨는데……."

"아……."

우영의 말에 옥희는 녀석의 반항을 이해해 주기로 했다. 아직 어린 녀석이 겪어내기엔 큰 슬픔이었을 테니까.

"자, 그러지 말고 밥 먹자. 나가서 먹는 게 좋겠지? 형이랑 수영이 데리고 올게."

"아이고, 아니요. 시켜 먹어요. 시키면 딱 집 안까지 배달해 주는데 뭐 하려고 걸어나가서 먹어요? 편안하게 집에서 먹어요."

옥희는 두 손을 내저으며 자리에서 일어나는 우영의 팔을 잡았다.

농촌 마을에서는 다양한 음식 문화가 존재할 수 없다.

흔하디흔한 자장면 한번 먹으려면 식구 수대로 전부 차를 타고 읍내로 나가야 했다. 그리고 대도시에선 전화 한 통이면 쪼르륵 오토바이 타고 배달 오는 치킨도 손수 집으로 사가야 하는 불편함을 겪어보지 못한 사람은 모른다.

게다가 동네 구멍가게마저 밤 열 시면 문을 닫아 인생이 고달
퍼 술이라도 한잔하고픈 날은 아주 혀를 깨물어야 했다.

"시켜 먹어요."

옥희는 아주 강경한 어조로 우영에게 말했다.

"어? 그럼 그럴까? 뭐 먹을래?"

"팬더…… 아니, 무영, 무영 씨랑 동생한테도 물어봐야죠?"

우웩, 무영 씨!

팬더를 부르는 호칭이 변하자 옥희의 온몸에 닭살이 봄날 잡
초 돋듯 돋아났다. 하지만 우영 앞이다. 절대 참자.

"뭘 물어. 오늘의 주인공은 옥희인데? 네가 먹고 싶은 걸로
시켜."

"흠……."

무영과 수영에게 물어보란 말에 당치도 않다는 듯 손을 흔드
는 우영이 전권을 그녀에게 주었다. 그렇다면…….

"탕수육이요."

옥희가 힘주어 대답했다.

"어? 탕수육? 양장피가 아니라?"

"아니요. 양장피 그런 거 말고요, 축복받은 탕수육이요."

타협의 여지가 없는 옥희의 대답에 잠시 머뭇거리던 우영이
이내 고개를 끄덕거렸다.

"나와서 밥 먹어."

깜박 잠이 들었나 보다. 습관처럼 부스스 일어나 아래층으로 내려간 무영은 우영과 함께 신이 난 얼굴로 음식 포장을 벗기는 옥희를 보았다.

그래…… 호박. 어쩐지 자고 일어나도 온몸이 개운하지 않다고 했다. 호박이 있었지!

무영은 두 눈을 게슴츠레 떠 옥희를 흘기며 소파에 앉았다.

"뭐야? 탕수육?"

그러다 메뉴를 보고 질색을 해서 펄쩍 뛰었다.

"아니, 나 양념범벅인 고기 싫어하는 거 알면서 탕수육을 시켰어?"

고기면 고기, 소스면 소스. 어느 한 가지를 음미하며 먹길 좋아하는 무영으로서는 탕수육이란 음식이 전혀 달갑지 않았다. 그건 뒤따라 나온 수영도 마찬가지여서 안 그래도 무표정하고 차가운 얼굴이 더욱 찌푸려져 있었다.

"차라리 밥을 시키지 뭐 하러 이런 걸 시켜?"

정말 마음에 들지 않을 때 수영의 말은 이렇게 길어진다. 하지만 우영이 뭐라 말할 틈도 없이 단무지 포장을 벗기던 옥희가 바락 소리쳤다.

"밥상 앞에서 투정 부리는 사람은 전부 삼 일 밤낮을 굶어봐야 묵을 거 귀한 줄 알지. 어디서 앙탈이고, 지금!"

너무나 우렁찬 외침에 무영과 수영, 게다가 오늘 하루 사이좋게 놀았던 우영마저 그녀를 멍하게 보았다.

“배가 불렀네, 배가 불렀어. 얼마나 많은 사람들이 배고픔에 허덕이는데 뭐라 하노, 지금! 얼른 못 앉나?”

옥희는 테이블 너머 무영과 수영의 손을 잡아당겨 억지로 자리에 앉게 했다. 그리고 우영을 향해 마지막 필살기 웃음을 지으며 소파를 토닥거렸다.

“자자, 우영 오빠도 앉으세요.”

이이…….

억지로 자리에 앉혀진 무영의 눈이 세모꼴로 변하다 못해 아주 찢어지고 있었다.

우영 오빠아?

우와, 진짜 채무영 성격 좋다. 감히 호박이 저런 말을 하는데 참고 들어주다니. 꼭 모아진 무영의 주먹이 하얗게 바래졌다.

“나 안 먹어.”

곁에 앉은 수영이 결국 자리에서 일어나 제 방으로 향했다.

“야, 그냥 먹어.”

우영이 소리 높여 수영을 불렀지만 언제나처럼 수영은 돌아보지도 않고 제 방으로 들어가 방문을 쿵 닫았다.

“어휴, 저 녀석.”

질풍노도 채수영으로 인해 테이블 위는 잠시 정적만이 감돌았다.

“그런데 옥희 출근하는 곳이 어디야?”

마땅히 대화거리를 찾던 우영이 나무젓가락만 만지작거리던 옥희에게 물었다.

"대한대학교요. 사범대 교무처에서 일 년 계약직으로 일할 거예요."

뭐시라? 대한대학교?

짜증이 가득하던 무영은 귀가 솔깃해지며 몸이 사뿐해지는 것을 느꼈다.

"어? 거기? 거긴 우리 형……."

"야, 얼른 먹어."

무영은 눈치없는 우영의 입에 탕수육 하나를 얼른 넣어주었다. 그리고 호박을 향해 씨익 웃어주었다.

"너도 먹어."

호박은 사악한 웃음을 머금은 채 너무나 친절하게 말하는 그를 경계하는 빛이 역력했다.

하지만 소스에 빠져 허우적대는 탕수육 하나를 건져 입으로 가져가는 무영의 눈은 더할 나위 없이 반짝거렸다.

사범대라, 바로 옆 건물이군.

후훗, 그래, 그렇지. 내가 원래 버림받은 영혼은 아니지.

그의 부아를 톡톡히 지르는 호박을 앞으로 괴롭혀 줄 것을 생각하자 행복한 무영이었다.

억만과 민자는 밤이 깊어서야 들어왔다.

"아저씨, 아줌마, 그동안 안녕하셨어요?"

현관 앞에서 그들을 맞은 옥희가 꾸벅 인사를 하자 억만과 민자는 난리가 났다. 일렬로 서 있던 아들들의 존재는 싹 무시한 채, 옥희의 손을 부여잡았다.

"아이고, 말이라꼬! 옥희야, 야야, 반갑데이!"

"왔드나?"

"네, 신세 지러 왔습니다."

옥희는 넘치는 환대에 몸 둘 바를 모르며 대답했다.

"그래그래, 잘 왔다, 잘 왔어. 시간이 벌써 열한 시네. 야야, 니 내일 일하러 가야 안 하나?"

"네, 내일부터 출근입니다."

"아이고! 얼른 올라가 자라, 얼른."

억만이 옥희의 등을 떠다밀자, 민자가 세모눈을 하고 아들을 돌아봤다.

"너거들은 뭐 했드노. 너거 아부지랑 엄마가 늦는다 캤으만 아를 재워야 할 거 아니가? 자슥들!"

무영과 우영은—수영은 고등학생인 관계로 열외—민자의 타박에 할 말을 잃고 눈만 껌벅거렸다.

평소 어른들이 드나드실 적에 인사를 하지 않는 자식은 필요 없다는 양반들이 저렇게 돌변하니 어이가 없을 뿐이었다.

"형, 저분들 우리 엄마, 아버지 맞아?"

"그러게."

　형제는 호들갑을 떨며 이층으로 올라가는 세 사람을 멍하게
바라보았다. 하지만 형제는 그때까지도 부모님의 옥희에 대한
사랑의 깊이를 몰랐다.

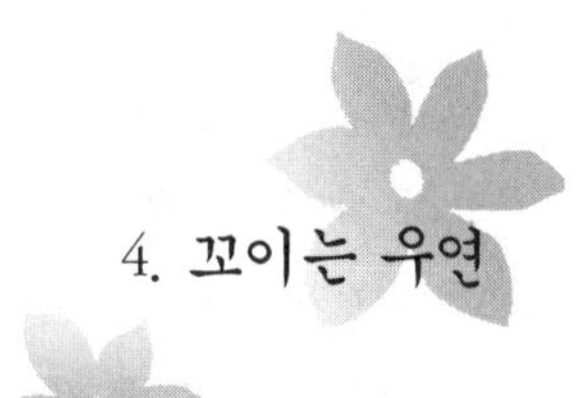

4. 꼬이는 우연

새벽이었으나, 아래층 안방은 이미 날이 밝았다. 억만은 전화기를 붙잡고 한없이 흐뭇해했다.

"돌구야, 내다."

[아이고, 그래. 우리 옥희 봤드나? 어제 눈 빠지구로 전화 기 둘렸드만 와 이제 전화를 하노, 이 썩을 놈아!]

원하는 곳으로 큰딸을 떠나보내 놓고도 괜히 심란해 뒤척거 리던 석구가 억만의 목소리에 바락 소리를 질렀다.

"마, 미안하게 됐다. 너거 딸은 이 년 만에 봐도 곱드만."

[하모, 가가 누구 딸인데!]

억만의 칭찬에 석구가 으쓱거렸다.

"그란데 가가 오늘부터 출근한다 한다든데."

[그래, 대한대학교라드라.]

"아이고! 거가? 우예 이런 일이 다 있노?"

대한대학교란 말에 억만의 어깨가 들썩거렸다. 무영이 근무하는 곳과 똑같다니, 이번에는 월하노인이 요것들을 막 엮어주려고 부르스를 추시는구나.

"거가 우리 무영이 댕기는 학교다."

[아이고, 그러나?]

"하모, 하모!"

그 기적 같은 우연에 서울 특별 시민과 경북 도민이 힌마음으로 기뻐했다.

띠디디디, 띠디디디디.

"움, 뭐꼬……."

잠결에 들리는 요란한 벨소리에 옥희는 온갖 인상을 쓰며 이불을 끌어다 덮었다. 봄 이불을 통해 아침 햇살이 쏟아져 들어오는 것을 느꼈지만 정신을 차릴 수가 없었다.

"벌써 아침이가. 아침이라면 경운기 소리가 들리야 정상일 긴데."

옥희는 설핏 잠이 깼다가 다시 누웠다. 아직 경운기 소리가 안 들리는 걸 보니, 아버지가 아직 일 나가시기 전인가 보다. 그럼 더 자도 된다. 아버지가 늦잠도 다 주무시고, 참 좋다.

그녀는 희미한 미소까지 띤 채 깊은 잠의 나락으로 빠져들었
다.

아침 식사 시간.

역시나 잠이 덜 깬 얼굴로 채 씨네 아들들 세 명이 식탁을 둘
러싸고 앉았다. 상석엔 물론 대장님이 앉으셨고, 어머닌 식구들
의 찌개들 담느라 여념이 없었다.

그중에서도 아침잠이 조금 없는 우영이 그나마 말짱한 정신
을 유지해, 식탁의 빈자리를 보고 말았다.

"어, 옥희는요? 제가 불러……."

제법 마음에 드는 이층방 손님이 집안의 규율을 어겨 아버지
의 불벼락을 맞을까 걱정이 된 우영이 자리에서 일어나려 하자
아버지가 은수저를 딱 내밀며 저지했다.

"놔두라."

"네?"

가물가물 잠이 묻어나는 채가네 세 아들들의 눈이 순간 동그
래졌다.

아침밥은 6시 30분 정각.

원래는 일곱 시 정각이었지만 고등학생이 된 수영으로 인해
삼십 분 단축이 됐다. 일 년 365일을 단 하루도 어김없이―무영
과 우영은 군대로 인해 그 기간만큼은 제외―온 가족이 모여 먹는
것으로 강요하셨던 양반이, 옥희를 놔두라니.

세상사에 관심을 초월한 수영조차 그것은 큰 불만이었나 보다. 수영이 녀석이 격렬하게 항의했다.

"큰아버지, 그런 게 어디 있어요?"

수영의 말이 끝나기가 무섭게 우영과 무영도 거들기 시작했다.

"맞아요. 아버지, 그건 불공평합니다."

"네! 아버지, 저희는 무슨 일도 아침 식사 시간에 빠지지 말라고 하시면서요. 옥희도 이 집에 사는 이상 규율을 지켜야 합니다."

그러자 찌개를 식탁 위에 올리시는 어머니 강 여사가 말했다.

"이놈들아, 너거가 뭘 안다고 난리고? 시골에서는 자슥들이 얼마나 일찍 일나가 부모가 하는 일을 돕는지 알기나 하나?"

강 여사의 말이 끝나기가 무섭게 대장이 맞장구를 쳤다.

"하모. 요즘처럼 날도 일찍 밝으마 일나는 것도 더 일찍 일나야 한다. 여태 그래 살아온 안데 내 집에 와서까지 일찍 일나라 하믄 천벌받는다."

"아버지!"

"아버지!"

"큰아버지!"

억만은 불만 어린 함성이 터져 나오는 세 아들—억만은 동생의 아들도 자신의 아들과 동급으로 취급한다—들을 확 노려보았다.

"와? 너거 앞으로 여섯 시에 일어나가 아침밥 묵고 싶나? 그러고 싶으마 애비 말에 반항하그라."

깊고도 고요한 목소리가 울려 퍼지자 무영, 우영, 수영은 모두 자신의 밥그릇을 내려다보았다.

지금도 힘든데, 삼십 분 앞당겨 기상해 뭔 입맛이 있어 아침을 먹으란 말인가. 아마 모래를 씹는 심정이리라. 사태의 불리함을 깨달은 식탁 위는 엄숙한 침묵이 감돌았다.

"임자야, 오늘 찌개가 참말로 맛나네?"

"그랍니꺼? 내가 오늘 신경 좀 썼어예."

반란을 잠재운 부부는 달콤한 아침상에 더할 나위 없이 흐뭇해했다.

우영과 수영의 원망 어린 눈이 무영을 향했다.

좀 어떻게 해봐!

굳이 소리로 듣지 않아도 동생들의 아우성이 귀에 메아리쳤다. 무영은 좀처럼 줄어들지 않는 밥그릇을 보며 인상을 팍 썼다.

그가 무슨 통뼈라고 아버지께 대든단 말인가. 아버진 말이다. 그가 세상에서 유일하게 상대할 수 없는 분이었다. 살면서 상대하기 버겁다는 생각이 드는 유일한 분이였지만 그 유일한 분을 상대하느라 무영이 세상을 상대하는 것이 수월했다.

되로 드리면 말로 뒤집어쓰는 것이 뻔한데, 무영은 식탁 아래 우영과 수영의 발길질이 느껴졌지만 꿋꿋이 고개를 숙인 채 밥을 먹었다.

“아, 그래. 무영아.”

그래도 비굴하단 생각에 한없는 자괴감이 들던 무영은 아버지의 부름에 화들짝 놀라 고개를 들었다.

“네!”

“아이고, 니 오늘 아침에 윽수 원기 왕성하네? 자슥이 젊긴 젊구만.”

저도 모르게 큰 소리로 대답한 무영은 아버지의 말에 머쓱해졌다.

“딴 기 아니고, 내가 듣기로 옥희가 너거 학교에서 일을 한다 꼬?”

어떻게 아셨지? 우영이 말했는지 몰라도 하여튼 소식 한번 빠르다. 무영은 고개를 끄덕였다.

“네. 아버지.”

“흠, 그래. 집에서도, 회사에서도 옥희가 에라사항을 느끼지 않도록 니가 우야든동 잘 보살피라. 가가 니하고 선을 본 아라서가 아니고 내 귀한 손님이라서 이리 부탁하는 기다. 무영아, 알긋나?”

흠, 무영은 자못 진지하신 아버지를 보며 저도 모르게 고개를 끄덕였다. 채가네 천하제일 대장이신 아버지가 옥희네와의 혼인 이야기가 파투난 후 그날의 선을 들먹이신 것은 처음이다.

“네, 아버지. 명심하겠습니다.”

“그래그래. 자, 밥 묵자. 임자, 내 국 좀 더 도고.”

식탁 위는 다시 침묵이 찾아들었다.

"흐흥!"

늘어지게 기지개를 켠 옥희가 부스스 눈을 떴다.

이 얼마 만에 느껴보는 개운함이란 말인가! 겨울 농한기가 끝
난 뒤로 이런 평화와 여유가 없었는데 말이다.

옥희는 이불 위를 뒹굴 굴렀다. 그런데 빌어먹을.

"어어!"

쿵!

"아이고! 내 허리, 내 허리 나갔다."

마치 절벽에서 떨어지는 것처럼 툭 떨어진 옥희가 비명을 질
렀다.

"이게 무슨 날벼락이고? 구들장이 내려앉았나? 아이고오."

곡소리를 멈추지 않으며 주위를 둘러보자, 어라, 여긴? 손바
닥만한 한지 붙은 창을 기대했건만 핑크 구름 커튼이 웬 말이
냐!

"헉!"

왜 경운기 소리가 안 들렸는지, 이제야 정신이 들었다. 탁구
공처럼 퉁겨져 일어난 옥희는 후다닥 벽으로 뛰어가 거울을 보
며 사정없이 머리를 빗어 묶었다.

"아이고, 이 미친 옥희야! 니가 지금 제정신이가? 우리 집도
아닌데 이래 늦게까지 퍼질러 자고, 상 차리는 거라도 도와드려

야 하는데 이게 바로 엄마 아부지 얼굴에 먹칠하는 거 아니가!"

시간을 확인하니 8시 5분이었다. 첫날부터 늦잠을 자 회사에 지각을 하는 것도 하는 거지만 그보다 더 무영의 부모님 뵙기가 한없이 민망스러웠다.

그녀가 지금껏 받은 바른 가정교육이 무너진 순간이었다.

"바른 가정교육 하나, 집 떠나면 언제나 일찍 일어나 자신이 묵고 있는 곳을 돌아보자. 둘, 집 떠나면 추해선 안 되니 목욕탕을 자주 가자. 셋, 부모 형제 욕 먹이는 짓은 하지 말자. 이상!"

아버지의 우렁찬 목소리가 귓가에 쟁쟁한 옥희가 방문을 열고 아래층으로 날아 내려갔으나 이미 정적만이 가득할 뿐이었다.

일찍 식사가 끝이 난 듯, 주방은 설거지마저 깨끗하게 되어 있었다. 황량한 주방을 보며 망연자실 서 있는데, 누군가 뒤에서 그녀의 어깨를 톡톡 두드렸다. 놀라서 돌아보자, 경쾌한 캐주얼 차림의 우영이 그녀를 보며 웃었다.

"이제 일어났어? 머리가 까치집이네?"

"허허……."

옥희는 우영의 친절한 지적에 공허한 웃음으로 머리를 만지작거렸다.

"어머니가 너 일어나면 먹으라고 상 차려놓으신 것 같은

데…… 그런데 먹을 시간이 있어? 지금 8시 10분인데? 대한대
까지 가려면 여기서 삼십 분 정도 걸려. 넌 아직 씻지도…….”
　“삼십 분!”
　그의 말이 마치지도 않았건만, 옥희가 그를 지나쳐 이층으로
뛰어올라 갔다. 그다지 날쌜 것 같지 않은 옥희의 재빠른 뒷모
습에 우영이 씩 웃으며 바라보다, 이내 고개를 갸웃거렸다.
　“지하철역도 모를 텐데?”
　걱정이 됐지만, 그도 출근 시간이 임박했다. 우영은 옥희가
부디 무사한 하루를 마칠 수 있길 기도하며 현관을 나갔다.

　날쌘돌이가 따로 없다. 기록적인 시간에 머리를 감고 수건으
로 탈탈 턴 뒤 회색 정장 바지를 꺼내 입었다. 검은색 카디건을
바로 걸쳐 입은 뒤 서둘러 방을 나오려던 옥희는 벽에 붙은 거
울 앞에 잠시 멈춰 섰다.
　“그냥 그 학교하고 비슷하다. 고장만 다르지 하는 일이랑 사
람 상대하는 건 다 같아. 걱정하지 말고 와.”
　그녀를 안심시키던 성미의 목소리가 귀에 쟁쟁했다.
　“그래, 걱정할 것 없다. 이옥희.”
　옥희는 씩씩하게 거울 속 자신을 향해 웃어주었다.
　두근거리는 마음에 출근 준비를 하고 아래층으로 내려와, 현
관으로 나가자 때마침 위층에서 무영이 내려왔다. 그도 어디론가
출근을 하려는 모양인지 깔끔한 정장에 와이셔츠 차림이었다.

출근 첫날부터 팬더에게 기운 빼지 말자.

옥희가 본척만척 휙 돌아 현관문을 열자, 뒤에서 무영의 느긋한 목소리가 들렸다.

"그래, 작별 인사야 지금 할 필요가 없지."

뭔 말이래?

옥희가 뜻 모를 말을 중얼거리는 남자를 멀뚱히 쳐다보자, 그가 다가와 현관문을 열었다.

"가자."

어딜? 당신과 난 갈 길이 다르거든?

옥희가 의아한 눈으로 팬더를 보자, 무영 역시 멈춰 서 자신의 어깨까지 오는 그녀를 쳐다보았다. 씨익 입가를 비틀며 웃는 모양새가 어쩐지 매우 불길하다.

"너 몰랐어? 네가 오늘부터 출근하려는 그 대학이 내가 강의 나가는 대학인 거?"

뭐시라꼬?

"내가 그 대학 사진학과 조교수잖아. 몰랐나 봐?"

"허."

그의 발언에 놀라 두 눈이 붕어처럼 튀어나온 옥희를 보며, 무영은 매우 의기양양하게 웃어주었다.

"가자고."

아이고야, 집에서도 모자라 이제 학교까지 가서 저 팬더를 상대해야 한다꼬?!

옥희는 성큼성큼 정원을 가로질러 나가는 남자를 보며 경악했다.

저 성격파탄자가 염장 지르는 걸 집에서만 견디면 된다고 여겼건만…… 쓰러지겠다!

"얼른 나와."

여전히 사악하게 웃으며 대문을 열고 선 무영은 신나 보였다. 그녀의 당황과 사태 파악, 그리고 좌절을 지켜보는 싸가지는 진정 행복해 보였다. 그 도발을 보는 옥희는 아픔도 잊고 혀를 깨물었다.

재수가 없으면 뒤로 넘어져도 코가 깨진다더니! 하지만 그래도 난 절대 물러서지 않는다, 팬더. 내가 온 동네방네 내랑 결혼할 거라 난리를 치는 천똥식이도 용감히 무찌르고 서울로 온 사람이란 말이다! 그래, 어디 한번 해보자!

비장한 결심을 한 듯 옥희는 씩씩한 걸음으로 걸어갔다. 그런 옥희의 뒤로 강력한 오로라가 피어올랐다.

대문을 나오자, 차에 기대선 무영이 손을 흔들었다.

"태워줄까? 물론 타기 싫겠지만 말이야. 뭐, 예의상 묻는 거니까 신경 쓰지 않아도 돼."

아악! 저 반질반질 웃는 얼굴을 괭이로 다 갈아엎었으면 속이 다 시원하겠다!

"됐.거.든?"

옥희는 이를 악물고 한 단어, 한 단어 끊어 발음했다.

"그래? 그럼 뭐 할 수 없지. 내가 다녀봐서 잘 아는데 학교까지 가려면 지하철을 두 번 갈아타야 되는 데다가, 시간도 넉넉 잡아 한 시간 정도 예상을 해야 해. 게다가 네가 근무한다는 사범대는 넓디넓은 대학 제일 안쪽에 있거든. 부디 무사히 찾을 수 있길 기도해 줄게."

그녀의 거절을 예상했다는 듯 무영이 친절히 가르쳐 주었다. 그리고 환한 웃음으로 손까지 흔들어준 뒤 차에 올라타 시동을 걸었다.

멀뚱히 서 무영이 한 말을 곰곰이 되짚던 옥희가 새된 비명을 질렀다.

"자, 잠깐! 스탑!"

끼익!

너무나 요란한 비명에 차를 급정거시킨 무영이 고개를 삐죽 내밀었다. 상황을 모르는 사람이 들었다면 그가 사람을 치고 뺑소니치려는 걸 불렀다 할 만큼 요란한 비명. 인상을 팍 쓴 그가 물었다.

"아유, 귀야. 뭔데?"

"태워도."

"뭐야?"

건방진. 차를 얻어 타는 주제에 '태워도' 라니?

"내가 웬만하면 니 차 안 탈라고 했는데, 안 되긋다. 태워도."

저것이 진정 부탁하는 사람의 태도란 말인가? 무영은 기가 막혀 운전석에 머리를 콩 박았다. 그의 모습을 보던 옥희가 주섬주섬 백을 뒤지며 말했다.

"자, 만 원이면 되긋나?"

우와, 저 호박이!

"야!"

무영은 커다란 인심이라도 쓰는 듯 만 원짜리를 팔랑거리는 옥희에게 고함을 질렀다.

"내가 네 자가용 기사냐?"

하지만 절대 굴함이 없는 우리의 옥희, 무영이 흥분에 이성을 잃은 것을 틈타 운전석을 차지하고 앉아버렸다.

"당근 기사 아니지."

그리고 그의 약을 바짝 올리듯 중얼거렸다.

"니가 기사면 내가 만 원 줄 필요 없다 아이가."

자신의 대답이 재미있었던 듯 키득거리는 호박의 모습을 보며 무영은 분노로 눈앞이 하얘지는 기현상을 처음 경험했다.

호.박.

송송 썰어 호박 부침개 해 먹어버린다. 말조심하는 게 좋을 거다!

화산 폭발 다음으로 강력한 분노 폭발을 겨우겨우 참은 그가 차의 시동을 걸었다. 일단 그도 출근을 해야 했기에 이 싸움은 저녁으로 미뤄두는 것이다. 절대 뒤로 물러서는 것이 아니다!

복닥거리는 지하철보다 확실히 승용차가 편하긴 편하다.

룰루랄라 서울의 낯선 경치를 구경하며 학교에 도착하길 기대하던 옥희의 뇌리에 스치는 궁금증이 있었다.

손가락으로 무엇인가를 셈하던 그녀가 잔뜩 의심을 담아 물었다.

"그런데 나이도 서른하나밖에 안 됐으면서 어떻게 교수가 되는데?"

"나이가 무슨 상관이냐? 그만큼 실력이 출중하니까 교수가 됐지."

그녀의 도발에 앵돌이져 운전만 하던 그기 어깨를 으쓱이며 대답했다.

우와, 진짜 뻔뻔스럽다. 어떻게 얼굴빛도 변하지 않고 저렇게지 자랑을 할 수가 있단 말이고?

"이제 보니 채무영이 아니고 채자만이구만."

"네가 아무리 그래 봐라. 의심을 하든 말든 내가 실력있는 사진쟁이에 사진과 교수란 사실은 절대 안 변한다."

커브를 틀며 그가 말했다. 저 말에 어린 자신감이란! 흠, 강적일세.

옥희는 무영을 흘겨보았다. 그 다음부터 그들은 어떤 대화도 없이 침묵만을 지켰다.

무영의 능란한 운전에 힘입어 차는 곧 학교에 도착했다. 캠퍼스가 넓은 것이 우리나라에서 다섯 손가락 안에 든다던 성미의 말이 거짓은 아닌 듯했다.

"우와……"

정말 넓었다. 마치 공원에 온 듯 여기를 봐도, 저기를 또 봐도 풍성한 잔디밭이 그녀를 반겼다. 고향에서 사 년을 공부했고, 그 후 오 년을 일했던 대학과 대한대학교를 비교하노라니 그 차이는 가히 어마어마했다. 예전 대학은 잔디가 심겨진 땅뙈기는 찾으려고 해도 찾아볼 수가 없었다. 그나마 학생들이 쉴 수 있는 곳은 애기 콧구멍만한 땅에 농구대 하나 달랑 세워놓은 공간이 전부였다. 학교 측은 한술 더 떠 운동장이라 부르기도 민망한 그곳에 초록색 고무를 깔아놓고 '녹색 운동장'이라고 불렀었다. 진정 학생에 대한 기만이 아닐 수 없었다. 흠…… 이래서 옛 어른들은 사람이 나면 서울로 가라고 했던가 보다.

그런데 갑자기 무영이 차를 세우더니 정신없이 주위를 둘러보는 그녀에게 말했다.

"여기가 사범대다, 내려."

옥희는 그가 차를 세우고 가리키는 건물을 유심히 바라보았다. 찬찬히 건물을 보던 그녀가 휙 돌아앉아 그를 노려보았다.

"진짜? 진짜 이게 사범대 맞나?"

그녀의 추궁에 무영이 당연하단 듯 말했다.

"당근이다. 얼른 내려. 나도 수업 있어."

거짓말, 거짓말!

"성미 말이 사범대는 입구가 남향이라 했다. 그런데 여긴 북

동향이네. 어디서 나를 속이려고!"

옥희가 마구 씩씩거렸다.

홈…… 호박이 보기보단 주도면밀하다. 어느새 사범대의 위치까지 파악을 끝냈다니. 진정 놀라울 따름이다. 얼렁뚱땅 호박을 버리고 도망가려던 무영은 속으로 감탄사를 연발하며 다시 출발했다.

"야야, 농담이야, 농담. 넌 조크도 모르냐?"

아무 일도 없었다는 듯 말간 얼굴로 옥희를 보자, 부아가 치민 옥희가 그의 팔을 툭 내려쳤다.

"한 개도 안 재미있거든?"

나비 날갯짓보다 가벼운 그녀의 주먹에도 그가 비명을 질러 댔다.

"헉, 나 팔 부러졌다. 어쩌냐?"

"진짜로 안 재미나다. 고만 해라."

싸늘하기만 한 옥희의 표정에 무영이 곧 표정을 고쳤다. 또다시 침묵이 이어지는 차 안은 서늘하기만 했다. 바람처럼 달려간 무영의 차가 어느 건물 앞에서 그의 성격처럼 방정맞은 급정거를 했다.

"여기가 진짜 사범대다. 이번엔 조크 아니니까 얼른 내려. 나 수업 시간 다 됐어."

무영의 말이 아니더라도 이곳이 사범대인 것은 알 수 있었다. 오랜만에 보지만 하나도 변함없는 성미가 호들갑스럽게 손을 흔드는 것이 보였기 때문이다.

"성미야!"

옥희는 차가 부서져라 문을 닫고 내려 성미를 향해 뛰어갔다.

"가스나, 안 죽고 살아 있었드나?"

"그럼, 너도 안 죽고 살아 있었네!"

두 여자가 사람들의 시선도 의식하지 못하고 서로를 부둥켜안고 폴짝폴짝 뛰며 빙글빙글 돌기를 수차례.

그 정신 사나움에 무영이 혀를 차며 큰 소리로 말했다.

"야! 난 너랑 퇴근 시간 다르다. 너 집에 갈 때 길 잃어버려도 데리러 안 갈 거다. 알아서 가라."

말 참 예쁘게 한다. 성미의 팔을 잡고 좋아라 하던 옥희는 무영의 뒤통수를 보며 혀를 날름거렸다. 그런데 무영의 뒷모습을 함께 보던 성미가 옥희의 팔을 잡고 흔들었다.

"너 어떻게 사진과 킹카 차를 타고 오는 거야? 응?"

"사진과 킹카?"

의아한 눈으로 묻자, 성미가 아프게 그녀의 팔을 때렸다.

"그래! 사진과 킹카! 우리 학교 미혼 여성들의 희망, 채무영 교수 차를 네가 어떻게 타고 온 거니?"

"그냥 얻어 탔다."

"진짜, 정말? 이 부러운 것!"

우와, 저 팬더 이제 보니 순 날라리 바람둥인 갑다. 아이고, 성격도 나쁜 것이 바람질까지. 팬더야. 닌 그냥 평생 혼자 살아야긋다. 그게 인류의 반을 행복하게 해주는 거다.

성미의 호들갑을 들으며 옥희는 멀어져 가는 심술 팬더에게 진심을 담아 충고했다.

건물 안으로 들어간 성미가 나지막한 어조로 알려주었다.

"여기가 단대 교무처야. 남직원 둘에 여직원은 너까지 넷. 전부 사람들이 친절한데, 그런데……."

하지만 성미의 말이 다 끝나기도 전에 새된 여자의 음성이 들려왔다.

"성미 씨!"

이름이 불린 성미의 어깨가 순간 빳빳하게 굳어졌다. 인상을 마구 쓰더니, 또 이상하게 한숨을 푹 쉰다. 하지만 이내 말간 얼굴로 뒤를 돌아보았다.

영문을 모르는 옥희가 성미의 하는 양을 지켜보노라니, 그들에게 한 여자가 다가왔다.

그런데 여자의 패션이 참 정겹다. 흑임자로 물을 들인 듯 까만 머리에 얼굴 위로 촘촘히 내려앉은 주근깨. 빨간색 니트 조끼, 그리고 자잘한 꽃무늬가 그려진 진분홍 플레어스커트가 앙상하게 마른 무릎 위로 내려왔다. 따로따로 분리해서 보면 무척 비싸고 예뻤을 옷이…… 애처로워 보인다. 더 슬프게도 말이다. 그런 여자의 곁에 너무나 뚜렷한 비교 대상으로 예쁜 여자가 서 있었다.

"성미 씨! 어제 내가 커피 잔 씻어놓고 가랬더니 그냥 갔더라? 자기 자꾸 내 말 무시할 거니? 그런데 누구?"

따발총처럼 쏘아대던 여자가 옥희를 보더니 호기심을 숨기지 않고 물어왔다.

"아, 주임님, 오늘부터 일하게 될 제 친구 이옥희예요. 옥희야, 인사드려. 교무처 박.미.자 주임님이셔."

박미자의 관심에서 멀어진 성미가 열성적으로 옥희를 소개했다.

"안녕하세요. 처음 뵙겠습니다."

그러자 주임으로 소개 받은 박미자가 까만 뿔테 안경을 고쳐쓰며 그녀의 주위를 빙 맴돌았다.

"흠, 당신이 이옥희 씨? 스물아홉이라고 이야기를 들었는데 나이를 어디로 먹었는지 몰라도 상당히 앳되어 보이네?"

옥희가 생각하기에 미자는 참 난감한 사람인 듯했다.

앞뒤의 어감이 판이하게 다르다. 뒷말은 충분히 칭찬 같은데, 나이를 어디로 먹었냐는 말은 난감하기 이를 데 없다.

"네, 제가 어려 보인다는 말을 많이 들어요."

하지만 사회생활에서 상사를 향한 비굴한 웃음만큼 좋은 처세술도 없었다. 옥희는 미자를 향해 억지로 입가를 끌어당기며 웃어주었다. 그러자 어이없게도 미자가 얼굴을 싹 돌려 버렸다.

"어머, 그걸 또 칭찬으로 받아들이네? 호호, 칭찬 아닌데. 역시 시골 애들은 순진하다더니 그 말이 딱 맞네, 오호호!"

미자는 자신이 한 말에 배꼽을 쥐며 웃더니 손을 저으며 사라졌다.

저런 썩을 기 다 있나!

너무나 당황스러운 미자의 말에 옥희의 분노가 급상승했다. 미자가 사라진 복도는 정적 그 자체였다.

성미는 이런 일을 예상이라도 했다는 듯 그녀의 분노 어린 시선을 피했다. 굳은 얼굴로 선 그녀에게 아무 말 없이 서 있던 여자가 미안한 듯 다가왔다.

"저기, 옥희 씨가 이해해요. 박 주임님이 낯을 좀 가리시거든요."

"아, 네. 그럼요. 그런데 주임님이 낯을 매우 심하게 가리시네요."

비굴하지만…… 자신은 약자다. 옥희는 마지못해 괜찮다는 표정을 지어 보였다.

"들어가요. 자리 안내해 드릴게요."

"그래, 옥희야. 들어가자."

그녀는 성미와 다른 직원—이름이 소희라고 했다—이 재촉하는 바람에 교무처로 들어가며 미자가 사라진 쪽을 힐끔 바라보았다.

어디를 가든 저런 사람 한 명쯤은 있기 마련이다. 배배 꼬인 꽈배기 도넛마냥 심성이 틀려서 사람을 힘들게 하는.

집에는 심술대마왕 팬더가 있고, 직장에는 콩고물 떨어진 꽈배기가 있는 서울 생활이 흥미진진하게 다가왔다.

새 직장에서의 며칠은 어색하기만 했다.

절친한 친구가 있고, 맡은 일이 전 직장에서의 연속이라 해도 새 환경에의 적응엔 시간이 필요했다. 박미자를 제외한 나머지 직원들의 따뜻한 배려를 받으면서도 옥희는 자신이 물 위의 기름처럼 느껴졌다.

"편하게 생각해요, 편하게. 사람 사는 곳이 다 그렇지 뭐."

그녀의 곁에서 말하는 소희의 충고는 자상했지만, 옥희를 황당하게 만든 사람은 다름 아닌 소희였다.

점심시간, 힘들지만 제일 사람들과 가까워지기 수월한 시간이 바로 같이 밥을 먹는 시간이었다. 저마다 일어나 밥을 먹으러 가는 사람들을 보며 옥희는 그래도 성미가 있으니까 다행이란 생각을 했다.

"옥희야, 가자."

성미가 눈을 반짝이며 다가오자 옥희는 반색을 하며 자리에서 일어났다.

"우리 오늘은 중앙도서관으로 가자. 사대 식당보다 저기 중앙도서관에 있는 식당이 훨씬 맛있어. 스페셜이 날마다 다른데 괜찮거든? 우리 거기서 먹자."

"응."

둘이 마치 여고생처럼 팔짱을 끼고 교무처 밖으로 나가려 하자, 뒤에서 정말 원치 않는 박미자의 목소리가 들렸다.

"성미 씨, 아까 내가 하란 건 다 했어?"

잔뜩 벼르고 있다는 것이 느껴지는 미자의 목소리를 들은 성미의 얼굴이 순식간에 팍 찌그러졌다.

"어후, 다음 주까지 하면 되는 일을 왜 저렇게 설쳐!"

옥희 곁에서 성미가 짜증스럽게 중얼거리며 뒤로 돌아섰다.

"점심 먹고 와서 할게요."

"일도 안 했는데 밥이 목구멍으로 넘어가니? 지금 당장 해."

한 치의 물러섬도 없이 박 주임이 말했다.

"당장 하라고 했어."

다시 한 번 말한 박 주임 자신은 지갑을 들고 교무처를 나갔다. 박 주임이 나가자 성미가 짜증을 냈다.

"우와, 진짜 너무하네."

아무리 길길이 날뛰어도 상사의 말을 거부하기란 힘들었다. 울며 겨자 먹기로 일을 해야만 하는 성미는 옥희를 난감하게 바라보았다.

"옥희야, 소희 씨하고 같이 가서 밥 먹어야겠다."

"그거야 뭐 상관은 없는데 넌? 너 아침도 안 먹었다며?"

"갔다가 오면서 샌드위치나 하나 사다 줄래?"

"어휴, 그래."

이번 주 내내 같이 일을 했다지만 아직은 낯선 소희와 밥을 먹으러 가야 하다니. 하지만 옥희는 성미에게 성화를 부릴 수가 없었다. 정작 제일 열받는 사람은 본인일 테니.

"옥희 씨, 우리 가죠."

"네. 성미야, 갔다 올게."

"그래, 맛있게 먹고 와."

소희의 재촉을 받으며 나와 식당으로 갔다. 상냥하게 이런저런 이야기를 먼저 하며 식당으로 가자, 식당 안은 학생들로 북새통을 이루고 있었다.

식권을 사고 배식판을 받아 자리에 앉으려던 찰나, 그때까지만 해도 멀쩡하고 상냥하게 따라오던 소희의 음성이 식당 안에 울려 퍼졌다.

"어머, 박 과장니임!"

곧 소희의 지나치게 발랄한 목소리가 점점 멀어졌다.

자리에 앉으려던 옥희는 자신을 버려두고 포르르 날아가 버리는 소희의 뒷모습에 황당하기만 했다.

"어, 어……."

테이블에 앉아 있던 학생들이 졸지에 혼자가 되어 멍하게 선 그녀를 보더니 자기들끼리 웃기 시작했다.

옥희는 얼굴이 화끈거렸지만 일단 자리에 앉았다.

노릇한 조기 한 마리를 받고 행복하던 기분이란 간데없이, 멀뚱히 내려다보며 밥이 코로 들어가는지 입으로 들어가는지도 모르게 배를 채웠다.

반 이상 남은 식판을 들고 자리에서 일어나 나오던 그녀의 눈에 저만큼 사람들에게 둘러싸여 즐거운 듯 식사 중인 무영이 보였다.

환한 봄 햇살을 받으며 친한 사람들과 밥을 먹는 팬더를 보자니 부아가 치밀어 올랐다. 그녀는 서러운 기분이 짜증스럽게 밀려드는 것을 느끼며, 샌드위치를 사서 교무처로 돌아갔다.

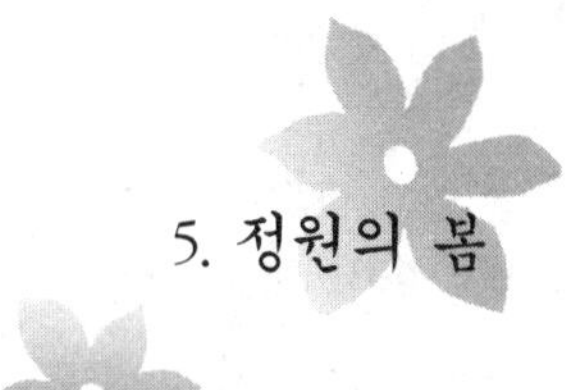

퇴근길이다. 출근을 매번 같이 하는 아침과는 달리 무영의 오후 스케줄은 유동적이라 퇴근은 항상 혼자였다. 벌써 사일째인데…… 이제 적응이 될 만도 했건만 지하철 역사를 보자 마음이 답답해졌다.

계단 입구에서 본 지하철 승강장 안은 모여든 사람들의 머리로 까맣기만 했다. 명절 전날, 제삿장을 보기 위해 장터로 모여든 사람들보다 훨씬 많은 인파. 나른하고 조금은 차가운 봄날이었지만, 사람들의 열기로 숨이 턱 막혀왔다.

"아, 얼른 안 내려가고 뭐 해?"

멈춰 선 그녀의 뒤에서 퉁명스런 목소리가 들렸다.

"죄송합니다."

퍼뜩 정신이 든 옥희는 얼른 사과를 한 뒤 계단을 내려가 곧 검은 머리의 물결에 동참했다. 모두 낯선 얼굴들 속에서 두리번거리고 있는 자신을 발견하자 갑자기 정말 갑자기, 서러움이 울컥 밀려들었다. 목구멍이 막히고 가슴이 답답했다.

고향에서는 버스밖에 없었다. 이름도 정겨운 마을버스. 한 시간에 딱 네 대밖에 없어 놓치면 지각이라도 할세라 구두 신은 다리로 미친 듯이 뛰기도 했고, 홍수라도 나면 도로 옆 비탈길에서 흘러내린 자갈로 버스가 춤추어도 즐겁고 행복하기만 했는데. 앞에 경운기라도 지나갈라치면 비스는 '세월이, 네월이' 한가롭기 그지없이 달렸었다.

그땐 그게 그렇게 불만이었는데, 눈 돌아갈 만큼 빠른 지하철을 타고 있는 지금은 마을버스가 눈물 나게 그리웠다.

"미쳤나 보다."

정말 늙어서 주책이다. 모르는 사람들 틈에 섞여 최첨단 문명인 지하철을 타고 가며 서러운 눈물이라니.

옥희는 사람들 몰래 눈물을 닦아냈다. 정말이지 이옥희가 원래 청승 버전이 아니지 않은가!

곧 전철이 도착함을 알리는 소리를 들으며 마음을 독하게 먹었지만, 집 앞까지 딱 맞춰 내려주는 마을버스가 아닌 지하철 역사의 복잡한 미로에서 빠져나오며 또 한 번 파김치가 되었다. 그 혼란함 속에 한 시간 반을 보내고 나자 이젠 겁이

났다.

막 무영의 집에 도착해 열쇠를 꺼낼 찰나, 백에 넣어두었던 휴대폰이 요란하게 울렸다. 설움을 삼키고 액정을 보자 발신인은 다름 아닌 엄마였다. 옥희는 냉큼 전화를 받아 엄마를 불렀다.

"엄마!"

[아이고, 이 기차화통아. 귀 찢어지긋다.]

반가움에 와락 '엄마'를 외치자, 언제나 그랬듯 엄마의 구박이 시작됐다.

[가스나가 말을 조근조근하게 해야제, 그리 소리를 치나? 그라고 꿈에 그리던 서울 생활은 할 만하나?]

그렇게 듣기 싫던 엄마의 잔소리가, 너무 익숙한 그 말이 들리자, 그럴 생각은 아니었는데 뜻밖의 말이 불쑥 튀어나왔다.

"엄마, 서울 사람도 싫고 서울도 싫다."

딱 사 일 만의 패배였다.

텃세 부리는 직장 사람도 싫고, 꽃 냄새 가득한 고향 공기가 아닌 매캐한 서울 공기도 싫다. 고향에선 마당에 돗자리 깔고 누워 올려다보던 밤하늘 가득한 별도 하나 없는 서울 하늘이 싫다. 혼자서 참던 설움이 터져 나왔다.

"엄마아."

옥희는 애달프게 엄마를 불렀다. 그러자 딸의 목소리가 축축하게 젖어드는 것을 느꼈던지 엄마가 안타까워했다.

[아이고, 이 화상아! 일주일도 안 돼가 뭐가 그리 서럽다고 우노!]

"몰라, 몰라!"

옥희는 마구 도리질을 했다, 아이처럼 '엄마'를 연발하면서.

[그라이 이것아, 내가 가지 말라고 그래 안 카드나. 사람은 그저 지 놀던 곳에서 놀아야 한다 안 하드나.]

"어어엉."

그녀는 그대로 목 놓아 울음을 디뜨렸다.

"내는 서울 와서 진짜 열심히 살라 했다. 백수로 사는 것보다여서 직장 다니면서 사는 게 더 나을 거라 생각했는데, 너무 힘이 든다."

울음 속에 속내를 털어놓자, 그 마음이 어떤지를 짐작한 엄마는 아무 말 없이 그저 듣기만 했다. 옥희는 한참 동안 엄마에게 넋두리를 늘어놓다가 눈물을 닦고 말했다.

"엄마, 내 된장찌개 묵고 싶다. 항아리에서 금방 끄낸 된장 풀어가 끓인 거 말이다."

[밥 굶었나?]

"응, 이제 집에 들어가는 길이었다. 지금 삭힌 고추가 너무 생각이 난다. 엄마, 내가 된장독에 짱박아둔 고추 맛있게 삭았제?"

[그라마. 오늘도 너그 아부지랑 묵었는데, 옥희야, 야야. 아주 혀가 살살 녹드라.]

"엄마 그거 다 묵으면 안 된다. 내 진짜 그거 묵고 싶단 말이다."

다시금 옥희의 음성에서 눈물이 묻어났다.

"어휴, 이 호박이 왜 이렇게 안 오냐?"

누가 서리를 해갔나…….

시계 바늘이 일곱 시를 훌쩍 넘어가고도 오지 않는 옥희로 인해 무영은 점점 안달이 나기 시작했다. 퇴근길에 사대에 들러 데려올 걸 그랬나? 하다못해 휴대폰 번호라도 알아둘 걸, 연락처조차 모르니 답답해서 팔짝 뛰겠다.

"요즘엔 인물도 안 보고 잡아간다는데……."

무의식적으로 뱉고 보니 정말 아차 싶다. 진짜, 서울 지리도 모르는 원초 촌닭 호박을 누가……! 무영은 그만 자리를 박차고 밖으로 뛰어나갔다. 허둥지둥 정원을 가로질러 대문을 나가려던 찰나,

"엄마아, 아무리 봐도 지하철이 너무 크드라. 우리 동네 기차역보다 더 큰 거 아나? 사람들도 너무 많다."

촉촉하게 젖은 옥희의 음성이 들려왔다. 뭐가 그렇게 서러운지 목이 메인 음성이었으나 다행히 잡혀가지 않았다는 안도감이 밀려들었다. 그래, 원했던 서울 생활이지만 이십구 년 익숙

하던 곳이 왜 그립지 않겠는가.

무영은 옥희의 통화 내용을 들으며 오늘 아침, 거실 걸레질인 옥희를 향해 했던 말이 떠올랐다.

"야! 그 튼실한 팔 힘으로 그렇게 건성으로 닦냐? 좀 박박 닦아봐!"

그러면서 욕실에서 금방 나온 물 묻은 발로 옥희 앞을 스쳐 지나갔다. 이제야 자신이 너무 모나게 행동한 것 같아 불쑥 미안해졌다.

대문 안에 서서 옥희가 전화를 끊길 기다리던 그는 길고 긴 하소연을 마친 옥희가 전화를 끊고 훌쩍거리기 시작하자 대문 밖으로 나왔다. 대문 밖으로 나간 그는 대문간에 애처럼 쪼그리고 앉은 옥희를 슬쩍 발로 건드렸다.

"야."

하지만 옥희는 아무 대답 없이 다리 사이에 고개만 묻은 채 계속 훌쩍거렸다.

"야, 그만 하고 들어가."

딴에는 친절의 표현이었다. 그런데 갑자기 옥희가 팔을 휘저으며 소리쳤다.

"어엉, 다 싫다. 다 싫어!"

"야, 울지 마."

"싫다! 어엉, 사는 게 이리 디다. 어어엉."

그의 외침에도 호박은 누가 들으면 한 칠십 년 산 사람처럼 가슴을 치며 인생살이의 고달픔을 말했다. 평소 같으면 절대 상관하지 않을 여자의 눈물이지만, 이 여자는 다름 아닌 호박이 아닌가.

무영은 고달프기는 정말 고달픈 듯 서러워하는 옥희 곁으로 다가 앉았다. 그리고 어색하게 옥희의 어깨에 손을 올리고 나름대로 다정하게 툭툭 쳤다.

"호박이 울면 호박즙이다. 그만 해라."

정말 그로서는 최대한의 위로였다. 하지만 그의 말에 울어서 부은 눈을 한 옥희가 노려보았다.

"뭐라고?"

나름 앙칼지게 노려본다고 그를 노려보는 옥희의 눈은, 그러나 퉁퉁 부어 그 효과를 발휘하지 못했다. 무영이 한숨을 푹 쉬며 말했다.

"대체 누가 널 그렇게 힘들게 하냐?"

"바로 니가 힘들게 한다."

"야!"

매번 느끼는 거지만, 무영은 버릇없는 호박을 쫙 노려봐 주다 퉁퉁 부은 눈을 보고는 그만 흘김을 멈췄다. 그는 박애주의적 입장에서 오늘만 참기로 했다. 서럽게 우는 동안 호박 안의 수분이 그만큼 빠져나갔으니 얼른 보충을 해주지 않으면 노화가 빨리 올 것이다.

"여기서 이러지 말고 일어나."

엉덩이를 털고 자리에서 일어난 무영이 옥희의 손을 잡고 당겼다.

"왜? 뭐 할라고."

"아, 일단 들어와. 대문 앞에서 동네 사람들 다 보잖아."

그는 옥희를 데리고 집 뒤편에 있는 야생화 화단으로 갔다. 정원은 아버지 취향대로 정원수와 과실수가 심겨져 있지만 뒷마당은 온전히 그만의 공간이었다. 색과 꽃의 크기에 맞춰 줄지어 심은 야생화가 피워내는 향기는 참 달콤하기만 하다.

"우와."

무영은 따라오지 않으려 팔을 뻗대던 옥희가 그의 뿌듯한 작품 앞에서 입이 떡 벌어지는 것을 보며 의기양양했다.

"이게 다 뭔데? 오, 참나리에 할미꽃도 있다."

시골 들길에서 흔히 보던 꽃들을 발견한 옥희가 울어 젖히던 자신은 모두 잊고 화단으로 뛰어갔다.

"어디 가지 말고 여기 있어. 맥주 가지고 나올게."

"맥주?"

"호박에서 즙이 나왔으니 보충해야지."

"자꾸 호박, 호박 그럴래?"

"응."

그녀의 외마디 외침에도 무영은 귀를 후비며 사라졌다. 어유,

진짜. 저 막무가내 말버릇은 반드시 고쳐져야 한다. 옥희는 사라지는 무영의 뒤통수를 사정없이 노려보며 두 주먹을 불끈 쥐었다.

그런데 애기별꽃, 참나리, 그리고 수선화가 노란 꽃잎을 피우는 화단은 참 예쁘기만 했다. 돌멩이 하나 섞이지 않은 고운 흙은 직접 만든 듯한 비료가 골고루 뿌려져 있었고, 흔한 잡초 하나 없었다. 누가 정성을 들이는지 참 많은 시간을 투자해 키우는 듯했다.

"자, 받아라."

"이 꽃들은 어머님이 다 키우는 꽃 맞제?"

"아니, 그거 내가 키우는 건데?"

허, 무어라? 싸가지없는 팬더가 이렇게 고운 꽃들을 키운단 말인가?

"못 믿겠다."

"그럼 믿지 말던지."

"사진과 교수가 꽃은 왜 키우는데?"

옥희의 질문에 무영이 자신의 맥주 캔을 옥희가 들고 있던 캔과 살짝 부딪치며 말했다.

"예쁘니까. 사람을 잡아끄는 매력이 있어."

진정 의외다. 옥희는 맥주를 시원하게 마시는 무영을 보며 입을 다물지 못했다.

"눈으로 확인할 수도 없을 만큼 작은 꽃잎을 피워내는 야생화의 생명력이 좋아. 거친 환경을 이기고 다음 해에 또 피워내는 강인함도 좋고. 하지만 제일 좋은 건 야생화를 찍는 거지. 사진을 전공해서가 아니라, 이렇게 아름다운 걸 내 카메라에 담아낸다는 것이 좋아.”

옥희는 그가 굳이 좋다는 말을 하지 않아도 알 것 같았다. 커다란 두 눈이 밤하늘 별처럼 초롱거리며 야생화와 사진을 말하는 그가 얼마나 자신의 일을 사랑하는지 말이다.

늘 싸가지없고 성격 나쁜 남자로만 보았었는데, 자신이 하는 일에 열정을 토로하는 그가 달라 보였다.

“그런데 넌 뭐가 그렇게 서리웠냐? 집에 들어오지도 않은 채 눈물까지 쏟고?”

“점심때 내 혼자 밥 먹었다. 내 인생 이십구 년을 통틀어 그렇게 사람 많은 데서 혼자 밥 먹은 기억이 없는데, 좀…… 서럽드라.”

무영의 물음에 옥희가 솔직하게 말했다.

“뭐랄까…… 되게 외로운 느낌이라고 해야 하나? 환영받지 못한 곳에서 눈칫밥 먹는 착각까지 들더라.”

“흠…….”

그는 옥희를 가만히 바라보았다.

“친구는? 친구는 뭐 하고 혼자 밥 먹어?”

“성미는 박 주임이란 여자한테 붙잡혀서 밥도 못 먹고 다른 여직원이랑 갔는데, 식당에서 만난 과장인가 뭔가를 보더니 죽었다 살아 돌아온 부모마냥 반가워하면서 가드라.”

옥희가 어깨를 으쓱거리며 대답했다. 진짜 서러울 만하다.

“야야, 걱정하지 마. 내가 내일부터 같이 밥 먹어줄게.”

무영은 절대 기죽지 말라는 듯 옥희의 어깨를 툭 치며 장담
했다.

“훗.”

그런 남자의 호언장담을 들으며 옥희는 무릎을 감싸 안았
다.

“당신은 하늘하늘한 야생화를 찍고 싶다는 열망이 있는 사람
이니까, 내처럼 그저 평범한 직장에서 일하려고 하는 사람은 이
상하겠지?”

“그게 무슨 말이냐?”

“왜, 꿈도 열망도 없이 다람쥐 쳇바퀴 돌듯 산다고 안 그러겠
나?”

“…….”

절대 옥희처럼 생각해 본 적이 없는 무영이 멀뚱히 쳐다보았
다.

“그래도 하루하루 무사히 일을 마치면 얼마나 뿌듯한데? 꼭
추구하는 무엇이 있어야 행복한 사람이 아니고, 그저 하루하루
열심히 살았다는 생각이 들면 그게 바로 행복한 사람인 것 같
아.”

그 말에 무영이 히죽 웃으며 옥희의 머리를 톡 쳤다.

"호박, 너 되게 똑똑한 소리 한다?"

"그람. 팬더보다 똑똑하지."

"야! 그 팬더 소리 하지 말랬지?"

"내도 호박 소리 하지 말라 했다."

다시금 상대를 성토하는 목소리가 높아졌지만, 그날은 서로를 좀 더 이해하게 된 봄날의 밤이었다.

생각보다 맥주를 많이 마셨나 보다. 창가에 지저귀는 새소리보다 머릿속에서 울려대는 쥐 소리가 더 요란하다.

이른 아침, 겨우겨우 지리에서 일이난 옥희는 울렁거리는 머리를 부여잡고 정신을 차리기 위해 애썼다.

홀짝홀짝 마신 캔이 세 개였으니, 머리가 아플 만도 하다. 딱 기분 좋을 정도가 두 캔임을 고려했을 때 말이다. 다른 건 아무리 많이 먹어도 질리거나 체하지 않건만, 이상하게 술은 약했다.

"아구, 술이 사람 잡네."

거의 기다시피 침대에서 내려와 방을 나갔다. 시릴 듯 찬물에 세수라도 하면 정신이 들려나, 옥희는 엉금엉금 걸어가 욕실 문을 열었다.

아무 생각 없이 활짝 열어젖힌 욕실 문. 하나,

"흡!"

옥희는 얼른 자신의 입을 틀어막았다.

일단 욕실 문을 그냥 연 건 것은 손잡이가 순순히 돌아갔기 때문에 연 것이다! 누군가 욕실에서 지극히 개인적인 용무 중이라면 문이 잠겼을 것은 자명하지 않은가.

그런데 활짝 열린 욕실 안에서 그가…… 팬더가 오른손으로 칫솔질을 하며, 왼손으로는…… 눈 돌아가게 섹시한 검은 팬티를 내리려 하고 있었다!

세상에……!

모든 사고가 일시에 정지했다.

수영복마냥 검은 삼각팬티만 입은 무영의 뒷모습은 죽여주게 섹시했다. 태양 볕에 잘 그을린 피부도 멋진데, 무슨 운동을 했는지 몰라도 탄탄한 등과 잘록한 허리, 아우!

쥐새끼가 울어대던 머릿속 숙취도, 이곳이 시골집이 아니라 무영네라는 것도 모조리 잊은 옥희가 침을 꿀꺽 삼키며 무영의 손을 홀린 듯 바라보았다.

더…… 더 내리봐라…….

아니, 그러지 말고 다…… 다 내리라.

너무 오래 외로웠나 보다. 마치 변녀(?)처럼 벗은 남자의 뒷모습에 미친 듯 열망하는 자신이 우습지도 않았다. 만약 그녀가 무영처럼 저런 몸매를 지녔다면 벗고 다녔을 것이다. 꿀꺽, 침 넘어가는 소리가 뒷산에 바위 굴러가는 소리마냥 요란했다.

그때 아무 생각 없이 양치질에 전념하며 마지막 남은 보루를 벗기 직전 그가 돌아섰다.

"컥!"

보글보글 거품을 일으키며 이를 닦던 그가 커다란 눈이 얼굴의 반을 차지할 듯 뚫어져라 바라보는 그녀를 발견하고 기함을 했다.

"야, 야! 너, 너 지금 뭐 하는 거야! 뭐 하는 거냐고!"

거의 반쯤 내려갔던 팬티를 와락 끌어올린 뒤 치약 거품을 뱉어낼 생각도 없이 삼킨 무영이 얼른 주위를 둘러보며 몸을 가릴 무엇을 찾았다.

"어, 어. 나는…… 나는 진짜 아무것도…….."

"이 호박이 정말!"

무영은 버벅거리면서도 또랑또랑한 눈으로 계속 바라보는 호박의 시선에서 순결한 몸을 보호하고자 샤워 부스의 커튼을 끌어다 급한 대로 몸을 가렸다.

남자 형제 셋만 살던 습관대로 욕실 문을 잠그는 것을 깜박했다. 하지만 아무리 그래도 그렇지, 저 호박의 커다란 눈망울을 보라!

그는 발칙한 호박의 행동에 분기탱천했다.

"야! 얼른 나가!"

손에 잡히는 대로 때 수건을 확 던졌지만, 힘없이 후루룩 떨어진다. 그 모습에 더욱 발끈한 무영이 소리쳤다.

"호박! 얼른 나가!"

"어…… 어. 저기…… 저기."

걱정하지 말라고, 절대 다 본 것이 아니니 아무 염려할 필요 없다고 말을 해야 했지만, 정면으로 마주 본 무영의 모습 때문에 머릿속이 하얗기만 했다.

하지만 그런 그녀의 행동을 도전으로 오해한 무영은 단호히 샤워 커튼을 떨쳐 냈다. 부끄러워하지 않으리! 다 덤벼!

무영은 멍하게 두 손만 휘젓는 그녀의 앞으로 다가갔다.

잘생긴 얼굴이 분노로 검게 달아올라 마치 지옥의 화신 같은 모습으로 척 다가서더니 그녀를 확 밀어내고 욕실 문을 닫았다.

콰당!

그 요란한 소리에 자라목이 된 옥희가 천천히 돌아섰다.

이야…… 뒷모습도 섹시한데…… 앞모습도 죽여주네…….

그 섹시한 깨달음에 마치 주술에 홀린 좀비처럼 멍하게 돌아서 앞으로 몇 발짝 걸어갈 찰나, 이층 구석진 방의 문이 열리며 부스스한 얼굴로 우영이 나타났다. 허연 얼굴로 이층 거실을 표류하는 옥희를 본 우영이 한 손을 들었다.

"오늘은 일찍 일어났……. 어? 옥희야! 너 코피 나!"

코 아래로 따스한 기운이 느껴진 옥희는 우영의 외침에 손을 가져다 댔다. 쓰윽 닦아 확인을 하자 진정 피였다. 코피!

그런데 정작 본인보다 우영이 더 흥분을 했다.

어렸을 때 넘어져 무릎에 약간의 피만 나도 경련을 일으키곤

했던 우영인지라 그만 이성을 상실하고 말았다.

"어, 엄마! 옥희, 코피 나!"

우영은 잠이 확실하게 깨서 고래고래 고함을 지르며 아래층으로 내려갔다.

옥희는 연이은 두 남자의 소란에 정신이 없었지만, 하나는 확실하게 알 수가 있었다. 지금 그 힘들다던 고3 때도 한 번 흘려보지 못했던 귀한 코피가 난다!

"뭐 하냐? 얼른 고개 젖히지 않고?"

그때 어느 틈엔가 나온 수영이 붉은 피의 희열에 들뜬 옥희의 고개를 휙 젖혀 버렸다. 수영도 6시 30분 아침 식사를 위해 나오던 길이었다.

"휴지로 좀 막아봐."

성질 더럽고 버릇없게 보이던 녀석이 티슈도 건네주었다.

"응, 고맙다."

저놈도 착한 녀석일세. 옥희는 수영을 향해 히죽 웃어주었다. 하지만 녀석, 그녀의 방긋 웃는 얼굴을 보더니 이런다.

"웃지 마. 가위 눌릴까 겁나."

녀석에 대한 정의를 재정립하려던 옥희는 수영을 흘겨보며 생각했다. 역시 재수없는 리틀 싸가지 자식!

티슈로 코를 틀어막자 놀란 아저씨의 음성이 이층까지 들렸다.

"뭐라꼬! 코피가 난다꼬!"

우당탕, 뛰어올라 오는 소리가 요란하기만 했다. 머쓱하게 서 있던 옥희에게로 바람처럼 달려오신 아저씨와 우영이 숨을 몰아쉬었다. 아저씨는 붉은 얼룩과 함께 코를 틀어막은 티슈를 보더니 울상을 지으셨다.

"옥희야! 아이고, 옥희야. 니 와 이라노? 서울 생활이 그리 힘이 들드나? 아이고, 내가 돌구 놈을 우예 볼꼬!"

옥희가 얼른 그를 안심시켰다.

"저기, 아저씨, 저 괘, 괜찮아요."

"괜찮은 아가 이리 코피가 나나?! 마이 피곤해서 그런 기라. 한약을 한 재 해 묵으까? 그람 좀 나을라나?"

그녀는 발을 동동 구르며 안타까워하는 아저씨를 보며 당황스러움을 억지로 감추어야 했다.

이 코피를 고단한 노동의 흔적이라 생각하시는 분께 어찌, 사실은 이 댁 큰아드님의 섹시한 몸을 본 후유증이라 말하겠는가!

옥희는 괜히 뒷머리만 긁적거렸다.

난리났네, 난리났어!

황당해서 숨도 못 쉬겠다. 샤워를 하려던 것도 모두 팽개치고 부리나케 세수만 하고 나왔더니, 아주 가관이다.

무영은 온 가족 모두, 심지어 수영마저 모여선 가족들을 보며 어이가 없었다.

"옥희야, 그라게 갈대같이 연약한 아가 이렇게 일찍 와 일어났노! 얼른 들어가가 더 자그라. 더 자라."

갈대!

우와, 정녕 대장이 나이가 드신 게다. 어디 저 호박이 갈대처럼 연약해 보이신단 말인가! 저 이십구 년 묵은 배를 좀 보셔라. 이스트 잔뜩 들어간 공갈빵처럼 빵빵해선.

내 머릿속의 지우개가 아니라, 쟤 뱃속의 이스트다!

무영은 오늘 당장 대장께 최고로 잘 보이는 돋보기 안경을 사 드리기로 마음먹었다.

"무영이 니!"

그가 이를 갈며 각오에 각오를 다짐할 찰나, 대장의 엄숙한 명령이 들렸다.

"니 앞으로 옥희 잘 보살피라. 학교 갈 때나 올 때 반드시 옥희 챙기가 델꼬 댕기야 한다. 알긋나?"

"네?"

저도 모르게 새된 음성이 터져 나왔다.

"아가 몸이 허해가 아침부터 코피를 안 흘리나! 사내처럼 기골이 장대하기를 하나, 힘이 세기를 하나. 무영이 니 명심하그라."

"저 괜찮은데…… 안 그러셔도 돼요."

그래도 양심은 있었던 듯, 호박이 만류를 한다. 하지만 그것은 곧 불붙은 집에 기름은 얹은 격이다.

"옥희야, 니 절대 그럴 필요 없데이. 무영이나 우영이, 그리고 수영이 마음대로 부리묵어라. 사내 녀석들이 여자 위하는 줄

도 알아야제. 절대 부담스러버 하지 말고 마음대로 시키묵어
라.”

대장의 필살기 엄한 눈과 마주친 우영과 수영이 세뇌된 듯 고
개를 끄덕거렸다. 수줍은 듯 고개를 끄덕거리는 옥희를 보며 무
영이 두 주먹을 불끈 쥐었다.

아아, 진정 신은 그의 편이 아니란 말인가!

밥이 코로 들어가는지 입으로 들어가는지도 모르게 아침 식
사를 끝낸 후, 7시 30분이면 가게로 나가시던 아저씨가 여덟 시
까지 출근을 하지 않으셨다.

출근 준비를 마친 옥희가 일층으로 내려가자, 아저씨는 골이
나서 쌩하니 사라지려던 무영을 어느새 잡아놓고 기다리고 있
었다.

“아이고, 우리 옥희 내리왔드나? 그래, 얼른 가야지.”

그녀를 본 아저씨의 얼굴이 환해졌다. 그리고 뒤에 벌레 씹은
얼굴로 서 있던 아들을 향해 근엄하게 명령했다.

“무영아, 옥희 잘 데리고 가그라.”

“……”

하지만 불퉁한 얼굴을 하고 선 무영이 대답을 하지 않자, 무
영의 턱에도 미치지 못하는 아담한 몸매의 아저씨가 공중으로
풀쩍 뛰어오르셨다. 옥희가 어떻게 말려볼 틈도 없었다.

“이 자슥! 아부지가 말하는데 대답을 안 하네!”

딱!

공중 부양하듯 펄쩍 뛰어 무영의 머리를 옹골지게 쥐어박자,
무영이 머리를 감싸고 비명을 질러댔다.

"아악, 아버지!"

"와, 아프나? 그래, 아프기 전에 대답을 했어야제! 이놈 자슥.
부모 말에 반항하는 자슥은 다 소용없다. 알긋나?"

"네, 네. 명심하겠습니다."

밤나무 장작 패는 소리로 머리를 쥐어박힌 무영이 눈물을 찔
끔거리며 대답을 했다. 그만큼 반항의 대가는 크고 쓰라렸다.

확실하게 아들의 반항기를 잠재운 아저씨가 옥희를 돌아보았
다. 그녀를 보는 얼굴에 성난 전사의 표정이란 온데간데없이 순
박하고 해맑기만 했다.

"옥희야, 가그라."

"다녀오겠습니다."

저 천사 같은 얼굴 뒤에 무서운 가부장(家父長)이 숨어 있다.
옥희는 얼른 허리를 숙여 인사하고 현관을 나왔다.

손을 흔들며 배웅해 주시는 아저씨를 뒤로하고 차에 올라타
자, 숨 막힐 듯한 침묵이 밀려들었다. 찰랑거리는 차키 소리는
경쾌하건만, 바드득 이를 가는 무영은 섬뜩하기만 하다.

그래도 뭐…… 일부러 실수한 것도 아니고, 결정적으로 중요
한 것도 못 봤는데 괜히 기죽을 필요 없다.

옥희는 등을 꼿꼿하게 폈다. 게다가 부모 죽인 원수 아닌 다

음에야 용서 못할 것도 없지 않은…….

빠앙!

하지만 옥희는 살벌한 표정의 무영을 보며 기죽지 말자 다짐
한 것이 바로 전인데, 격하게 울리는 클랙슨 소리에 저도 모르
게 놀라 버렸다.

"아침부터 혈압 오르게 하는 게 뭐 이렇게 많아? 안 비켜!"

빵빵!

무영은 골목길을 벗어나던 차 앞에 느닷없이 뛰어들어 움직
이지 않는 정체 모를 개를 보며 마구 클랙슨을 울려댔다. 귀가
따갑도록 울리는 소리에도 망할 개는 좀처럼 움직이지 않았
다.

"어우! 저게 왜 안 비켜!"

무영의 얼굴이 벌겋게 달아오른 것이 확실하게 흥분했다. 그
가 흥분하는 것만큼 덩달아 마음이 불안해지는 옥희가 조심스
럽게 말했다.

"너무 그러지 마라. 인간도 저런 거 천지인데, 쟤는 강아지잖
아."

정말 진실한 말이었다.

"뭐야?"

하지만 그녀의 말에 더욱 흥분한 무영이 노려보았다.

"너 지금 나 혈압으로 쓰러지게 만들 거 아니면 그만둬라.
엉?"

눈을 부라리며 발끈한 무영에게 옥희가 조심조심 항변했다.

"그, 그래도. 저 개는 지 또래들보다 멍청해서 안 비키는 거지만 인간은 오기로 안 비킨다. 놔둬라, 우리 그냥 돌아가자."

그녀가 고향집 축사의 열받은 한우도 진정케 만든다는 그 조근조근한 목소리로 말을 했건만,

"아우, 내가 정말 못살아!"

무영이 핸들에 머리를 쿵쿵 박았다.

아플 건데…….

과격한 그의 행동에 절로 눈살이 찌푸려진 옥희가 차마 그것을 볼 수가 없어 눈을 질끈 감자, 그의 커다란 손이 그녀의 얼굴을 덥석 잡았다.

"야, 호박. 너 사실대로 말해봐. 다 봤지? 그렇지?"

"뭐, 뭘……."

"다 봤잖아!"

무영의 손에 찌그러진 깡통처럼 얼굴이 붙잡힌 옥희가 고개를 저었다.

"아니다. 진짜 내 말을 믿어야 한다."

정말 죽여주게 섹시한 건 다 잊었다. 허리 아래로 사라지던 신비의 검은 숲도 못 봤고, 튼튼하니 실하게 생겼던 그것의 윤곽도 알지 못하며, 결정적으로 오른쪽 엉덩이 위에 작게 난 점도 못 봤다.

“내 절대 다 안 봤다.”

옥희가 마구 도리질을 했다.

“야, 눈떠봐. 얼른 눈떠. 시선을 마주해야 네가 거짓말을 하는지 안 하는지 알 거 아니야.”

그녀의 대답에도 의심을 지우지 못한 그가 얼굴을 잡은 손에 힘을 주며 다그쳤지만, 옥희는 질끈 감은 눈을 뜨지 않았다.

“싫다. 내 눈이 아파서 잠깐 감아줘야 한다.”

“그럼 아까는 왜 똑바로 뜨고 쳐다봤어?”

그거야 좋은 구경 놓치기 싫으니까 그랬지.

목 끝까지 차 오른 그 말을 현명하게도 뱉지 않은 옥희가 계속 눈을 감고 있자, 제풀에 지친 그가 손을 풀었다.

“휴, 그래. 진정하자. 출근길은 언제나 스마일하게.”

무영이 스스로를 다독이며 다시 시동을 걸었을 땐 그를 격하게 만들었던 똥개는 이미 사라진 후였다.

그 후는 마치 죽음과도 같은 침묵의 순간이었다. 10차선 대로 위를 마치 곡예하듯 운전하는 무영으로 인해 죽을 것처럼 멀미를 해야만 했던 옥희는 멀리 학교 건물이 보이자 마치 백 년 묵은 산삼을 발견한 심마니와 같은 기분을 느꼈다.

드디어 분노에 눈먼 팬더 우리에서 탈출인 것이다. 옥희는 차가 멈춰 서자마자 후다닥 문을 열고 내려섰다.

하지만 챙길 것은 반드시 챙긴다. 그녀는 시동을 끄는 무영에게 물었다.

“언제 올 건데?”

“뭘!”

“점심때 같이 밥 먹는다며.”

무영이 이를 갈며 말했다.

“너 같으면 홀라당 벗은 몸을 들킨 상대랑 마주 앉아서 밥을 먹고 싶겠냐?”

“뭘 홀라당 벗었다고 그러는데. 팬티도 입고 있었잖아. 그게 부끄러우면 수영장은 어떻게 가는데? 수영장 가서 파자마 입고 수영하는 건 아니잖아.”

나름 논리를 앞세워 그를 설득하려는 호박이 괘씸해서 견딜 수가 없다.

“난 수영장 안 간다. 그러니까 점심때 나 볼 거라는 생각은 하지 마라.”

확실하게 못을 박고 그가 뒤로 돌아서 몇 발자국 걸어가려는데 기운없이 중얼거리는 목소리가 그의 발을 멈춰 세우게 했다.

“그래, 알았다.”

영 힘 빠진 그 목소리에 힐끔 돌아보자, 호박은 뾰족한 구두코가 망가지는 것도 아랑곳없이 신발로 바닥을 툭툭 치며 말했다.

“혼자서 또 밥 묵지 뭐. 그게 서럽더라도, 조금 서러워서 눈물밖에 더 나겠나. 괜찮다, 괜찮아. 많이 슬퍼지면 하늘을 볼게.

그럼 눈물이 안 흐르겠제? 걱정하지 마라. 내 혼자 밥 먹어도 괜찮다. 절대 걱정 안 해도 된다."

호박이 구구절절 청승맞은 이야기를 늘어놓더니 어깨를 축 늘어뜨리고 돌아섰다. 젠장, 저 호박이 정녕 양심도 없다. 하지만 세상 시름 다 짊어진 듯한 호박의 뒷모습에 무영이 결국 졌다.

"야!"

"응?"

그의 외마디 부름에 옥희가 힘없이 돌아보자, 그가 짜증을 내며 말했다.

"점심때 데리러 갈 테니까 기다리고 있어!"

"정말?"

그러자 호박의 얼굴이 크리스마스 트리에 불이 들어오듯 반짝거렸다. 정말 짜증이 나서 견딜 수가 없는데, 왜 호박이랑 같이 밥을 먹어줘야만 한다는 생각이 드는지 스스로도 알 수가 없었다.

"늦으면 그냥 나 혼자 갈 거니까 알아서 해."

하지만 무영은 이를 갈며 다짐을 받아냈다.

"걱정하지 마라. 내가 꼭 일찍 기다리고 있을게!"

풀 죽었던 것이 언제인지, 씩씩하게 외친 호박이 사대 건물로 뛰어갔다.

어유, 저 웬수.

무영은 호박이 자취를 감춘 뒤에도 쉽게 자리를 떠나지 못했다.

호박과는 평화다방 이후 다시는 안 볼 사이라 생각했는데 웬걸, 이젠 아예 같이 살고 있다. 그리고 서로 가장 최악의 모습만 보여주고 있다.

무영은 이상하게 신경을 긁어대고, 이상하게 챙겨줘야 하는 저 원수를 어떻게 하면 좋을지 몰라 정녕 난감하기만 했다.

하지만 호박을 채 썰어 다지는 상상까지 했던 무영은 약속을 지킬 수가 없게 되어버렸다. 오늘 예정되어 있던 사진과 조교수들의 점심 모임을 생각하지 못했던 것이다. 오전 세 시간짜리 강의를 마치고 교수방으로 가던 무영은 그제야 떠오르는 생각에 아차 싶었다.

시계를 보니 어느덧 열한 시. 열두 시에 칼같이 맞춰 나와 있을 호박이 바람맞고 길길이 날뛸 것을 생각하니 머리가 아파왔다. 뒤이어 대장에서 일러바쳐 치러야 할 응징까지 모두.

지끈거리는 관자놀이를 문지르며 자신의 방으로 들어오자 대학원생 조교 경우가 말했다.

"교수님, 오늘 모임 장소가 한정식당 '월산' 이랍니다."

"알았어."

자리에 앉은 무영은 이 사태를 어찌 헤쳐 나갈지 곰곰이 고민하기 시작했다. 평화다방에서부터 전혀 도움이 안 되던 미련한 호박이란 것은 그의 염두에서 사라졌다.

오늘 밤의 응징에서 피할 수만 있다면 뭐든 못하리.

"혼자서 먹는 게 싫을 뿐이잖아? 좋다."

생각의 어느 지점, 결정을 내린 무영이 자리에서 일어났다.

"혼자서 먹으면 어때서, 하여튼 애처럼……."

복도를 나와 괜히 옥희를 타박하면서도 점심시간에 늦을까 계단을 내려가는 그의 발걸음이 빨라졌다.

"성미 씨! 제발! 제발!"

드디어 터졌다.

"그리고 소희 씨, 당신! 학교에 멋낸 거 자랑하려고 왔어? 일 하러 왔으면 머리를 써야 할 거 아니야! 왜? 고데기질을 너무 많 이 해서 그 머린 쓰기 싫니?"

남자 주임 곁에서 업무를 지시 받던 옥희는 그만 귀를 틀어막 고 싶었다.

오늘은 어디 패션인지 이루 말할 수 없이 현란한 붉은 플레어 스커트에 노란 니트를 받쳐 입은 미자가 허리춤에 손을 얹고 소 리치고 있었다.

"정신 좀 차리고 일해!"

사범대 단대 교무처 과장 다음으로 서열이 높은 미자였기에 옥희 곁에 있던 남자 주임도 눈살을 찡그릴 뿐, 별다른 터치를 못했다.

"소희 씬 당장 나 따라 나오고, 성미 씨는 지시한 일 오늘 중으로 전부 다 해놔."

미자가 깡마른 아마존의 여전사처럼 콧김을 뿜으며 교무처를 나가자, 일순 교무처 안은 정적이 감돌았다.

"흠⋯⋯."

그녀들에 대한 위로인지, 안타까움인지 모를 한숨을 내쉰 남자 주임이 시계를 보더니 자리에서 일어났다.

"전 나갑니다."

박 주임의 집중 공격을 받은 소희와 성미는 자기 혼자 쏙 빠져나가는 주임을 원망 어린 눈으로 노려보았다. 하지만 아무리 원망을 해도 소용없는 일.

"휴⋯⋯ 내 팔자야. 얼른 로또가 당첨이 되어야 이 지긋지긋한 박미자 굴에서 빠져나가지. 어휴."

늦게 나오면 늦게 나왔다고 또 난리를 쳐댈 것이 분명하기에 소희는 얼른 백을 들고 교무처를 나갔다. 성미와 단둘이 남은 교무처 안에서 옥희가 말했다.

"성미야, 이 자리가 남들이 서로 차지하려고 애쓰는 자리라고?"

그러자 성미는 대답없이 서류만 더듬거렸다.

"이 자리에 주인이 없었던 것도 다 이해가 된다. 일자리 구하기가 하늘에 별 따기라는데, 주 오 일 근무에 때때마다 다 챙겨노는 교무처 자리에 주인이 없었던 건 다 저 박 주임 때문 맞제?"

“뭘 그래. 아니야.”

옥희의 날카로운 분석에 성미가 고개를 흔들었다.

“행여나.”

그런 성미 앞에 털썩 주저앉으며 옥희가 성미의 손등을 쳤다.

“망할 것, 니가 지금 사지(死地)에 낼 밀어 넣은 거 맞제?”

“야야, 아니라니까.”

“친구여, 솔직하게 말하지 그래?”

커다란 눈을 게슴츠레 만든 그녀가 성미에게로 고개를 들이 밀 찰나, 휴대폰에서 메시지 알람 소리가 들렸다.

“뭐고?”

휴대폰이 알람시계 대용으로 변한 지 이미 오래. 문자 메시지 를 확인하는 손놀림이 무척 어색했다.

〈로비로 나와라. —무영.〉

메시지를 보며 시간을 확인하던 옥희가 화들짝 놀라 일어났 다.

“엄마야, 내가 약속을 잊었네!”

먼저 나가 기다리고 있겠다고 했건만, 또 분노의 몸부림을 쳐 댈 것이 눈앞에 훤했다. 후다닥 교무처를 나가자, 뒤에서 절규 같은 성미의 음성이 들렸다.

“야, 너 어디 가!”

미안하다, 성미야. 하지만 나도 먹을 건 먹어야 되지 않긋
나.

성미에게 미안한 마음도 잠시, 로비에 흰 종이봉투를 들고 선
무영을 보자 뛰는 발걸음에 탄력이 붙었다.

"미안, 미안. 많이 기다렸제?"

그녀가 숨을 몰아쉬는 시늉을 하며 말하자, 무영이 아무 질책
없이 대뜸 흰 종이봉투를 그녀 품에 안겼다.

"갑자기 약속이 생겼다. 혼자서 나가지 말고 친구랑 이거 먹
어라."

"뭐라고?"

"간다."

할 말을 잊은 그녀를 두고 무영이 쌩하게 사라졌다.

"뭔데, 지금?"

홀로 봉투와 남은 옥희는 눈 깜짝할 사이의 일에 어이가 없었
다. 영문을 몰라도 혼자가 된 것만은 분명했다.

"아, 짜증나. 또 혼자서 밥 먹어야 된단 말이가. 그래, 팬더를
믿은 내가 바보지. 이건 뭔데?"

많은 학생들이 오가는 로비라 큰 소리로 욕할 수도 없는 옥희
가 손에 들려진 봉투 안을 들여다보았다.

봉투 안에는 사각 나무 도시락 두 개가 담겨져 있었다.

"쳇, 그러니까 지금 지 대신으로 이거나 먹어라 이 말인 거
제?"

옥희는 사람을 잔뜩 기대하게 해놓고, 이깟 도시락만 던져 주고 간 무영에 대해 다시 화가 나기 시작했다.

하지만 아무리 화가 나도 점심시간은 자꾸만 흘러갔고, 주린 배는 꼬르륵 비명을 질러댔다. 옥희는 봉투를 들고 터덜터덜 교무처로 돌아왔다.

"야, 너 어디 갔다 와!"

정수기 앞에서 맹물로 빈속을 달래던 성미가 바락 소리를 지르자, 그녀는 교무처 옆 작은 휴게실로 들어가 테이블 위에 봉투를 올려놓았다.

"흥분하지 말고 와서 이거나 드시게."

"뭐야?"

괄괄하게 따라 들어온 성미가 봉투 안의 도시락을 확인하고 환호성을 질렀다.

"이야. 이옥희, 이게 뭐니!"

"묻지 말고 그냥 먹어라."

"뭐 아무래도 좋아. 나 지금 배고파서 쓰러질 지경이거든. 어머, 쪽지도 있네? 옥희야, 이거 봤어?"

봉투 안을 헤집던 성미가 흰 종이를 옥희에게 주었다. 메모를 확인한 옥희의 눈에서 불꽃이 튀었다.

〈어이, 호.박. 특별히 고마워할 필요는 없다.〉

"이게 진짜!"

그녀가 글을 쓴 것도 모자라 진하게 덧칠된 글을 보며 흥분했지만 성미는 도시락에 대한 감탄을 감추지 못했다.

"이야. 옥희야, 이걸 누가 보냈어? 응? 이렇게 비싼 걸, 어머, 두 개네? 나도 같이 먹으란 거야? 누군지 몰라도 엄청 센스있다. 어머, 어머! 연어 롤도 들어 있다!"

뚜껑을 열어본 성미가 더욱 요란하게 방정을 떨어댔다. 옥희는 성미가 코앞에 들이대는 그것을 밀치며 중얼거렸다.

"뭐가 들어 있다고? 치, 그래 봐야 도시락이 도시락이지. 마른 밥에 김치 든 그런 거 아니가."

"기집애야, 이게 삼천 원짜리 도시락하고 같은 줄 아니? 이게 얼마나 비싼 건데 그래! 보름치 식권보다 더 비싸단 말이야."

"흠, 진짜?"

성미의 말을 듣고서야 옥희는 도시락 안을 들여다보았다. 두툼하게 썬 스테이크 두 점이 파슬리 장식을 받으며 놓여 있었고, 성미가 환호했던 연어 롤과 캘리포니아 롤까지 상당히 먹음직스러워 보였다. 수학여행에서 받아먹던 세 가지 반찬의 도시락과는 확실히 차이가 났다.

"그리고 이건 배달도 안 돼서 직접 찾으러 가야 되는데, 학교에서 두 정거장이나 가야 된단 말이야."

도시락 안을 보며 조금 감탄이 생기려던 옥희는 성미의 말에 놀랐다.

"이게 배달이 안 된다고?"

"그래, 안 돼. 이 도시락 집이 나름 독한 구석이 있는 집이라니까. 누군지 정말 정성이 대단하다. 옥희야, 누구야? 누가 준 건데?"

그럼 싸가지 팬더 채무영이 직접 사 온 거란 말인가?

"앉아라. 일단 먹자."

옥희는 성미의 성화를 모른 척, 자리에 앉아 일회용 수저의 비닐을 뜯었다.

하루 종일 미자에게 시달리는 성미와 소희를 보며 남자 주임이 시킨 일을 마친 옥희는 정시에 퇴근을 했다.

"옥희야, 가니?"

"옥희 씨, 야근에 시달리는 우리만 두고 가요?"

"네, 갑니다. 내일 봅시다!"

가방을 드는 그녀를 보는 성미와 소희의 글썽이는 눈을 애써 외면하고 나오자, 아침에 주차되어 있던 무영의 차는 어디로 사라졌는지 보이지 않았다.

"흠……."

아침 일로 아직 화가 났나?

주위를 둘러봐도 무영의 은회색 빛 차는 보이지 않았다. 결국 홀로 터덜터덜 넓은 학교 교정을 걸어나오며 생각했다.

'그래도 계속 화가 났다면 도시락을 왜 사다 줬겠노. 바쁘겠
지.'

아닌 게 아니라 정시에 출퇴근하는 직원과 비교적 시간이 자
유로운 교수의 일정을 같이 맞추기가 어디 쉬울까.

출근할 때 차를 얻어 타는 것만이라도 감사하자, 옥희가 생각
했다.

콩나물 시루 같은 지하철역도 이미 한 번 겪어봤다고 그나마
조금 적응이 되었는지, 낯설고 무표정한 사람들 사이에서도 울
컥 서러움이 치받지 않고 무사히 집으로 돌아왔다.

분명 어제까지는 곱절의 시간이 걸렸는데, 오늘은 무영의 집
으로 돌아가는 길이 어제보다 가깝게 느껴졌다.

채 씨 아저씨가 챙겨주신 열쇠로 대문과 현관을 열고 들어갔
다. 이층 방으로 올라가 옷을 갈아입고 세수를 하고 나오자, 그
세 왔는지 수영이 거만한 표정으로 그녀를 스쳐 지나갔다.

고등학생이라더니, 아직 해가 완전히 저물지도 않았는데 녀
석이 돌아왔다.

"어, 수영이 왔네?"

텅 빈 집에서 혼자가 아니란 생각에 반색을 했지만, 무심한
놈, 한마디 말도 없이 아래층으로 쏙 내려가 버렸다. 옥희는 그
뒷모습에 주먹을 쥐어 보이며 중얼거렸다.

"진짜 아저씨 아줌마는 안 그런데. 아니, 우영 오빠도 안 그런
데 나머지 둘은 정녕 이상하네."

옥희는 구시렁거리며 수영의 뒤를 따라 아래층으로 내려갔다. 그리고 주방에서 우유 한 잔을 따라 거실로 나왔다.

반대편 소파에 나른하게 구겨져 앉아 텔레비전을 보는 수영과 신문을 펼쳐 든 그녀는 서로의 존재를 철저히 무시한 채 그렇게 자신의 일에 몰두했다.

그렇게 몇 분이 지났을까, 옥희의 휴대폰이 요란하게 울렸다.

Rrrrrr.

얼른 번호를 확인하자, 전화를 건 사람은 다름 아닌 고향을 지키고 있는 동식이었다. 그녀는 얼른 전화를 받았다.

[희야!]

"그래, 웬일이고?"

그러자 대뜸 동식이 놈이 이런다.

[니는 내가 안 보고 잡나?]

그리운 것은 사실이다. 그것이 동식이기 때문이 아니라, 고향에 포함된 일부이기 때문에 그리운 것이다. 그러나 그립다고 말하면 온갖 방정을 떨 것이 분명하기에 대답을 망설이는 옥희에게 동식이 말했다.

[희야, 나는 니가 억수로 보고 잡다.]

이게 진짜! 지난밤 숙희와의 통화—서울에서 비싼 봄 코트 하나 사서 붙이라는 요지의 일방적인 통화—에서 근황을 전해 들었건만!

[나는 니가 보고 싶어가 밥도 세 끼마다 한 그릇밖에 못 먹고, 일도 못한다. 내가 꼭 두 그릇은 꼭 먹어주야 힘을 쓰는 거, 니

도 잘 알잖아. 그리고 뒷산을 보면 자꾸 눈물이 난다, 희야.]

동식의 목소리가 축축하게 젖어들었지만, 아직도 정신을 차리지 못한 동식에 대한 분노로 옥희는 씩씩하게 소리쳤다.

"야, 천똥식이 니 자꾸 거짓말할래? 뒷산을 보면 와 눈물이 나는데! 니하고 오 양이 뒷산에서 꺾은 진달래가 경운기 한 대로는 어림도 없다는 거 다 들었거든? 얼마나 꺾어댔으면 뒷산에 삼십 년 동안 진달래가 안 필 거라 하던대! 니 자꾸 내한테 이런 말 하면 그건 오 양에 대한 배신이다. 아나?"

양다리는 공공의 적이었다. 정녕 오 양과 같은 여자로서 동식의 행동에 분개한 옥희가 바락 소리를 질렀다.

"오 양한테 잘해라!"

전화를 끊고 나서도 마음이 가라앉지 않아 옥희는 가슴을 들썩이며 분해했다. 사람을 가지고 놀아도 정도껏 해야 한다. 그녀가 보지 못했다면 모를까, 오 양과 동식은 사귀는 게 분명했다. 그런데 감히 어디서 수작이고, 수작이!

"훗."

그러자 그림자처럼 소파에 앉아 미동도 없던 수영이가 피식 웃었다.

"오 양은 누구냐?"

오, 살다 보니 리틀 싸가지가 먼저 말을 걸 때도 있다. 항상 무표정하던 얼굴이 씨익 웃으니 또래 아이처럼 환하고 어려 보였다. 옥희는 수영의 놀라운 변화에 내심 놀라면서도 순순히 대답해 주기 싫었다.

"말해주기 싫다."

건방진 녀석이 먼저 말 걸길 기다렸다는 듯 넙죽 대답하는 것은 이옥희 자존심이 허락하지 않았다. 다시 신문을 펼쳐 든 그녀에게 수영이 말했다.

"뭐, 꼭 안 들어도 알 것 같다. 다방 다니는 여자지?"

헉!

"니가 어떻게 아는데?"

두 번도 아니고 세 번도 아닌, 한 번만에 오 양의 정체를 알아맞히는 수영이 진정 놀라웠다. 옥희의 커다란 눈이 더 커다래졌다.

"때려 맞혔지. 누가 알고 대답하냐?"

그러자 그녀의 놀람을 비웃으며 수영이 젠체했다.

"쳇, 니 그거 아나? 사실은 오 양이 원래 오 양이 아닌 거?"

"무슨 말이야?"

수영이 관심을 가지자 옥희가 신이 나서 말했다.

"사실은 오 양이 경북에서 알아주는 커다란 과수원집 고명딸인 기라. 오 양 엄마가 저거 아부지 후처로 들어가서 낳은 딸이거든. 전혀 그럴 필요가 없는데도 이기 반항을 하네? 오 양이 원하면 저거 아부지가 하루에도 몇 번씩 헬리콥터를 띄워줄 만큼 사랑받는 부잣집 가스나가 고등학교 딱 졸업하고 가출을 했다 아니가. 비관할 신세도 아닌 기 비관을 해가 말이라. 그래가 읍

내 정다방에서 커피 탄다.”

“진짜냐?”

수영은 믿을 수 없다는 듯 팔짱을 끼고 옥희를 바라보았다.

“어린 게 속고만 살았나! 진짜거든?”

“훔…….”

다짐을 해주는 옥희를 보는 수영의 눈은 여전히 미심쩍었다. 도저히 여기에서 멈출 수 없는 옥희가 굉장한 비밀을 털어놓듯 말했다.

“니 오 양 이름이 뭔지 아나?”

은근히 기대감을 주는 이조.

“뭐냐?”

수영이 심드렁하게 묻자, 옥희가 의기양양하게 대답했다.

“크크, 남득이다. 오남득. 부잣집 막내딸 가스나가 이름이 남득이다. 웃기제?”

“후훗.”

옥희의 말에 한참을 웃어 젖힌 수영이 중얼거렸다.

“바보.”

이놈 시끼가!

발끈한 옥희가 두 주먹을 쥐고 자리에서 일어나려 했지만 수영이 한발 빨랐다. 긴 다리를 확 펼쳐 일어나더니 소파 건너편에 앉았던 그녀의 머리를 툭 치며 지나갔다.

“생각보다 귀엽게 노네.”

스치듯 중얼거린 그 말에 옥희의 분노가 급상승했다.

"이 자슥이 뭐라는 거고!"

그녀가 아무리 방방 뛰고 난리를 쳐대도 뒤돌아보지 않는 인
내심의 소유자 수영이 사라졌다.

6. 한밤의 소동

미치도록 혼란스러웠던 첫 주가 지나자, 그 다음부터는 수월했다. 보통 신입이 들어오면 며칠 지나지 않아 환영회를 겸한 회식을 하는 것이 보통이었지만 학교 내 감사 기간이라 회식은 뒤로 미루어졌다.

정시 퇴근보다 두 시간이나 더 학교에 남아 있었던 옥희와 성미, 소희는 고단한 몸을 이끌고 교정을 걸어나왔다.

"아유, 이제 이틀은 '독한 미자 씨' 안 봐도 되는 거지?"

"그러게. 아주 날아갈 것 같다."

감사 때문에 신경이 날카로워질 대로 날카로운 미자에게 프라이팬 위 볶음밥처럼 들볶였던 성미와 소희가 진저리를 쳤다.

"옥희 넌 아주 일복을 타고났다. 보통 첫 주는 편안하게 일을 익히도록 놔두는데, 하필 감사 기간이 걸려 가지고는 매일 야근에 회식도 못하고. 어쩌냐?"

"뭐, 할 수 없지. 회사 생활에 내 좋을 대로 할 수는 없다 아니가."

옥희는 한 주의 피로가 누적되어 눈꺼풀이 무겁다 생각하며 대답했다. 곁에서 마찬가지 피로를 호소하던 소희의 눈이 순간 번득거렸다.

"이럴 게 아니라 우리끼리라도 회포를 풉시다. 오늘은 불타는 금요일 밤이고 이틀 푹 쉴 수 있으니까, 광란의 밤 어때요?"

"오, 좋아! 소희 씨, 옥희야, 가자!"

역시 미자에게 한 주 동안 들볶였던 성미가 환호성을 질렀고, 음주가무라면 반드시 참여해 주시는 바른 정신의 소유자 옥희도 두 손 들어 환영을 했다.

학교 앞 지하철에서 젊음이 휘청거리는 거리로 오는 데는 십오 분밖에 걸리지 않았다. 무슨 역을 어떻게 지나야 물 좋은 클럽이 나온다고 소희와 성미가 열심히 토론을 했지만, 버스처럼 넘어질까 혼자 열심히 손잡이를 잡고 있던 옥희는 도통 그 말이 들리지 않았다.

지하철에서 내리자 옥희는 저돌적으로 사람들 사이를 헤치고 '물 좋은' 클럽을 찾아가는 두 사람 뒤에 길을 잃어버리지 않도록 필사적으로 걸어갔다. 그리고 곧 클럽에 도착했다.

"신나게 즐겨보는 거야!"

소희와 성미는 자리에 앉자마자 환호성을 지르며 스테이지로 향했다. 어딜 들어가도 찬물 한 잔은 마셔주고 설치는 것이 예의라 믿는 옥희라 웨이터가 가져다준 냉수를 마시며 고개를 저었다.

"흠, 스트레스로 정신이 피폐해진 영혼들."

그러나 저러나…… 이야~

옥희는 주위를 둘러보며 감탄을 금할 수가 없었다.

"우와, 대한민국 돈은 전부 서울에 있다드만, 진짜 고급스럽다."

옥희가 가봤던 나이트는 성인 나이트가 전부였다. 그것도 제일 오래 논 것이 과 졸업 페스티벌로, 제일 저렴한 성인 나이트를 빌려 손님 받지 않는 오전 열 시부터 오후 네 시까지 놀아본 것이 기억의 전부였다. 곰팡내 나던 카펫부터가 다른 것을, 더 비교해서 무엇하랴. 옥희는 맥주 한 모금을 마신 뒤 마른 오징어를 질겅거리며 행복에 잠겨들었다.

"역시 서울이 좋아."

나이트 갔다가 옆 테이블에 앉았던 후삼댁 아줌마를 만나 그 아줌마가 아버지께 일러바칠 일도 없고, 그러니 자연 말만한

기 나이트 간다고 두드려 맞을 일 없는 서울이 또 좋고, 짠 내 나는 성인 나이트 말고 이렇게 미끈한 청년들 많은 서울 나이트가 좋다.

"이야, 여기는 벗고 설치네."

주위를 둘러보자 하얀 어깨를 훤히 드러낸 여자들과 짧은 민소매 셔츠 차림의 남자들이 그렇게 많았다.

"아직 날이 추워서 감기 걸린 긴데."

병째 맥주를 마시며 구시렁거리며 주위를 둘러보던 옥희는 순간 맥주병을 물고 말았다.

"저, 저게 누고⋯⋯."

만날 일이 전혀 없는 사람의 얼굴을 본 옥희의 얼굴이 파랗게 질려 버렸다. 세 테이블 건너 저 남자⋯⋯ 저 남자!

옥희의 얼굴이 굳어졌다.

벽시계가 열한 시를 알리는 것을 보며 무영이 이를 악물었다.

"이 호박이 아주 막 나가시는군."

여섯 시 정시 퇴근을 해서 기어와도 왔어야 할 시간이다. 일식집을 운영하시는 부모님도, 두 동생 녀석들도 집에 돌아오지 않았지만 걱정되는 것은 오로지 호박이었다.

아무리 얼굴이 무기라지만 어두운 밤길에 얼굴이 보일 리 없을 테니, 걱정이 안 될 수가 없다.

"멸치잡이 어선에 팔아넘기는데 얼굴이 무슨 상관이겠어."

걱정에 중얼거려 봤지만 그 말에 더 걱정이 됐다. 그래도 걱정한다는 내색을 보여주기 싫어 휴대폰을 만지작거리며 전화를 할까 말까 고민을 했다.

하지만 호박이 멸치잡이 어선을 뛰어내려 자유를 찾아 망망대해를 헤엄치는 것을 상상하자 초조감이 극에 달했다.

"에잇, 버릇을 고쳐 놔야지! 늦으면 늦는다고 전화를 해야 할 거 아니야!"

무영은 휴대폰 버튼이 본체 밑으로 들어갈 때까지 꾹꾹 눌러 전화를 걸었다. 한참 동안 신호가 가도 전화를 받지 않자, 걱정이란 놈이 아예 그의 머리끝까지 차 올랐다.

"이 호박. 누가 달랑 들고 간 거 아니야?"

큰일났다, 큰일났어!

이 세상 물정 모르고 순진하기만 한 호박이 누가 미끼로 던진 먹을 것에 꾀여 따라갔나 보다. 재다이얼 버튼을 누르는 그의 손이 부르르 떨렸다.

Rrrrr. 역시 신호음만 들릴 뿐, 옥희의 목소리는 들리지 않았다.

"옥희야! 너 왜 이러냐? 전화 좀 받아!"

불안함에 바락 소리를 치자, 기적처럼 목소리가 들렸다.

[네, 이옥희 씨 휴대폰입니다.]

"누구십니까? 호, 아니, 옥희는요?"

어딘지 몹시 힘들어 보이는 목소리가 들리자 무영이 소리쳤다.

"옥희 바꿔주십시오."

[누구신지 모르겠지만 옥희 지금 전화 못 받아요. 누구시죠?]

설상가상 수화기 너머 낯선 여자가 그의 존재를 물어왔다.

"옥희 오빠입니다."

차마 같은 집에 동거하는 남자라고는 말할 수가 없어 무영은 소름이 돋는 것을 참고 말했다.

[아, 그래요? 잘됐다. 옥희가 술에 너무 많이 취했어요. 여기 압구정인데, 제 집으로 데려가려고 하던 참이었어요.]

무척이나 안도하는 여자의 목소리를 듣자, 무영의 분노지수가 높아졌다. 뒷마당에서 같이 맥주를 마셔봤기에 호박의 주량이 그다지 세지 않은 것을 잘 알고 있었다. 이 호박이 그렇게 술에 약하면서 겁도 없이 인사불성이 될 때까지 술을 마셨단 말인가!

"제가 지금 데리러 갈 테니 조금만 기다려 주시겠습니까?"

[물론이죠. 빨리 오세요.]

전화를 끊은 무영은 얼른 재킷을 챙겨 들고 밖으로 나왔다.

"이 호박, 버릇을 단단히 들여놔야지! 세상이 어떤 세상인데 겁도 없이 술을 먹고 이성을 잃어. 아주 혼이 나봐야 해."

마구 구시렁거리며 골목을 빠져나가던 그는 어두운 골목 어귀에서 건들거리며 걷는 수영을 발견했다. 막 클랙슨을 울릴 찰나, 주머니에서 담배를 꺼내 무는 것이 보였다.

"저 녀석."

녀석의 반항기를 어찌해야 할지.

천천히 다가간 무영은 창문을 내리며 말했다.

"타라."

막 담배에 불을 붙인 수영이 그의 등장에 멈칫했으나 놀라지는 않았다. 무영은 그가 보는 앞에서 바닥으로 담배를 던지는 수영의 태연하고도 간 큰 행동을 차후에 논하기로 했다.

"얼른 타, 옥희 데리러 가야 해."

그는 아무 표정 없이 바닥만 바라보는 수영에게 말했다.

"옥희? 왜?"

놀랍게도 수영이 옥희라는 말에 고개를 들어 의문을 표시했다.

"술 먹고 인사불성이란다. 얼른 데리러 가야 해."

그의 설명에 수영은 군말없이 차에 올라탔다. 마음이 동하지 않으면 그 누구도 움직이게 할 수 없는 수영이 옥희란 말에 얼른 차에 타는 것이 내심 놀라웠지만, 무영은 내색하지 않았다.

"성미야아, 한 잔 더 하자. 고! 고!"

"이 기집애, 너 정신만 들어봐. 아주 가만 안 둬!"

하늘을 나는 비행기처럼 손짓 발짓 동원해서 허공을 날려고 하는 옥희를 넘어지지 않게 꼭 잡은 성미가 이를 갈았다.

말 그대로 미친 듯이 춤추고 돌아온 자리에서 성미는 기함을 했다. 주량이 맥주 두 캔인 이옥희가 병나발을 불고 있었던 것이다.

"미쳤어!"

얼른 맥주병을 뺏었지만, 이미 일곱 병을 마신 후였다.

"야! 이옥희!"

성미가 허리춤에 손을 얹고 소리쳤지만 옥희는 마냥 행복한 얼굴로 손만 흔들었다.

"야, 정신 좀 차려. 응?"

소희는 벌써 헌팅당해 행복한 얼굴로 사라졌고, 성미에게 남은 것은 술독에 빠진 친구뿐. 그런 친구를 억지로 추슬러 데리고 나온 성미는 구세주 같은 전화 한 통에 안도했다.

"얼른 온다더니 왜 이렇게 안 와?"

"누가? 킹카가?"

"넌 왜 대학 때도 안 하던 술주정을 하니, 응? 정신 좀 차려봐."

성미는 옥희의 통통한 볼을 치며 술에서 깨어나길 고대했다.

편의점 의자에 앉아 이십 분 정도 기다렸을까? 은빛 자동차가 그들 앞에 멈춰 섰다. 성미는 차에서 내리는 남자의 얼굴을 확인한 순간 놀라고 말았다.

채무영 교수!

"어머, 어머! 옥희야, 채 교수가 너네 오빠였니? 응?"

성미가 숨 가쁜 어조로 속사포처럼 속삭였으나 옥희의 귀에 그 말이 들릴 리 만무했다.

"감사합니다."

빠르게 다가온 무영이 술에 취한 옥희를 겨우겨우 잡고 있던 성미에게서 옥희를 일으켜 세웠다.

"아유, 친구 사이에 이런 것은 당연한걸요. 감사는 무슨, 괜찮아요."

"우리 옥희랑 같은 사무실에서 근무하시죠?"

성미를 알아본 무영이 휘청거리는 옥희의 양팔을 꼭 잡고 물었다.

"네!"

"오늘은 너무 늦었고, 다음에 사례하겠습니다. 그럼 이만."

다음에 사례! 그 말에 성미는 무영과 옥희의 관계를 밝히고 싶은 열망은 나중에 해결하기로 했다.

"감사합니다."

"네, 조심해서 가세요."

옥희를 먼저 차에 밀어 넣은 무영이 성미를 향해 인사를 하고 차에 타자 뒷좌석에서는 아주 가관이 벌어지고 있었다.

"아이고, 이게 누고. 깜찍하도록 싸가지없는 수영이 아니가?"

옥희는 자기보다 더 큰 수영의 어깨를 얼싸안고 좋아라 했다.

"아주 술이 떡이 됐군, 떡이 됐어. 하지 마!"

옥희의 작은 가슴팍에 안긴 수영이 질색을 해서 뿌리쳤지만 옥희는 아랑곳하지 않았다.

"수영아, 내가 마음이 마이 괴롭다."

"늙어서 술주정 이렇게 하면 돌 맞아. 정신 좀 차려봐 봐."

수영이 옥희의 머리를 톡톡 침과 동시에 그녀가 울컥 눈물을 흘렸다.

"수영아, 흐흑."

"어어. 야, 왜 이래?"

씩씩한 여자가 흘리는 눈물 앞에 곁에 앉았던 수영과 그때까지 아무 말 없이 사태를 관망하던 무영이 화들짝 놀라 끼어들었다.

"호박, 너 왜 그러냐?"

"어어엉! 내가 와 이래 살았는지 모르긋다."

옥희가 닭똥 같은 눈물을 뚝뚝 흘리며 코를 훌쩍거렸다. 훌쩍거리는 것으로 흐르는 코를 주체하지 못하자 곁에 앉았던 수영이 마땅찮은 표정으로 티슈를 건넸다.

"여기 있다."

"고, 고맙다."

그녀는 더듬더듬 휴지를 건네받으며 웅얼거렸다.

"크응, 내가 그때 소죽만 안 끓였어도 이러고 있지 않는데. 그 아한테 시집을 가도 벌써 갔을 긴데. 어어엉."

"큰형, 당최 무슨 말을 하는 거야?"

"글쎄다."

소죽? 시집? 옥희의 설명을 들을수록 두 남자의 머릿속에는 물음표가 늘어났다.

"좀 자세히 말을 해봐."

남의 일엔 전혀 관심도 없던 수영이었으나 이번엔 달랐다. 궁금증을 참지 못해 옥희의 팔까지 툭툭 치며 다그쳤다. 그러자 그녀가 바락 소리쳤다.

"그 슬픈 기억을 말하라면 어떡하는데!"

"아, 싫으면 말고. 왜 소리를 질러? 기껏 여기까지 데리러 와준 사람한테 그게 무슨 말버릇이냐?"

십팔 세 수영이 이십구 세 옥희에게 예의를 따지며 짜증을 냈다. 그러자 술에 취한 몽롱한 눈이 한참 동안 수영을 보다 패배를 시인했다.

"훔, 그라나? 알았다, 미안하다."

"그래. 그럼 얼른 말해봐."

술에 취하고 슬픔에 젖은 옥희가 과거를 회상했다.

"그때는 바야흐로 내 나이 스물한 살 때였다. 한창 물오른 꽃이었제."

그 얼마나 화창한 봄날이었던가.

진달래꽃과 복숭아꽃이 지천으로 흐드러진 아름다운 봄날, 옥희는 소죽을 끓어야 했다. 마을 청년회에서 본격적인 농번기가 시작되기 전, 어른들을 관광버스에 모두 몰아놓고 꽃놀이를 떠나 마을은 한산하기 그지없었다.

숙희와 철희는 모두 학교에 가고 없었던 그날, 옥희는 금요일 강의가 없는 것을 일찌감치 눈치 챈 아버지의 엄명을 받았다. 그때나 지금이나 아버지가 변함없이 애지중지하는 축사의 영순 어미 외 사십여 마리의 소 끼니를 챙겨주는 영광을 차지했다.

장작불을 떼 끓인 가마솥 물에 헛간에서 볏짚을 가져다 넣고 새벽녘 아버지가 베어놓고 가신 꼴까지 섞어 맛나게 끓이던 중이었다.

띠띠띠. 허리춤에 매단 호출기—일명 삐삐—가 요란하게 울려댔다.

〈486586 8282.〉

"오오!"

찍힌 번호를 확인하던 옥희의 입이 찢어졌다.

번호는 다름 아닌 한 달 전 미팅에서 만난 농대 미생물학과 킹카였다. 486586은 사랑하는 남자. 8282는 빨리빨리.

옥희는 축사에서 집까지 십 분 거리를 그야말로 죽.도.록. 뛰

어갔다. 얼른 전화를 걸어서 그윽한 사람의 목소리를 확인해야
했다.

대청마루에 신발도 벗지 않고 뛰어들어 간 옥희는 얼른 음성
을 확인했다. 번호를 꾹꾹 누르자 곧 그녀가 사랑해 마지않는
음성이 들렸다.

[옥희야, 낸데, 경주에 벚꽃이 그래 마이 피가 미친년처럼
바람에 날린단다. 내 친구 커플이랑 그거 보러 가자. 준비해
라.]

"오늘? 지금?!"

음성을 듣던 옥희가 설규했다.

왜 하필 오늘이란 말인가! 가마솥에서 소죽이 무섭게 졸아들
고 있는 이 마당에 미친년처럼 날린다는 벚꽃 구경이 가당키나
한 말이던가!

그녀는 고개를 늘어뜨리고 생각에 잠겼다.

경주까지 벚꽃 구경이라…… 아침은 지금 주고 간다 해도, 관
광 단지인 경주까지 차는 매우 밀릴 테고 그럼 결국 축사의 소
들 점심, 저녁을 해결할 수는 없을 것이다.

옥희는 갈등했고 번민했으며 좌절했다.

"이번에도 소 팔아가 등록금 냈는데 소 밥을 굶기는 게 말이
되나."

나지막하게 중얼거린 뒤 수화기를 들어 번호를 누르는 손에
는 힘이 하나도 없었다.

"응, 내다. 내 못 간다."

[왜!]

"소 죽 끓이가 밥 먹이야 된다. 미안하다."

그녀의 말이 끝나고 수화기에서는 한동안 말이 없었다. 그리고 들려온 음성.

[니 그거 지금 진심이가? 소죽 끓이느라 경주 못 간다는 기?]

농대 킹카는 믿을 수 없다는 듯 물어왔다.

"응, 소죽 끓이는 기 진짜 중요하다. 내가 가면 축사에 소 사십 마리가 다 쫄쫄 굶는다."

옥희는 이해를 바라는 심정으로 간곡하게 말했다.

[알았다.]

하지만 농대 킹카는 단호하고 차가운 어조로 전화를 끊었다. 그리고 끝이었다, 그들의 사랑은.

옥희가 말을 마친 차 안은 잠시 정적에 감싸였다.

"흐흑, 그리고 다신 전화를 안 했다. 그랬는데 오늘 나이트에서 본 기라. 여전히 삐까하게 잘났드라. 어어엉!"

안타까운 마음에 눈물이 멈추지 않았다. 아무리 가슴을 치고 서럽게 울어도 슬픔이 가시지 않았다.

"내가 그것만 아니었어도 가한테 시집갔는데, 그렇게 잘날 수가 없었는데…… 흐흑."

"훗!"

그때 곁에 앉았던 수영이 어깨를 들썩이며 웃기 시작했다. 아무리 참으려고 해도 참을 수가 없어 터진 웃음은 멈추지 않았다.

"뭔데! 니 지금 이렇게 슬픈 이야기를 듣고도 웃나?"

그러자 킥킥거리며 숨 넘어갈 듯 웃는 수영을 보며 옥희가 분개했다. 그녀는 앞좌석에 앉은 무영에게 도움을 청할까 운전석을 보자, 그의 뒤통수도 가늘게 떨리고 있었다. 이제 보니 앞에서까지 눈물을 찔끔거리며 웃고 있었다.

"씨, 뭔데!"

"하하하."

그녀가 눈치 챈 것을 안 무영은 대놓고 웃어버렸다. 미안하게도 호박의 슬픈 연애사가 너무 웃겨 운전을 할 수가 없었다. 얼른 인도 옆에 정차를 한 무영이 핸들에 머리를 박고 웃었다.

"웃지 마라!"

그때만큼은 술에서 깬 옥희가 분개해서 소리 질렀다.

"소들도 밥은 묵어야제! 가들은 뭐 용가리 통뼈가! 아무것도 안 먹고 밭에서 새빠지게 일하게!"

애통한 절규에 수영과 무영의 웃음소리는 높아져 갔다.

"하하하!"

"너거는 내 마음을 절대 모를 거다. 대학 사 년 동안 내 때문에 팔려간 소가 스무 마리였다. 소 값이 한참 안 좋을 때는 세

마리 한꺼번에 판 적도 있었다."

호박은 여전히 흥분했고, 흥분한 만큼 눈물도 흘렸다. 말 그대로 줄줄 흘러내리는 눈물을 닦으며 중얼거렸다.

"우리 아부지가 소 안 팔아줬으면 대학 못 갔다. 내 대학 못 갔으면 동식이네 섬유공장에서 베 짜고 있을지도 모른단 말이다. 섬유공장에서 일 안 하는 건 진짜 좋은데, 그래도 내 첫사랑이 너무 슬펐다."

그 모습에 무영이 웃음을 멈추고 진정하려 애썼다. 아무리 술에 취해서 하는 소리라 하나 호박은 진정 슬퍼 보였고, 그는 남의 슬픔을 들으며 웃는 것은 진정한 남자가 아니란 가르침을 받으며 자랐기 때문이다.

"알았어, 알았으니까 이제 그만 좀 울어."

"어어엉! 그땐 내가 나이 스물아홉 살의 노처녀가 될 거란 생각을 못했단 말이다. 어어엉. 진즉 사랑을 만나고 자유를 찾아 떠났어야 했는데!"

술주정 정말 제대로 한다. 시트를 주먹으로 내려치며 마음껏 비통해하는 옥희를 쓱 돌아보며 무영이 시동을 걸었다.

"그래, 어디 기력이 될 때까지 계속해 봐라. 수영아, 넌 옥희 누나 잘 잡고 있어라. 저 정신에 자유를 찾겠다고 차 문 열고 뛰어내릴라."

"걱정하지 마, 큰형. 절대 못 뛰어내리게 잡고 있어."

수영은 옥희의 허리벨트를 검지로 감아쥐며 다짐을 했다.

"수영아, 내 멀미하나 보다. 속이 영 메스껍다. 우욱……."

그때 괴로운 표정의 옥희가 가슴을 두드리자 수영이 질색을 해 꼭 부여잡고 있겠다던 벨트를 놓고 창 쪽으로 붙어 앉았다.

"야, 저리 가. 저리 가서 해!"

옥희의 구역질에 운전을 하던 무영도 화들짝 놀라 고래고래 소리 질렀다.

"뭘 저리 가서 해! 호박 너 내 차에서 오바이트하면 국물도 없을 줄 알아!"

"우욱……."

하지만 그 말에도 아랑곳없이 옥희가 자꾸 수영을 향해 다가갔다.

"야! 저리 가!"

수영의 비명 소리가 차 안을 가득 메웠다.

"나 비위 약해서 죽어도 그 꼴은 못 봐. 저리 가!"

코를 움켜잡고 눈을 감은 수영이 메뚜기처럼 창가로 붙었다. 다가올 토사물을 기대하며. 그런데 너무 조용하자 쓱 뒤를 돌아보았다. 그런데 분명 가슴을 부여잡고 괴로워하던 옥희가 능글맞게 씩 웃으며 고개를 디밀었다.

"자쓱, 농담도 몬하나?"

"야!"

그제야 당했다는 생각이 들었던지 수영이 씩씩거리며 분해했다.

"너 지금 나랑 장난하냐?"

"자슥, 누나라고 불러라. 안 그람 확 팬다."

옥희가 눈을 부라리며 오동통한 왼손을 허공으로 들어올렸다.

"쳇!"

그 모습에 수영이 콧방귀를 뀌며 고개를 돌려 버렸다.

"호박, 너 그러다 양치기 호박 된다."

공장에서 나온 지 일 년도 안 된 새 차를 살렸다는 안도감에 무영이 한마디를 보탰다. 그런데 발끈할 거라 믿었던 호박이 잠잠했다. 한참 만에야 침을 꼴깍 삼키는 소리와 함께 다 죽어가는 목소리가 들렸다.

"우욱. 내, 내 진짜 나올 거 같다."

괴로운 기색이 역력한 옥희의 애원에도 수영과 무영은 단호하기만 했다.

"웃기지 마. 이제 안 속아."

"그만 하지, 호박?"

하지만…… 울렁거림이 점점 더 심해진 옥희의 얼굴에 식은 땀이 알알이 맺혔다.

"진짜거든……."

참으려고 안간힘을 쓰는 옥희의 목소리에 힐끔 돌아보던 무영이 그 말이 사실임을 파악했다.

"야, 조금만 참아."

"못 참겠…… 우욱."

진정 괴로움에 파랗게 질린 옥희의 고개가 아래로 쏠렸다. 그
모습에 수영이 옥희를 일으켜 세우며 말했다.

"야! 너 입 벌리면 진짜 가만 안 둬. 큰형, 얼른 차 세워!"

"일차선에서 차를 어떻게 세워! 호박 너 참아!"

"못 참는다, 못 참는다, 내 죽을 거 같다!"

세 사람의 비명 소리가 대로 위로 울려 퍼졌다.

"어우, 호박 너 정말 골고루 한다. 골고루 해."

비위가 약해 죽어도 옥희의 등을 두드려 줄 수 없다는 수영을
편의점에 들여보낸 후, 무영은 옥희의 등을 두드려 주며 각고의
노력으로 인내하고 있었다.

"어엉, 내…… 내가 많이 괴롭다니까. 어어엉."

"대체 뭐가 그렇게 괴롭냐?"

"어어엉, 난 태어나서 지금까지 호텔도 한번 못 가봤다. 망할
놈의 소죽 끓이고, 복숭아 따고, 나락 베느라 연애다운 연애도
한번 못해보고 늙었다. 내년에 서른인데…… 어어엉, 호텔 한번
못 가본 내 마음을 니가 알기나 하나."

이제 첫사랑에서 신세한탄으로 종목을 바꿔 주정을 하는 옥
희의 목소리에 지나가던 사람들이 힐끔거렸다.

"좀 조용히 말해."

사람 모양새 우스워지는 건 시간문제다.

술에 취한 여자의 등을 두드려 주며, 그 여자가 하는 한탄에 능력(?)없는 남자 되는 것도 역시 시간문제였다.

좀 더 성숙하고 조용하길 바란다면, 그것은 호박이 아닐 테지. 체념했지만, 이상하게 심장이 불끈불끈 용솟음쳤다.

호텔이라…….

그 모호한 무엇을 생각하던 무영은 얼른 머리를 흔들었다.

"야야, 처리할 거 다 했으면 정신 좀 차리고 일어나."

무영은 힐끗거리는 사람들에게 억지웃음을 지으며 옥희를 일으켜 세워 저만큼 떨어진 편의점 앞 플라스틱 의자에 앉혔다.

"아. 내 고향 경북은 지금 복숭아 꽃망울이 터질 긴데."

조금은 쌀쌀한 봄바람에 정신이 들 법도 한데, 주정은 끈질기게 오래 이어졌다.

"큰형."

까만 밤하늘을 보며 제발 호박을 버리고 가지 않게 인내를 달라 기도하는 무영에게로 수영이 다가왔다.

"정말 술주정 제대로 한다."

수영이 투덜거리며 무영에게 생수를 건네주었다.

"그러게 말이다."

그들이 흰 테이블을 의지해 엎드린 옥희에게로 다가가자, 그들 옆으로 낯익은 차가 멈춰 섰다.

"형, 수영아."

우영이었다. 밤늦게 작업을 한 모양인지 피곤이 내려앉은 우영이 퇴근길에 그들을 본 듯했다. 차를 세우고 다가온 우영은 한 테이블에 모여 앉아 각기 다른 표정을 유지하는 형제에게 물었다.

"뭐야? 이 늦은 시간에 왜 여기 있어?"

"오빠아!"

우영을 발견한 옥희가 반색을 해 흐느적거리는 손을 흔들었다. 우영은 분명 이성을 유지한 상태가 아닌 듯 보이는 옥희의 모습에 놀라서 물었다.

"이게 대체 무슨 일이냐?"

그러자 놀랍게도 버릇없는 막내가 반색을 하며 말했다.

"옥희 누나가 소죽 끓이느라 놓친 남자를 오늘 술집에서 만났대. 그래서 술을 퍼 마셨다나 봐. 술주정이 아주 예술이다."

"뭐?"

녀석이 하는 말이 어처구니없었지만 이상하게 신이 난 듯한 수영이 더 놀라워 말을 더듬거렸다. 그러자 술이 머리끝까지 취한 옥희가 웅얼거렸다.

"오빠아, 진짜로 잘생기고 멋진 남자였어요. 어떻게 설명할 수 없을 만큼 다정한 그런 남자요. 절대 누구처럼 싸가지없는 그런 남자가 아니었어요."

“어우, 정말 지겨워 죽겠네.”

하지만 말과는 다르게 수영의 두 눈은 초롱초롱 빛났다. 작은 어머니가 돌아가신 후 저렇듯 똘망똘망한 표정은 처음이라 우영은 내심 놀랍기만 했다.

무영도 그것을 알았던지, 대장과 마찬가지로 버릇없이 말하는 것에 영감처럼 질색을 하고 야단을 쳤지만 오늘은 그것을 눈감아주는 눈치였다.

“그런데 오빠아.”

옥희는 자신의 옆에 앉은 우영의 손을 꼬옥 잡으며 다정한 목소리—형제들이 듣기엔 영락없이 술 취한 목소리—로 불렀다.

“당최 직업이 뭐예요?”

“응, 나? 어, 난 컴퓨터 그래픽 전공했어. 주로 영화 제작에 참여해 특수 효과를 담당하지.”

“네? 그게 뭐예요?”

“쉽게 말하면 영화에서 보이는 SF 판타지 영상을 만드는 그런 거라고 보면 돼. 내가 주로 하는 것도 영화 방면의 CG 작업이거든. 그건 말이야, 가상의 괴생명체가 출현해 인류를 혼란에 빠뜨리는…….”

“우영 오빠.”

한참을 진지하게 설명하는 우영의 손을 역시 진지한 얼굴의 옥희가 꼭 잡았다.

“응?”

“오빠, 내가 솔직하게 말해도 돼요?”

옥희의 커다란 눈이 순진한 송아지처럼 깜빡거리는 것을 보며 우영이 물었다.

“그래, 말해봐.”

“오빠가 하는 말이 뭔지 하나도 모르겠어요.”

굉장히 미안한 듯한 그녀의 어조에 생수를 들이키던 수영이 그대로 물을 뱉어냈다.

“풉.”

그리고 놀랍게도 턱으로 흘러내린 물을 닦으며 씩 웃었다. 맞은편에 앉아 있던 무영도 너털웃음을 지으며 고개를 흔들었다. 반항적이던 수영의 웃음과 무영의 고갯짓, 그리고 결정적으로 깜빡거리는 눈동자의 옥희를 본 우영은 그제야 옥희의 상태를 인지하고 뒷머리를 긁적이며 말했다.

“흠, 그래. 뭐, 그럴 수도 있지. 괜찮다.”

“미안해요.”

하지만 옥희는 또 기가 죽어 훌쩍거리기 시작했다.

“나도 호텔 가보고 싶다.”

“아우, 거기서 호텔 얘기가 왜 나와? 좀 그만 해. 애 듣는데 못하는 말이 없어. 그만 일어나. 너무 늦어서 아버지께 걸리면 우리 넷 다 죽음이야.”

무영이 단호한 어조로 일어나며 옥희를 일으켜 세웠다.

“너 집에 들어갈 때 아무 소리도 하지 마. 우리 아버지가 다른 것도 엄하지만 특히 술 먹고 비틀거리는 것만큼 못 참으시는 게 없다. 명심해."

"호텔……."

무영은 횡설수설 중얼거리는 옥희의 말은 듣지도 않고 뒷좌석에 넣어버렸다.

"수영이는 우영이 차 타고 와."

"왜, 나 큰형 차 타고……."

수영이 반발하려 하자 무영이 단호하게 말했다.

"말 들어."

무영은 그의 뒷좌석에 굶주린 곰 한 마리랑 자라나는 새싹을 나란히 두고 싶은 마음이 없었다.

"팬더야, 넌 절대 내 마음 모른다. 니가 내 마음을 어케 알겠노. 어어엉."

집 앞에 도착해서도 횡설수설 주절거리는 옥희를 보며 무영은 인내의 한계를 느껴야 했다. 어떻게 저 입을 다물게 해서 무사히 집으로 들어갈 수 있을까?

"호텔은 참말 좋긋다."

한계다. 과감히 운전석 문을 열고 내린 무영이 뒷좌석으로 가 옥희를 끌어냈다.

"알았어! 그 망할 놈의 호텔, 내가 데리고 가줄 테니까 호텔 타령 그만 좀 해!"

무영이 이를 악물고 말했다.

"진짜가?"

"그럼 진짜지. 그러니까 제발 정신 좀 차려."

"응, 알았다."

옥희는 거짓말처럼 고분고분해져 대문을 열고 정원으로 들어서는 무영의 뒤를 따랐다. 그러자 뒤따라온 수영이 그 말을 듣고 우영을 향해 놀랍다는 어조로 소곤거렸다.

"작은형, 들었어? 큰형이 옥희 누나를 호텔 데려가 준대. 호텔 가서 뭐 하려고 데려가는 걸까?"

"귀 막아, 채수영."

우영은 너무나 진지한 막내의 귀를 꼭 틀어막았다.

"애들은 몰라도 되는 인류의 비밀이다."

"쳇, 나도 알 건 다 알아!"

"네가 뭘 알아!"

"조용히 안 해?"

티격태격하던 수영과 우영은 무영의 낮은 목소리에 입을 다물고 현관으로 다가갔다.

끼익—

어두운 밤, 현관문 열리는 소리가 마치 천둥 소리 같았다. 먼저 고개만 넣어 안을 들여다본 무영은 일층 거실에 대장 내외가 없는 것을 확인한 뒤, 얼른 옥희를 밀어 넣었다.

"얼른 올라가."

비록 술에 만취했으나, 그 조심스러움을 온몸으로 느끼며 옥희가 살금살금—무영이 보기엔 엉거주춤—이층으로 올라갔다. 옥희의 뒤를 무영, 수영, 그리고 우영 순으로 오르기 시작했다.

"누고? 무영이가?"

이층 계단 코너를 돌 무렵 아버지의 목소리가 들렸다.

"네!"

기겁을 한 무영이 바락 소리를 지르듯 대답했다.

"이놈의 자슥, 일찍 일찍 못 다니나? 기합 한번 받으까?"

아니나 다를까, 안방을 나오는 아버지의 호통이 귓가를 메아리쳤다.

"저기, 저기……."

"잔말 말고 들어가."

무영은 대장이 이층으로 올라오기 직전 두 눈을 동그랗게 뜨고 할 말을 찾는 옥희를 제 방으로 밀어 넣어버렸다.

"너거!"

때마침 이층으로 올라온 억만은 세 아들들이 모두 일렬로 선 모습을 차례로 훑어보았다.

"이놈들이 다 어디 갔다 오노? 자정이 넘어 새벽이 다 됐구만. 새벽에 쏴댕기는 것들은 도둑밖에 없는 거 모르나? 내일은 모두 여섯 시 기상이니까 알아서 해라!"

삼십 분이나 일찍 일어나란 명령에 불만 어린 목소리가 터져 나왔다.

“아버지!”

“큰아버지!”

“다섯 시에 일어날래?”

교활한 양반. 잘생긴 세 얼굴이 모두 체념으로 숙여졌다.

“아니요.”

장성한 세 아들의 반항을 잠재운 억만은 벽에 걸린 시계를 본 뒤 엄숙하게 말했다.

“그래, 정확하게 네 시간 삼십 분 뒤에 아침상에서 보자.”

억만이 아래층으로 내려간 뒤 세 형제는 약속이나 한 듯, 옥희의 방문을 노려봐 주었다. 아마 눈빛만으로도 가능하다면 옥희의 목이 남아나지 않았으리라.

하지만 불쌍한 영혼 하나 구제하는 셈치기로 마음먹은 무영이 먼저 제 방으로 돌아섰다.

“들어가자.”

동생들 모두 그와 같은 마음인지, 돌아서는 발걸음엔 기운이 하나도 없었다.

네 시간 삼십 분 뒤라더니, 시간을 도둑맞은 것 같았다. 머리를 대자마자 일어나야 한 세 형제에게 깔깔한 아침이 다가왔다.

두 눈이 거물거물 감기며 젓가락질하는 손에는 힘이 하나도 없었다.

“너거들.”

하지만 대장의 엄숙하게 깔리는 목소리를 들은 세 형제는 언제 그랬냐는 듯 다소곳하게 수저를 내려놓고 정면을 응시했다.

“밤에 댕기는 거 조심하라는 취지로 신새벽에 일어나라 했다. 내가 누누이 말하지만 술 먹고 밤거리 배회하지 말그라. 어제 우리 주방에 보조 한 놈이 술 먹고 지하도에 쓰러지가 자는 바람에 지갑을 털릿다드만. 그런 것뿐만이 아니고, 젊은 아들 술 먹고 비틀거리는 것만큼 보기 싫은 것도 없다. 젊은 아들이 당최 와 그라노.”

젊은 세대를 나무라는 대장의 말이 끝나기가 무섭게 우영이 끼어들었다.

“아버지, 멀리 볼 것도 없어요. 사실 저희가 어젯밤 그렇게 늦었던 것은 다름 아닌 옥…… 악!”

이층에도 그런 젊은 세대가 있다는 것을 말하려던 우영은 난데없는 합동 발길질에 양쪽 정강이를 나란히 맞고 비명을 질렀다.

“와 그라노?”

작은아들의 외마디 비명에 대장이 호기심을 드러냈지만, 우영은 맞은편에 앉은 무영과 수영의 살벌한 시선에 아무 말도 할 수 없었다.

“아, 하하…… 아닙니다.”

그제야 자신의 실수를 깨달은 우영이 멋쩍게 웃으며 두 손을 내저었다.

"자슥, 싱겁기는."

은수저를 테이블에 놓은 아버지가 자리에서 일어나셨다.

"옥희 일어나거든 빵에 쨈이라도 발라주라. 내 나간다. 임자 가자."

"밥 먹은 그릇은 니들이 씻어놔라. 행여나 옥희한테 시켰다가 걸리면 빤쭈 바람에 다 쫓아낸다."

아버지의 뒤를 따라 나가며 어머니가 으름장을 놨다.

"우와, 우린 주워와서 키운 아들들이냐? 이렇게 남의 집 딸을 더 좋아하시냐?"

그 모습에 우영이 내심 섭섭한 어조로 중얼거렸으나 돌아오는 메아리는 없었다. 우영이 대답없는 형제를 돌아보자, 무영과 수영도 자리에서 일어났다.

"뭐냐? 내가 말실수했다고 이제 대답도 안 해? 둘이서 그렇게 발로 차놓고?"

"맞아도 싸."

우영의 억울하단 목소리에 무영이 가차없는 한 마디를 남기고 주방을 나갔다. 그의 뒤를 이어 수영까지 한마디를 보탰다.

"그러게, 소죽 때문에 남자한테 차인 것도 불쌍한데 아버지 눈총까지 맞아야 되겠냐? 작은형은 생각이 없어."

홀로 주방에 남은 우영이 허공을 향해 손짓을 했다.

“그래, 그래. 다 내 죄인 거야.”

그렇게 우영은 잘못을 뉘우치며, 제일 마지막에 남은 죄로 빈 그릇들을 치우기 시작했다.

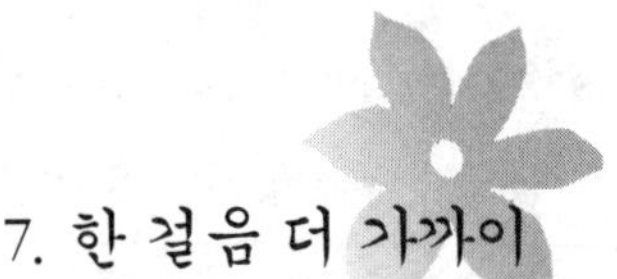

7. 한 걸음 더 가까이

한바탕 회오리가 그녀를 흔들고 지나간 것 같았다.

"끄응."

아무리 눈을 뜨려 해도 떠지지 않았다. 옆구리 쪽이 매우 불편한 것이 무엇을 깔고 있는 듯하기도 했고, 허리를 꽉 움켜잡은 허리띠가 불편해 견딜 수가 없었다.

"뭐고."

구시렁거리며 옆구리 밑으로 손을 넣자, 미끈한 가죽 질감이 느껴졌다. 마치 온몸을 깁스당한 사람처럼 뻣뻣한 목을 기울여 보자 옆구리에 깔려 있는 것은 그녀의 백이었다.

옥희는 끙끙거리며 그것을 빼낸 뒤, 다시 안도의 한숨을 쉬며 눈을 감았다. 마치 누에고치처럼 온몸을 말고 이불을 덮으려 손을 내저었지만, 잡히는 것은 아무것도 없었다.

귀찮아 그냥 자려니 추워서 견딜 수가 없다. 옥희는 겨우겨우 한쪽 눈을 뜨고 이불의 행방을 찾았다. 그런데 한쪽 눈으로 돌아보는 자신의 상황이 믿어지지 않아 감았던 한쪽 눈을 마저 떴다.

왜 그녀는 멀쩡한 새 침대를 두고 차가운 방바닥에 누워 있는 것일까? 그것도 정장을 그대로 입은 채로?

"이게 대체 뭔 일이고?"

후다닥 자리에서 일어난 옥희는 자신과 자신의 주변을 둘러보며 머리를 긁적거렸다. 진정 무슨 일일까? 그런데 급작스런 자세의 변화에 마치 참새가 쪼는 듯한 머리의 통증이 찾아들었다. 옥희는 머리를 움켜잡았다.

"아구, 머리야!"

확실하다. 이건 숙취다.

하지만 술에 정신을 놓아버리는 경우 3박 4일을 술병에 앓아 눕는 것을 여러 번의 경험으로 알고 있는 옥희인지라 어지간해서는 숙취가 생길 정도로 술을 마시지 않았다.

그녀는 기억을 더듬기 시작했다.

일단 술을 마셨다. 그건 기억을 할 필요가 전혀 없었다. 이렇게 머리를 울리는 숙취가 증명을 해주니 말이다.

이번 주 내내 미자에게 지독하게 시달린 소희와 성미를 따라 나이트클럽에 간 것도 기억이 났다. 클럽의 내부를 보며 감탄사를 연발했었지, 그리고…… 얼음 띄운 냉수를 들이키다가 분수를 쏘아 올렸다.

"아휴……."

이 숙취의 원인 제공자를 봤던 것까지 모두 기억이 나버렸다.

서문호. 이른바 XX대학교 97학번 농대 킹카의 얼굴이 떠올랐다. 팔 년이란 세월이 지나 이제는 길거리에서 마주쳐도 못 알아볼 거라 생각했던 것은 모두 오산이었다.

그러나 세싱이 좁다디니, 서울 한복판 나이트에서 만날 것을 생각도 못했었다. 근사하게 잘 그을린 조각(!) 같은 얼굴과 괭이질로 다듬어진 몸매는 세월이 지나도 여전했다. 다만, 문호의 앞에 앉은 여자만 낯설었다. 화려한 외모와 몸에 쫙 달라붙는 과감한 의상을 훌륭히 소화해 낸 여자를 훔쳐보며 옥희는 가슴으로 밀려드는 자괴감을 어쩌지 못했다.

한 병, 두 병, 다정한 문호 커플을 훔쳐보며 마신 술이 꽤 됐다. 오랜만에 처음 만난 첫사랑 앞에 나설 자신도 없으면서 그녀를 알아봐 주지 않는 문호가 야속했다.

그렇게 술을 마시다 클럽을 나왔고 그 다음에는……. 수영을 안고 술주정을 했다! 호텔도 못 가봤다고 울기도 했다!

마른하늘에 날벼락이 치듯, 그것들을 순식간에 기억해 낸 옥희의 뽀얀 얼굴이 붉게 달아올랐다.

"우와, 이옥희, 제대로 미쳤었구나!"

아무리 손부채질을 해도 이미 타오른 볼의 불길은 잡히지 않았다.

"할 기 없어가 이제 고등학생인 아 앞에서 술주정을 했단 말이가!"

술 취하면 용감해지는 것은 누구나 마찬가지지만, 어젯밤 그녀는 조금 더 유별나게 용감했다. 문호를 보며 살아온 지난 삶을 회한에 잠겨 털어놨다. 어젯밤은 당연히 해야 할 말을 한다고 생각했을 터.

하지만 주정도 정도껏 했어야 그러려니 넘어가 달란 말을 하지, 이건 채 씨네 집안 남자들한테 전부 망신살을 뻗쳐 놨으니 입이 열 개라도 할 말이 없었다. 진정 짐을 싸서 고향으로 내려가는 것을 심각하게 고민해야 할 시점이었다.

옥희는 머리를 쥐어뜯으며 어제의 자신을 미친 듯이 탓하며 동동거렸다. 그때 또 때마침 자연의 부름이 고스란히 느껴질 건 뭐람. 그러나 옥희는 감히 저 방문을 열고 밖으로 나갈 자신이 없었다. 하지만 자연의 힘을 이길 수가 있던가.

"아, 참을 수가 없다."

옥희는 포기를 선언하고 방문 손잡이를 잡았다. 삐죽 문을 열고 밖을 보자 이층 거실에는 아무도 없었다. 살금, 한 발을 내밀고 서서히 몸을 밖으로 내밀었다. 아무도 없다. 불행 중 다행이란 생각에 방문을 조용히 닫고 돌아서던 옥희는, 그러나 정승처럼 떡 버티고 선 무영으로 인해 죽을 만큼 놀랐다.

"아악!"

야비하게 문 뒤에서 그녀가 나오는 것을 지켜보고 있던 무영은 표정을 알 수 없는 얼굴로 팔짱을 낀 채 바라보았다.

"아, 안녕."

옥희가 어색하게 웃으며 손을 들었다.

"화장실 가냐?"

"어? 어, 응."

귀신같은 팬더. 놀람을 감추지 못한 옥희가 고개를 끄덕거렸다.

"갔다가 주방으로 내려와라."

무영은 그 한마디를 남기고 아래층으로 내려갔다. 안 내려오면 가만두지 않겠다는 듯한 어조로 들려 화장실로 가는 옥희의 얼굴이 굳어졌다.

아버지 앞에서야 호박의 입장을 생각해 넘어가 주었지만 단둘만 남아서까지 넘어가 줄 생각이 전혀 없었다.

시간은 벌써 오전 열한 시를 훌쩍 넘어갔다.

"살판났네, 살판났어."

무영은 주방으로 내려와 생수 한 잔을 따르는 와중에도 호박에 대한 빈정거림을 멈출 수가 없었다. 슬슬 깨워봐야겠다고 생각한 그가 이층으로 올라가 호박의 방문 앞에 멈춰 섰다.

막 방문을 두드리려는 찰나, 안에서 호박의 방문이 조심스럽
게 열렸다.

끼이익—

오호라, 깨셨구나.

무영의 입가에 짓궂은 미소가 어렸다. 문 뒤에 숨어 놀라게
해줄 작정으로 버티고 섰다가 고개를 내밀고 주위를 살피는 호
박과 눈이 마주쳤다.

빙고!

무영은 놀란 호박의 얼굴에 어쩐지 으쓱해졌지만, 호박을 더
골려줄 심산으로 무표정하게 아래층으로 내려갔다. 허둥거리며
주위를 돌아보다 식탁 위에 올려진 식빵을 보고 환호했다.

"좋았어!"

볼일을 마친 그녀가 머뭇머뭇 주방으로 들어가자 무영이 앉
아 그녀가 들어오는 것을 보고 있었다. 아마 심판의 시간인가
보다.

"아, 안녕."

어색하게 웃으며 봤지만 그는 그저 고개만 끄덕거리며 자리
에서 일어났다.

"아버지가 너 일어나면 빵 주라고 하셨다. 잼 발라줄 테니까
먹어."

"저기, 난 괜찮은데……."

옥희가 얼른 손짓을 하며 만류했다.

"먹어."

단호한 무영의 말에 옥희의 목소리가 작아졌다. 냉장고 문을 연 무영은 잠시 딸기 잼과 뻑뻑한 땅콩버터를 보며 고민에 빠지는 듯했다.

이왕이면 조금 묽은 딸기 쨈으로…… 어휴…….

기도하던 옥희는 무영이 버터를 집어 드는 것을 보며 한숨을 삼켰다. 필시 어젯밤에 대한 응징이리라. 식빵에 목이 막혀 캑캑거리는 것을 보고야 말겠다는 무영의 의지가 눈에 훤했다. 그녀는 느끼한 버터가 식빵 위로 슬라이딩하는 것을 보며 목을 치받는 구역질을 참아야 했다.

"자."

하지만 옥희는 무영이 밥숟가락으로 땅콩버터를 두 스푼이나 떠서 바른 식빵을 군말없이 받아 들었다. 그리고 아무 일 없는 듯 한입 물어 울렁거리는 뱃속으로 밀어 넣었다.

남자의 모호한 눈빛을 한 몸에 받으며, 땅콩버터 듬뿍 바른 식빵이 넘어갈 리 있겠는가? 하지만 염치가 있어야지, 어찌 반박을 한단 말인가. 먹다가 목이 막혀 죽으면 죽었지, 싫다는 말을 할 용기가 나지 않았다.

술 먹은 다음날은 얼큰한 짬뽕으로 속을 달래줘야 하는데, 마른 빵에 발린 버터를 소화해 내기란 쉽지가 않았다.

하지만 옥희는 무영과 눈이 마주치자 또다시 한입을 얼른 베어 물었다.

한참 동안 말없이 바라보는 무영의 시선에 숨이 딱 막힐 찰나, 그가 갑자기 식탁을 반이나 가로질러 고개를 디밀었다.

"왜, 왜!"

무영의 얼굴이 확 들어오자 옥희는 기겁을 해서 뒤로 물러났다.

"준비해라."

"뭐, 뭘!"

옥희의 두 눈이 휘둥그레졌다. 역으로 내려갈 준비를 하란 말인가?

"컥!"

그러자 막 삼키려던 식빵이 목에 걸렸다. 옥희는 얼른 앞에 놓인 우유를 마시며 가슴을 두드렸다.

"데려가 줄 테니까 준비하라고."

확실하다, 쫓아낼 속셈인 것이다.

"저, 저기, 사람이 살다 보면 이런 일도 있고, 저런 일도 있는 거지. 그래도 우리가 알고 지낸 세월이 있는데 고작 술주정 때문에 시골로 가란 말이가?"

옥희는 시선을 내리깔고 중얼거렸다. 그때 무영이 갑자기 셔츠를 확 제치며 굵은 음성으로 말했다.

"호텔 가는 게 소원이라며?"

이게 뭔 말이고?

"야성이 뭔지 보여줄게."

　벗은 셔츠 사이로 그의 탄탄한 가슴이 드러났다. 욕실에서 그보다 더한 것도 봤지만, 지금 무영의 얼굴에 어린 표정과는 달랐다. 아주 작심을 하고 덤비려는 것 같아 와락 두려움이 밀려들었다.

　"시, 싫다!"

　얼른 자리에서 일어난 옥희가 소리를 지른 뒤 뛰쳐나갔다.

　"큭큭큭."

　무영은 꽁지가 빠져라 도망가는 옥희를 보며 숨죽여 웃었다. 어젯밤 너무 많이 들어 환청까지 들리는 '호텔 방문' 이건만, 말짱할 정신일 때의 이옥희는 배짱이 없었다.

　한참을 웃은 그가 중얼거렸다.

　"홋, 저 새가슴이 무슨 호텔이야. 그나저나 하는 것 보니까 진짜 소죽 끓이느라 첫사랑 놓친 거 맞네."

　나름 똑똑한 척은 혼자 다 했지만 호박은 또래보다, 아니, 그가 가르치는 대학 새내기보다 순진했고 집안의 장녀로서 타고난 사명 의식이 대단한 듯했다. 무영이 지금까지 사귄 어떤 여자와도 다른 모습이었다. 호박의 참 여러 가지의 모습을 보게 되지만, 볼 때마다 조금씩 귀여워지고 있었다.

　"확 잡아먹어 버릴까 보다."

　항상 그의 머리 위에서 설치는 듯하던 호박을 이겼다는 생각에 어깨가 으쓱한 무영은 짓궂은 늑대처럼 군침을 삼키는 시늉을 하며 이층으로 따라 올라갔다.

"미쳤지. 니가 미치지 않고서야 그렇게 술주정을 해서는 안 되는 거였다. 이제 어떡할 거고!"

옥희는 침대 위를 구르며 온몸으로 절규했다.

"망신스러워서 살 수가 없다. 우와, 예삿일이 아니네."

모르면 몰라도, 삼 형제가 돌아가며 아주 끝장을 보게 놀려댈 것이 뻔했다.

"아우, 내가 정말 왜 그랬을까."

머리를 쥐어뜯어도 소용없었다. 더불어 속을 느글느글하게 만드는 버터까지. 옥희는 배를 잡고 화장실로 뛰었다.

정말 술 먹은 다음날 땅콩버터가 웬 말이란 말인가. 씩씩거리며 화장실을 나오던 옥희는 그녀의 방문 앞에 서 있는 무영을 발견하곤 움찔했다. 제 발 저린 심정으로 눈치를 보며 무영의 앞을 지나가는데, 그가 갑자기 벽으로 확 밀어붙이는 것이 아닌가!

"왜, 왜에!"

옥희가 놀라서 소리치자, 능글맞은 웃음을 가득 머금은 그가 불쑥 얼굴을 디밀었다.

"옥희야아."

거짓말 하나 안 보태고 바로 눈앞에 그의 얼굴이 있었다. 더불어 이름을 부르는 그의 숨결까지 고스란히 전해졌다. 코끝으로 스미는 스킨 냄새.

"윽…….”

옥희는 그만 눈을 질끈 감았다. 그러자 그가 쿡쿡 웃었다.

"뭐냐? 호박 너 눈감으니까 완전 엽기 못난이 인형이다.”

어랏? 그녀는 갑작스런 웃음에 눈을 떠 그를 보았다. 무영이 유들유들하게 어깨를 으쓱거렸다.

"왜 눈을 감냐? 난 그냥 눈곱 있다고 말해주려고 한 건데.”

"이씨! 야, 덤벼라!”

그만 얼굴이 빨개진 옥희가 그를 향해 주먹을 휘둘렀다.

"웃기지 말고 들어가서 준비나 해라.”

무영이 귀를 후비며 그녀가 휘두르는 주먹을 톡 쳤다.

"싫다!”

쿵! 옥희는 문을 쾅 닫고 침대 위로 털썩 얼굴을 묻어버렸다.

"야, 준비하고 얼른 나와라.”

씨……. 저 팬더 자슥. 사람이 민망함을 다스릴 여유도 안 준다. 그녀는 자꾸만 방문을 두드려 대는 무영으로 인해 얼굴이 더 달아올랐다.

"늦었어. 얼른 가야 하니까 좋은 말로 할 때 빨리 나와라.”

집요한 팬더.

"안 간다니까!”

옥희는 바락 소리를 지른 뒤 이불을 뒤집어썼다. 그러자 달칵, 방문이 열리는 소리와 함께 무영이 고개를 비죽 들이밀었다.

"어이, 호박. 너 반항한다? 얼른 안 일어나냐?"

그는 누에고치처럼 시트를 말고 누운 옥희를 툭 쳤다.

"호텔 안 간다니까!"

그래, 지금껏 참은 호텔을 왜 팬더랑 가겠는가. 가더라도 좋아서 죽고 못살 미래의 신랑이랑 가야지! 그러자 무영이 깜짝 놀랐다는 듯 호들갑을 떨며 말했다.

"뭐냐? 너 지금 나랑 호텔 가려고 그러냐? 어우, 호박, 너무 밝히신다. 너 호텔로 나 데려가서 뭐 하려고 그러냐? 응? 갑자기 호박이 무서워지는걸?"

마치 변녀를 대하는 듯한 무영의 말에 옥희가 이불을 박차고 자리에서 일어났다.

"뭐라고? 니가 호텔 갈 준비하라며?"

"내가 너 언제 호텔로 데려가 준다고 했냐? 호텔 가는 게 소원이냐고 물었지. 하여튼 너 너무 밝힌다. 이 변녀 호박 같으니라고."

우와! 옥희는 숨도 못 쉴 만큼 황당해서 눈만 껌뻑거렸다.

"수목원 촬영 가는데 데려가 주려고 했더니, 무슨 호텔 타령이냐? 아무도 없는 집에 있는 거 좋냐?"

"씨……."

발칙한 팬더, 사람을 가지고 노는 게 분명하다. 그녀는 주먹을 꼭 쥐었다.

"뭐, 혼자서 술주정한 거 되새겨 보며 청승 떨려면, 안 가도 된다. 나 혼자 갔다 올 테니까 집 잘 보고……."

"갈 거다!"

집 보는 것은 사양이다. 절대! 서울까지 와서 시골집 지키던 기분으로 집을 지키고 싶은 마음 따윈 추호도 없다.

"그러냐? 그럼 십 분 준다. 준비하고 현관에서 보자."

무영이 어깨를 으쓱이며 방을 나갔다.

"십 분? 야, 십 분으로 어떻게 준비를 하는데!"

"십 분이야."

닫힌 방문 사이로 무영의 선언이 들렸다. 옥희는 침대에서 후다닥 내려와 거울을 봤다. 간밤의 음주로 인해 퉁퉁 부은 얼굴하며, 수세미가 되어버린 머리의 여자가 그녀를 반겼다.

그래, 술주정은 어제의 주정일 뿐 오늘은 오늘의 해가 밝았다. 불끈 힘이 솟은 옥희는 십 분 데드라인을 놓쳐 혼자 남게 되는 불상사를 막기 위해 욕실로 날아갔다.

신들린 듯한 손놀림으로 준비를 마친 옥희가 청바지 차림으로 현관을 나가자, 카메라 장비를 든 무영이 서 있었다.

옥희는 잠시 현관 앞에 멈춰 서 무영을 관찰했다. 빛 바랜 청바지가 저렇게 잘 어울리기도 힘들 것이다. 분명 오래되어 빛이 바랜 것 같은데, 쭉 빠진 다리를 감싼 바지가 그렇게 멋져 보일 수가 없었다. 또한 봄기운이 물씬 품기는 연둣빛 셔츠는 적당히 그을린 얼굴을 돋보이게 해주었다.

무영이 저렇게 멋져 보이다니, 간밤의 술이 아직 덜 깬 것이 확실하다. 얼굴이 자꾸만 붉어지자 옥희는 고개를 설레설레 흔들었다. 그녀의 모습에 무영이 빽 소리쳤다.

"촌닭처럼 뭘 그렇게 고개를 흔드냐?"

말본새 하고는, 하여튼 팬더는 싸가지 빼고 다 있다.

"말 곱게 하면 엉덩이에 뿔이 나나?"

옥희가 무영의 차로 올라타며 빈정거렸다.

"원래 멋진 남자는 무슨 말을 해도 멋진 거야. 넌 그것도 모르냐?"

무영의 대답에 옥희가 입술을 삐죽거렸다.

"웃긴다. 멋진 남자는 원래 말도 착하게 해야 하거든?"

"흥이다."

"나야말로 흥이네."

그러자 무영이 비열하게도 어젯밤을 들먹거렸다.

"그래도 난 술주정은 안 해."

"나도 어제 딱 한 번이었거든!"

"한 번이든 두 번이든 어쨌든 술주정했잖아."

"치사하게!"

둘은 옥신각신, 수목원에 도착할 때까지 서로를 비난하는 목소리를 높였다.

수목원 입구를 들어서자 옥희의 환호성이 터져 나왔다.

"우와!"

마치 텔레비전에서나 봄직한 나무 숲길이 그녀를 반겼다.

"여기가 이 수목원 산책로 중에서 내가 제일 좋아하는 솔길이야."

"맞나? 음, 소나무를 이렇게 보니까 정말 운치있다."

"그렇지?"

자연의 정취에 흠뻑 빠진 두 사람은 아웅다웅 싸우던 것도 모두 잊은 채 수목원을 걷기 시작했다.

솔길을 나와 또 다른 산책로에 들어선 옥희가 탄성을 질렀다.

"음나무네?"

고향에 지천으로 뻗은 익숙한 나무를 보자 반가움이 절로 밀려들었다. 무영은 보통 사람들은 잘 모르는 음나무를 한눈에 알아보는 옥희가 놀라웠다.

"너 음나무도 아냐?"

"당근이지. 귀신이 무서워하는 나무가 바로 음나무라 한다. 우리 마을 어귀에도 이 나무가 있는데, 매년 농번기가 되면 마을 할부지들이 다 이 나무 앞에 상을 차리고 제사를 지낸다 아니가. 동네에 나쁜 병이 안 들어오게 하고, 농사 잘되게 해서 부귀영화를 누리게 해달라고 절도 하고…… 바로 음나무가 우리 마을을 수호하는 나무다."

옥희의 설명을 진지하게 듣던 무영이 씩 웃더니 끼어들었다.

"그 제삿상 제일 중간에 너 올라가 있었지?"

"뭐라고?"

그녀의 반문에 무영이 두어 걸음 앞서 걸으며 소리쳤다.

"왜! 제삿상에 제일 중요한 돼지 대신에 너 올라간 거 아니냐?"

신이 나서 외친 무영이 다다다 뛰어갔다. 그 말에 전투 의지가 급상승된 옥희가 쫓아 뛰어갔다.

"야! 채무영, 잡히면 죽는다!"

"그래, 잡아서 죽여라."

나름 살기가 묻어나는 뜀박질은 무영의 패배 선언으로 끝이 났다.

"야, 아이스크림 사줄 테니까 그만 뛰자. 나 죽을 거 같다."

맨몸으로 뛰는 옥희와 달리 카메라를 들고 뛰어야 하는 불리함에 무영이 휴전을 제의했다.

"날 겨우 아이스크림으로 설득할 수 있을 거라고 생각하나?"

"응."

휴게실 앞에 선 무영이 진지하게 고개를 끄덕거리자, 옥희가 말했다.

"그래, 내 설득당했다."

그렇지 않아도 갈증이 나서 견딜 수가 없었던 옥희는 콘 하나와 생수 하나를 양손에 들었다.

사이좋게 아이스크림을 하나씩 문 무영과 옥희는 조경수원으로 발걸음을 옮겼다. 무영은 전체 수목원 안에 총 열세 개로 나뉘는 수목원 중 초본류가 포함된 조경수원을 제일 선호했다.

"그런데 여기 뭐 하려고 왔는데?"

"사진 찍으려고 왔지. 고등학생 때부터 여길 즐겨 왔었는데, 그러다 보니 계절이 바뀔 때마다 여기 와서 사진을 찍는 게 습관이 되어버렸어."

무영은 조경수원으로 들어서자마자 그들을 반기는 붉은 인동 덩굴을 카메라에 담아냈다. 무영네 뒤 정원에서 봤던 익숙한 꽃들을 보던 옥희는 짓궂은 장난기를 털어버린 무영을 보며 혀를 내둘렀다.

셔터를 누르는 것에 모든 정신을 집중시킨 무영의 모습이 낯설었다.

야생화를 좋아하고 그 야생화보다 사진 찍는 것이 더 좋다더니, 옥희는 어느 때보다 진지한 무영의 모습을 한참 동안 바라보았다.

"우와, 처음 보는 것도 많네?"

옥희는 지치지도 않고 조경수원을 마치 안방처럼 누비며 감탄에 또 감탄을 연발했다.

하여튼 체력 하나는 나무랄 데가 없다. 어젯밤 그 난리를 치고도 저렇게 원기왕성 활발한 것에 박수를 보내는 바였다.

"애기별꽃이다."

그녀는 익숙한 꽃은 익숙한 대로 신나했고, 처음 보는 꽃은 또 처음 보는 대로 신기해했다. 무영은 전혀 가식없이 호탕하게 웃는 그녀를 보며 가까이 있던 낯선 사람들이 자신들도 모르게 빙긋 미소 짓는 것을 보았다.

그 역시 마치 아이—그냥 있어도 애처럼 순진하긴 하다—처럼 순진난만한 옥희의 모습에 씩 웃었다.

꾸미지 않은 솔직함도 좋았고, 때론 사람의 허를 찌르는 말발 또한 그를 즐겁게 했다. 보들보들하고 통통한 손도 좋았고, 커다랗게 깜빡거리는 눈도 좋았다. 그리고 한눈에 보기에도 달콤해 보이는 입술도 좋았다.

"이건 비밀이야."

옥희의 좋은 것들을 열거하던 무영이 '입술'을 상상하며 중얼거렸다.

그는 자신이 언제부터인지 옥희를 그의 세상 밖으로 밀어내려던 싸움을 멈춘 것을 알고 있었다. 모름지기 세상은 평화로워야 한다던 아버지의 말씀처럼, 옥희와 있는 그의 세상이 평화로웠다. 여자에게서 처음 느껴보는 감정들이었다.

"이거 찍자."

골몰히 생각에 잠긴 그에게로 다가온 옥희가 말했다.

"뭐?"

"이거 찍자고, 대체 무슨 생각을 그렇게 하는데?"

호기심을 보이는 옥희를 보며 무영이 말을 더듬었다.

"새, 생각은 무슨. 찍자, 찍어."

마음까지 얼버무리듯, 말을 얼버무린 뒤 그는 얼른 옥희가 말한 야생화를 향해 셔터를 눌렀다.

그렇게 수목원에서 한나절을 보낸 뒤—물론 수목원 앞 소고기 국밥집에서 옥희의 골병든 속을 위로해야만 했다—집으로 돌아오던 길에 무영은 옥희의 갑작스런 외침에 차를 세워야 했다.

"스탑!"

끼익!

인도 옆에 차를 멈춘 무영이 의아한 눈으로 옥희를 봤다.

"왜 그러냐? 속이 안 좋냐? 국밥 먹은 걸 확인해야 할 것 같아?"

간밤의 여파가 아직도 남았다고 믿는 무영은 차의 시트를 사수하기 위해 서둘러 물었다. 그러자 옥희가 고개를 저으며 손을 뻗어 앞을 가리켰다.

"속은 아무 이상 없다. 우리 저기 들렀다 가면 안 되나?"

어느 한곳을 가리키는 옥희의 음성에서 비장함이 묻어났다. 그 통통한 손가락을 따라 시선을 옮긴 무영이 의아한 눈으로 옥희를 봤다.

"뭐? 쥬얼리 샵? 저긴 왜? 너랑 나랑 반지 할 일이 어디 있다고 그래? 난 너랑 반지 안 나눠 낄 거야."

그들은 절대 그런 사이가 아니지 않은가. 무영의 팔딱거림을 듣던 옥희가 콧방귀를 꼈다.

"뭐라 하노? 내가 왜 반지를 나눠 끼는데? 내 귀 뚫을 거다. 내리라, 얼른."

"흠, 뭐…… 그러냐."

단호한 옥희의 음성에 무영이 머쓱한 얼굴로 따라 내렸다.

지금껏 무서워 귀를 뚫지 못했던 옥희는 거리를 스쳐 지나가다 쥬얼리 샵을 보고 찰나의 결정을 내렸다. 샵의 문을 열고 들어서자, 아르바이트생인 듯한 앳된 여종업원이 그들을 반겼다.

"어서 오세요. 커플링 하시게요?"

그러자 무영과 옥희는 동시에 대답했다.

"아닙니다."

"아니거든요."

상냥하게 웃으며 그들을 반기던 여종업원은 동시 다발로 터진 부정의 대답에 어색한 얼굴이 되었다.

"그, 그럼 뭐 하실 거죠?"

"귀 뚫으려고요."

옥희가 당당한 사투리로 대답을 했다.

"네, 그럼 일단 여기서 귀걸이를 고르세요. 마음에 드시는 귀걸이 고르시면 제가 예쁘게 뚫어드릴게요."

"네."

신이 난 옥희는 귀걸이가 전시된 유리 진열장으로 다가갔다. 멀뚱히 그 모습을 지켜보던 무영은 옥희를 따라가 뒤에 버티고 섰다.

"어느 게 예쁠까?"

너나 할 것 없이 형형색색 예쁘기만 한 귀걸이를 보며 옥희가 물었다. 그러자 무영이 어깨를 으쓱거리며 대답했다.

"뭐든, 호박이 한 게 예쁘겠…… 악!"

비아냥거리던 무영은 갑자기 발등을 짓누르는 그 무엇에 의해 고통의 비명을 질렀다.

"야야, 내 발 부러져. 아프다고."

옥희의 다부진 발에 발등을 밟힌 무영이 팔딱거리자, 옥희가 것 보란 듯 잔소리를 했다.

"그러게 그런 말을 하지 말았어야지. 싸가지없는 말에는 고통이 따른다는 것을 항상, 언제나, 절대로 명심해야 한다."

"아, 알았으니까 그만 밟아!"

"흥."

식은땀을 흘리며 애원하는 무영을 노려봐 준 옥희는 발을 치워준 후 다시 귀걸이 고르기에 집중했다. 그렇게 십여 분을 고민하며 물방울 모양의 금 귀걸이를 선택했다. 옥희가 그것을 카운터에 올리자 여 종업원이 그녀에게 다가왔다. 검은 수성 사인펜을 들고 다가서는 여종업원의 모습에 옥희가 침을 꿀꺽 삼켰다.

고등학교를 졸업하고 지난 십여 년 동안 딱 여기까지는 잘 했다. 호기롭게 쥬얼리 샵에 들어가 귀걸이를 고르고, 귀 뚫을 준비까지 하는 것까지. 하지만 정작 귀를 문지르기 시작하면, 몸의 통증을 담당하는 모든 신경들이 귀로 몰려가기 시작했다.

그것은 오늘도 어김이 없었다. 양쪽 귀에 똑같은 위치로 점을 찍은 여 종업원이 통증을 덜어주기 위해 귀를 문지르기 시작하자 마주잡은 옥희의 손에 바작바작 진땀이 나기 시작했다.

"자……."

종업원이 준비가 됐다는 말을 하기 위해 입을 열자마자 옥희가 비명을 질렀다.

"아악!"

사람 간 떨어질 만큼 요란한 옥희의 비명에 황당한 점원과 호기심 어린 눈으로 지켜보던 무영이 동시에 말했다.

"아직 안 뚫었는데요?"

"야야, 뭐냐? 안 뚫었어."

그러자 옥희가 가슴을 쓸어내렸다.

"아직 안 뚫었다고? 그런데 난 왜 아픈 건데?"

잔뜩 울상을 지으며 거울을 보지만 증인들의 말이 한 점 틀리지 않게 귀는 멀쩡하기만 했다.

"호들갑은. 좀 가만있어 봐."

무영이 참견을 하자 옥희는 이를 악물고 다시 비장한 얼굴로 섰다.

"긴장하지 마세요. 별로 안 아파요. 그저 따끔한 정도인걸요 뭘. 요즘은 아주 어린 꼬마들도 많이 와서 뚫어요."

"진짜죠? 별로 안 아프단 말 맹세할 수 있죠?"

여종업원의 손에 귀를 잡힌 옥희가 묻고 또 물었다.

"그럼요, 안 아파요."

"알았어요. 얼른, 얼른 해주세요."

"그럼……."

하지만 종업원이 말을 시작하자마자 질색을 해 손을 들었다.

"잠깐만요!"

그 모습에 종업원이 애써 짜증을 참는 표정으로 뒤로 물러났다. 그러자 무영이 다시 톡 끼어들었다.

"야, 그냥 해, 그냥. 애들도 잘한다잖아. 눈감고 참아봐."

"그, 그렇지만 아프잖아."

옥희의 울상이 된 얼굴을 보며 무영이 혀를 찼다.

"뭘 하지도 않고 아프대? 어우, 엄살쟁이."

"진짜 아프다니까."

"하지도 않았는데 어떻게 알아?"

"치……."

무영의 말에 반박할 의지를 잃고 뒤돌아서던 옥희는 그들의 실랑이를 인내 어린 눈으로 지켜보는 여종업원과 눈이 마주쳤다. 뚫을 테면 뚫고, 그냥 갈 테면 가라는 도전적인 시선 앞에 옥희는 한없이 작아졌다.

그래, 호기롭게 들어선 것부터가 잘못이었다. 고향에서도 못한 것을 서울에서 가능하리라 믿었던 것 자체가 아주 큰 착각이었다.

그녀는 끝내 마음에 쏙 들었던 물방울 모양 귀걸이를 포기했다.

"죄송해요. 저 그냥 갈게요."

"야, 그냥 해."

"무서워서 못한다. 그냥 가자."

옥희는 기운없이 뒤돌아섰다. 그 난리를 치다 결국 허탈하게 뒤돌아서는 옥희는 진정 슬퍼 보였다. 호박의 안타까운 모습에 자신을 망각한 무영이 저도 모르게 불쑥 소리쳤다.

"제가 뚫겠습니다."

무의식적으로, 전혀 생각하지 못한 말이 말이다.

"네?"

"에?"

그러자 옥희와 점원의 놀란 눈동자가 그를 주시했다. 순간 자신이 무슨 말을 했는지 깨달은 무영이 눈을 질끈 감았다.

미쳤구나. 주삿바늘의 날카로움이 싫어 감기에 걸려서도 병원에 안 가는 주제에…… 뭘 해?

"진짜?"

그런 그의 팔을 옥희가 잡으며 재차 물었다.

"진짜 귀 뚫을 거가?"

"그래."

이판사판이다. 사나이 입에서 한 번 나온 말을 번복하는 것은 수치스러운 일이다. 그리하여 지금껏 옥희가 했던 일—점을 찍고 귀를 문지르는—을 하게 되었다.

"얼른 해주십시오."

점원이 총을 들고 다가오자 무영은 두 주먹을 불끈 쥐고 이를 악물며 중얼거렸다.

"순간의 타이밍으로 부탁합니다."

어랏, 옥희는 무영을 보며 놀랐다. 그의 주먹이 온통 새하얗게 바래 버렸다. 팬더의 주먹이…… 정수리엔 긴장한 땀방울이 송골송골 맺혀 있었고 두 눈은 비장하기까지 했다.

이러다 사람 잡겠다.

"하지 마라. 귀 뚫을 거라는 말도 없었잖아. 하지 말고 가자."

옥희는 그런 무영의 주먹을 잡고 말했다.

"안 돼. 사나이가 칼을 뽑았으면 하다 못해 두부라도 베어야지. 뚫을 거야."

"안 해도 된다. 나도 안 뚫을 건데 뭐 할라고? 가자, 엉?"

"안 돼, 뚫을 거다. 얼른 뚫어주세요!"

거의 절규에 가까운 무영의 외침이 쥬얼리 샵에 울려 퍼졌다. 이 당치도 않는 커플의 모습에 진저리를 치던 종업원이 가타부

타 아무 말도 없이 총을 들이댔다.

"악!"

무영의 속내를 그대로 드러낸 처절한 비명이 샵에 울려 퍼졌다. 섬뜩하도록 끔찍한 비명을 들으며 옥희가 엉겁결에 소리쳤다.

"저도 해주세요! 얼른요!"

아릿한 통증을 느꼈는지 미약하게 인상을 쓴 무영의 표정을 보니 자신도 뚫지 않으면 안 될 것만 같았다. 종업원은 옥희의 재촉에 숙련된 솜씨로 귀도 문지르지 않은 채―이미 많이 문질렀지 않은가―그대로 뚫어버렸다.

"아악!"

잠시 후.

"우와, 진짜 아프다."

"응, 너무 아파."

무영과 옥희는 얼굴을 마주하고 울상을 지었다.

"순 거짓말. 하나도 안 아프다면서요? 언니 거짓말했네?"

"그러게. 이렇게 아픈데 왜 하나도 안 아프다고 그랬어요?"

분기탱천한 무영과 옥희는 점원을 향해 일심동체의 마음으로 항의했다.

"사람이 솔직해야죠!"

그들은 어이가 없고 기가 막혀 숨 쉬기도 힘들어하는 점원을 향해 인상을 써준 뒤 서둘러 그곳을 나왔다. 둘 다 감히 양쪽 귀를 뚫을 엄두가 나지 않아 왼쪽 귀에 물방울 귀걸이를 하나씩 나눠 끼고 샵 근처 약국으로 가 진통제를 샀다. 그리고 편의점으로 뛰듯이 날아가 생수를 집어 들었다. 부리나케 계산을 하고 나온 무영이 파라솔 테이블에 앉은 옥희에게 말했다.

"자, 너부터 먹어."

무영이 옥희에게 먼저 약과 생수를 내밀었다.

"진짜 아파. 얼른 먹어."

"응, 니도 얼른 묵어라."

시원한 생수에 진통제가 식도로 넘어가는 느끼자, 그제야 안도감이 들었다. 옥희는 백에서 작은 손거울을 꺼내 왼쪽 귀에서 반짝거리는 귀걸이를 확인했다. 왠지 모를 뿌듯함이 파도처럼 밀려들었다.

"예쁘다. 한번 봐봐."

옥희는 자신의 손거울을 무영 앞에 쑥 내밀었다.

"흠."

그러자 무영은 거울을 통해 전혀 의도하지 않은 충동적인 행동의 결과물인 귀걸이를 바라보았다. 봄빛에 반짝거리는 귀걸이는 뭐…… 나름 괜찮은 듯했다. 그래도 아픈 건 아픈 거지만…….

"예쁘제?"

"잘 어울리네."

마지못한 무영의 동의에 옥희의 얼굴이 활짝 폈다. 그동안 친구들 귀에서 반짝거리는 귀걸이가 얼마나 부러웠던지 모른다.
비록 한쪽이지만 이거라도 뚫은 게 어딘가. 이게 다 무영 덕분
이었다. 옥희는 앉아 있던 플라스틱 의자를 움직여 무영의 곁에
딱 붙어 앉았다.

"있잖아, 은근히 멋있다."

그녀는 팔꿈치로 무영을 툭 치며 쑥스럽게 말했다.

"그럼 당연하지. 내가 좀 멋있어."

그러자 너무 당연한 듯 무영이 목에 힘을 주었다. 잠시의 정
적이 흐른 뒤, 생수를 파라솔 테이블에 올린 무영이 은근슬쩍
옥희가 그랬던 것처럼 그녀를 툭 쳤다.

"뭐…… 너도 좀 귀여워."

"귀엽기만?"

"흠, 조금 예쁜 구석도 있어."

"당연하지."

또 잠시의 정적. 그들은 귀걸이를 만지작거리며 어색한 듯
손가락을 꼼지락거렸다. 그러다 눈이 마주치자 씩 웃고 말았
다.

"우리가 좀 괜찮긴 해, 그렇지?"

"그럼, 우리가 마이 괜찮지."

무영의 말에 옥희가 손사래까지 치며 강력하게 동의했다.

귀걸이를 나눠 끼고 화기애애한 분위기로 집에 돌아오자, 현

관에서 팔짱을 낀 수영이 그들을 반겼다.

"둘이 나갔다 오는 거야?"

녀석의 목소리에는 날이 서 있었고, 표정은 어쩐지 모르게 화가 나 있는 듯했다.

"그래. 수영이 안녕."

간밤의 주정 기억에서 자유로울 수가 없는 옥희가 최대한 귀엽게 인사를 하자, 수영의 얼굴이 더욱 찌푸려졌다.

"들어와서 밥이나 먹어."

"저 녀석이……."

옥희의 뒤에 서서 버릇없는 막내의 행동을 보며 무영이 서늘하게 중얼거렸다. 혼쭐을 내주려는 듯한 살벌한 어조에 옥희가 얼른 그를 잡았다.

"그냥 들어가자. 들어가서 밥 먹자."

그녀는 얼른 무영의 팔을 잡고 주방으로 들어갔다. 주방에는 핑크빛 앞치마를 둘러맨 우영이 고슬고슬한 밥을 퍼 담고 있었다. 무영과 나란히 들어서는 그녀를 본 우영이 반색을 하며 물었다.

"옥희 왔네? 속은 괜찮아?"

"네, 괜찮아요. 그리고 어제는 미안했어요."

말짱한 정신으로 자신의 주사를 반성하는 옥희에게 우영의 반짝반짝 죽여주는 미소가 날아들었다.

"뭘 그래, 술 마시면 다 그런 거지. 자, 너 속 풀어주려고 내가 콩나물국 끓였어. 얼른 먹어. 형도 앉고 수영이 너도 앉자.”

어딜 가든 싹싹한 성격이 빛을 발하는 우영이 식탁에 밥과 국을 내려놓자, 나머지 사람들도 모두 자리에 앉았다.

“잘 먹겠습니다.”

옥희가 씩씩하게 말하고 수저를 들었다.

이윽고 달그락거리는 소리만이 들렸다. 간밤의 기억은 모두 잊어준 듯한 우영과 수영으로 인해 마음이 편해진 옥희는 왕성한 식욕으로 밥그릇의 밥을 동내고 있었다.

“나 결심했다.”

젓가락으로 밥알을 새듯 깨작거리던 수영이 결연한 어조로 말했다.

“옥희야.”

“풉!”

조용하던 식탁 위에 수영의 한 마디는 일대 파란을 일으켰다. 미역무침을 집어 먹던 무영은 너무 놀라 씹지도 않고 삼켜 버린 바람에 캑캑거렸고, 뜨거운 콩나물국을 열심히 떠먹던 우영은 엉겁결에 잘못 삼켜 온 입을 대었으며, 밥 한 숟가락을 넣고 열심히 씹어대던 당사자 옥희는 밥알 분수를 요란하게 쏘아 올렸다.

“야, 채수영. 이 녀석이 뭐라는 거야?”

“나 옥희 누나랑 사귀기로 결심했다.”

수영의 단호한 선언에 두 남자의 시선이 그녀에게 모여들었

다. 너무 어이가 없고 당황스러워 옥희는 순간 눈만 껌뻑거렸
다. 그러나 침묵은 즉 긍정. 부정할 필요가 있다 느낀 옥희는 재
빨리 손을 내저으며 소리쳤다.

"아니에요, 아니야! 사귀다니, 절대……."

수영의 말을 부인하자, 수영이 옥희의 손을 꼭 잡으며 말했
다.

"넌 가만있어. 내가 사랑하면 되니까."

이 무슨 축사의 영순 어미 방귀 끼는 소리란 말인가! 황당했
다. 살면서 이보다 황당한 적도 없으리라.

"아니…… 아니……."

논리적인 사고도 결여됐다. 부인의 말을 해야 하건만, '아니'
라는 단 두 음절만 아는 아이처럼 버벅거리는 옥희의 손을 이번
엔 무시무시한 표정을 한 무영이 잡아 일으켜 세웠다.

"일어나."

"어어……."

엉겁결에 일어나자 무영이 수영을 힐끗 바라보았다.

"포기해, 채수영. 너랑 옥희랑은 안 돼. 알았어?"

무영이 다분히 경고 어린 목소리로 말한 뒤 옥희를 끌고 주방
을 나갔다. 그러자 주방에 덩그렇게 남은 수영이 분한 목소리로
소리쳤다.

"씨! 내가 왜 내 사랑을 포기해야 하는 거야! 이 세상에 안 되
는 게 어디 있어? 사랑하는데 안 되는 게 어디 있냐고!"

수영의 외침에 우영이 녀석의 머리를 툭 쳤다.

"야, 네 사랑은 불륜이야. 원래 옥희하고 작은 대장하고 선본 거 잊었냐? 둘이 서로 좋아하면서도 자존심이 세서 그래. 그냥 우리가 빠져 주자."

"싫어! 사랑은 움직이는 거야. 쟁탈하고 말겠어."

어린 녀석의 얼굴에 비장함이 감돌자, 우영이 혀를 찼다.

"이 녀석. 쓸데없는 고집은. 옥희가 나이가 몇인데 그래? 쟤가 얼굴이 어려 보여서 그렇지, 나이가 스물아홉 살이거든? 너 올해 열여덟 살. 네 말대로 안 되는 게 어디 있겠냐마는, 야야, 네가 밑지는 거야. 계산을 좀 해봐."

사랑에 있어 누구보다 현실적인 우영이 조목조목 설명을 했다.

"봐라. 너 한창 삐까하게 잘나가는 대학생 되면 옥희는 꺾어지는 꽃이고, 그럼 주름이 생기기 시작하겠지? 나 같으면 옥희는 사랑하겠지만 옥희의 주름까지는 사랑할 수 없을 것 같은데?"

"흠……. 내가 돈 많이 벌어서 보톡스 맞게 하면 되지."

"인위적인 얼굴의 사람과 하는 사랑은 행복하지 않지."

어떡해서든 수영을 설득하고 싶은 우영이 열의를 다해 설명했다.

"그런 거야?"

"그럼, 그렇지! 사실 옥희보다 예쁘고 젊은 언니들이 얼마나 많은데 그래?"

"흠……."

수영은 보톡스 맞은 옥희의 얼굴을 생각하며 자신의 선택에 대해 다시 심각하게 고민하기 시작했다.

버릇없지만 보는 눈만큼은 높은 수영이 옥희를 마음에 뒀다니!

옥희의 오동통한 손을 잡고 뒷마당으로 나온 무영은 기가 막혔다. 요물단지호박. 어디서 새파랗게 어린 그의 막내둥이를 홀려! 그는 수영이 호박을 영 마음에 둔 것이 기분 나빴고, 누구에게인지 모르게 화가 났다.

"나참, 어이가 없어서. 뭐야? 수영이가 널 마음에 둔 게 이해가 되냐?"

무영은 멍하게 선 옥희를 향해 타박을 했다.

하지만 그의 말은 귀에 들어오지 않는 듯, 옥희는 수영의 말을 되새기며 이십구 세까지 홀로 남아 있는 자신의 처지를 슬퍼했다.

"이게 뭐야. 이 나이가 되도록 남자 하나 없고, 나 좋다는 사람은 수영이뿐이야. 참 인생 뭐 같아."

"뭐야? 호박 너, 우리 수영이 무시하는 거야?"

발끈한 무영의 외침에 옥희는 안타깝게 말하기 시작했다.

"무시하다니! 어이고, 원통해라. 꽃 같은 수영이를 나이 때문에 포기해야 하는 내 마음을 알기나 하나? 아이고, 아까운 것.
내가 아홉 살만 어렸어도 어떻게 해보는 건데. 아이고, 원통해
라.”

진정 가슴을 치며 아까워하는 옥희를 보자, 무영은 왠지 부아
가 치밀었다.

“이봐, 호박, 그만 하지?”

그가 빽 소리를 지르자마자 뒤에서 엄숙한 소리가 들려왔다.

“뭘 그만 하노?”

허걱! 무영과 옥희는 그림자처럼 다가온 억만의 등장에 놀란
숨을 들이켰다. 그들은 마치 몹쓸 짓을 하다 들킨 사람처럼 뒤
로 물러났다.

“아, 아버지.”

“아저씨 오셨어요?”

“오야, 왔다. 그런데 너건 여서 뭐 하노? 데이또하나?”

가까이 다가온 억만이 음흉스런 어조로 묻자 무영과 옥희가
펄쩍 뛰었다.

“아닙니다, 아버지. 절대 아닙니다.”

“아저씨, 오해세요.”

“그래. 알았다, 알았다. 근데 너거 귀에 한 건 뭐꼬?”

억만은 그들의 부정을 전혀 귀감아 듣지 않은 채 흐뭇하게 웃
으며 옥희와 무영의 귀를 번갈아 보았다. 뒷마당 가로등에 반사
된 귀걸이가 마음껏 반짝거리고 있었다. 억만의 시선이 미친 곳

에 무영과 옥희가 손을 가져다 대자, 억만이 감탄사를 연발했다.

"아이고, 요샌 내 남자, 내 여자 표시를 귀에다 하드나? 난 몰랐네. 우리 때는 마 손꾸락에다 구리 반지 끼워주면 그게 바로 내 거란 표시였다 아니가. 요새 아들은 참말로 세련됐구만."

"아저씨, 그게 절대 아니고요."

다급한 마음에 옥희가 변명을 나서자, 억만이 다 이해한다는 듯 그녀의 손을 꼭 잡아 다독거렸다.

"부끄러버할 필요 없다."

그리고 자애로운 아버지의 표본처럼 억만은 그녀를 향해 인자하게 웃었다.

"야야, 옥희야. 내는 니가 갓난쟁이 때부터 델꼬 오고 싶었다. 내한테는 시커먼 아들 둘밖에 없어가 니를 내 딸로 삼고 싶은 마음이 굴뚝같았데이. 니 애기 때 서울로 훔치 올라 하다가 돌구 놈한테 들키가 디지게 두들기 맞기도 마이 했다. 그래가 그래 선을 보라 했던 건데, 이제야 내 마음을 하늘이 아싯나 보다. 옥희야, 고맙데이."

언제나 강건한 억만의 눈에 눈물이 그렁그렁했다. 그 눈물을 보며 옥희와 무영 둘 중 누구도 관계를 부정할 수 없었다.

"아이고, 이 늙은 할방구가 주책이제? 젊은 아들 데이또하는 데 방해나 하고. 미안테이. 자, 얼른 얼른 해라."

대체 뭘 하라는 것인지, 억만이 서둘러 자리를 떴다.

마치 귀신에게 홀린 기분이다. 누구도 말할 엄두가 안 나 뒷마당에는 잠시의 정적이 감돌았다. 약속이나 한 듯 그들은 얼굴을 마주하고 섰다.

"아, 진짜 난감하다."

"야, 너는 난감하기만 하지? 난 아주 돌아버리겠다. 내가 왜 호박 너랑 결혼을 할 거라 생각하는지, 하여튼 우리 아버지 참 난감하셔."

그녀의 말에 무영의 푸념이 한숨처럼 터져 나왔다. 가만가만, 듣고 보니 매우 기분 나쁜 말이다.

"췌, 뭐라 하노? 내가 더 기분 나쁘거든? 나도 팬더랑 결혼하기 진짜 싫거든?"

옥희의 말에 무영이 도끼눈을 하고 바라보았다.

"야, 내가 어디가 어때서? 세상에 나만큼 괜찮은 남자가 어디 있다고 그래?"

"그건 당신 생각이시고."

옥희가 귀를 후비며 딴청을 피우자, 무영의 전투 의지가 급상승됐다.

"호박, 너 잘 들어봐라. 나 얼굴 잘났지, 직장 빵빵하지, 나이 젊지. 뭐 하나 빠지는 게 없는 남자다."

눈을 번득이며 어떻게든 옥희에게 그것을 인지시키려는 무영을 보며 옥희가 콧방귀를 꼈다.

"아이구, 그럼 나는? 나도 나름 괜찮은 여자거든?"

“쳇.”

이제 무영이 팔짱을 끼며 콧방귀를 꼈다.

“봐라. 내 얼굴도 아주 못 봐줄 정도 아니고, 나도 번듯한 직장 있다. 그리고 뭐, 요새 여자 나이 서른이 늙었다고 생각하는 구시대적인 사람들도 없거든?”

“어쨌든!”

“그리고 난 결정적으로 우리 아부지가 내 앞으로 해준 땅떼기도 많다.”

무영의 비아냥거림에 옥희가 쐐기를 박았다.

“땅?”

갑자기 등장한 ‘땅’이란 말에 무영의 의아해하자, 옥희의 어깨가 거만하게 으쓱해졌다.

“그래, 땅. 얼마나 넓은데. 그리고 그 땅이 도로가에 있어서 만약에 길이라도 넓혀져 봐라. 야야, 내 진짜 재벌이 안 부럽거든?”

그렇지 않아도 요즘 고향 논밭으로 고속도로가 뻥뻥 뚫리고 있는 마당에 그것은 절대 단순한 허풍만은 아니었다.

그야말로 옥희의 ‘조건’을 오목조목 듣고 보니, 웬걸 자신이 살짝 밀리는 것 같다. 무영은 그것이 분했다. 마치 아이같이 유치한 심정이지만, 분한 건 어쩔 수가 없었다. 호박에게 밀리다니!

“그래도 내가 훨씬 잘생겼고, 그리고, 그리고……”

“그리고 뭐?”

다음 말을 찾아 버벅거리는 무영에게 옥희가 도발하듯 묻자, 무영이 얼굴을 붉히며 소리쳤다.

“내가 키스도 훨씬 잘해.”

순간 뒷마당에는 정적이 내려앉았다.

‘키스’란 단어를 생각해 낸 무영이나, ‘키스’란 단어를 들은 옥희나 서로를 강력하게 의식하기 시작했다.

얼굴이 어쩔 수도 없게 빨개진 무영이 자신의 경솔한 입을 확 깨물어 버릴 찰나, 옥희가 중얼거렸다.

“췌, 잘한다는 말은 나도 하겠다. 겪어보지 못할 건데, 그걸 어떻게 믿노.”

저저, 믿음이 부족한 호박. 감히 나의 실력을 의심하다니! 무영이 이를 악물었다. 그런데 옥희가 무영의 자존심에 마지막 쐐기를 박았다.

“그리고 잘한다는 사람치고 괜찮은 사람 못 봤…… 억!”

종알거리던 옥희가 무영에게 갑자기 얼굴을 잡혀 버렸다.

“야, 뭐…… 뭔데.”

“똑똑히 봐.”

당황해서 더듬거리는 옥희의 입술을 무영이 사정없이 부딪쳐 누르기 시작했다.

“읍…… 읍!”

이 황당한 시추에이션에서 탈출하고 싶은 옥희가 마구 버둥거렸지만, 호박을 이해시키려는 투지에 불타는 무영은 옥희를 놓아주지 않았다.

악! 입 안에 쏙 들어오는 게 뭐꼬!

혀…… 혀인 갑다! 아이고, 이게 말로만 듣던 딥키스란 말이가! 아니, 프렌치 키스가? 아, 모르긋다. 좋아 죽겠다.

"우웁."

무영이 입술의 각도를 바꾸자 '에로함'이 급상승됐다.

좋은 건 좋은 거다. 미친 듯이 버둥거려 봤자 쓸데없이 힘만 빼는 일이고, 거부할 생각으로 밀어내고 싶지도 않은 오묘한 기분.

그렇게 봄날의 황혼 속, 옥희와 무영의 '황당한' 키스가 깊어졌다.

뒷마당이 잘 보이는 이층 욕실에 고개를 삐죽 내민 억만의 얼굴에 교활한 웃음꽃이 만발했다.

"아이고, 자들이 키스하네?"

'키스'란 말에 뒤에 섰던 민자가 고개를 삐죽 내밀었다. 한참 동안 끈적끈적한 장면을 보다 관람 평을 말했다.

"찐하게 잘하네요."

역시 젊은 혈기는 부러운 거라고, 황혼의 두 내외가 생각했다.

"임자, 결혼식장을 호텔로 잡으까?"

"봄이라가 야외 결혼식장은 어뗘습니꺼? 경치 좋은 곳 하루 대여해가 하는 게 좋지 싶은데예?"

"그라까? 그래, 실내는 답답하다 아이가. 임자 말대로 야외 결혼식장이 좋겠구만."

"아이고, 참말로 지난 이 년 동안 저것들이 다른 짝 만날까 봐 얼마나 조마했는지 모르겠습니더."

"인연은 인연이라. 선보고 안 될 줄 알았드만, 저래 딱 붙어가 뽀뽀할 줄은 몰랐제. 이제 손주 하나만 보면 되는 기라. 고물고 물한 기 '할배' 하믄서 안기면, 아이고!"

옥희를 닮고, 무영을 닮아 뽀얗고 웃음 많은 손주를 상상하며, 벌써부터 두 내외는 달콤한 상상에 마음이 들뜨기 시작했다.

에헤라디야, 혀로 감아 돌려치고, 쑤욱 당기는 힘이 장사다. 이옥희 살아생전에 이 절묘한 테크닉의 노예가 될 거라 생각지도 못했었다. 황홀경이 지나쳐 무릉도원의 입구까지 왔다.

그런데,

"흡!"

이 충격적인 행위를 받아들이지 못한 폐에서 비명을 질러대자, 옥희는 얼른 무영의 가슴을 팍 밀쳐 냈다.

헐떡거리며 물러서는 끝은 시작과 마찬가지로 급작스러웠다. 그와 동시에 차라리 돌아오지 않았으면 좋았을 이성이 그들의 머리 위로 내려앉자, 무영과 옥희는 후다닥 서로에게서 떨어졌다.

밑도 끝도 없이 입술을 부딪쳐 '에로' 한 것까지는 좋았지만 시작과 다른 것은 시선 처리가 안 된다는 것.

'이럴 때 무슨 말을 해야 똑똑하다고 소문이 나겠노.'

침 묻은 입술을 닦으며 옥희가 동동거렸다. 이렇게 난감할 줄 알았다면 질식해 죽는 한이 있어도 입술을 부딪치고 있을 걸, 하는 후회가 파도처럼 밀려들었다.

"야……."

무영이 입을 열자, 미처 걸러지지 않은 옥희의 망상이 소리가 되어 튀어나왔다.

"문호보다 못하네."

"뭐?"

이런 망할.

차마 반문하는 무영과 시선을 마주하지 못한 옥희가 인상을 팍 썼다.

'이 썩을 옥희야. 여서 첫사랑 문호가 와 나오노!'

할 수만 있다면 혀를 깨물고 죽어버리고 싶었다.

"너 뭐랬냐? 문호보다 못해? 뭐냐? 문호가 누구냐?"

무영이 다그치자 옥희는 눈을 감아버렸다. 그 모습에 발끈한 무영이 옥희의 얼굴을 잡고 힘을 줬다.

"눈떠! 눈뜨고 대답해! 너 설마 문호란 놈이랑 키스했냐? 내

키스가 그놈보다 못하다 이 말이냐?”

절대 대답 못한다.

감정이 실린 듯 무영의 손에 꼭 잡힌 얼굴이 찌그러지고 있었지만, 옥희는 눈을 뜨지 않았다.

“우와, 이 호박이 사람 제대로 열받게 하네? 야!”

제 감정을 이기지 못한 무영이 얼굴에서 손을 떼고 허리춤으로 손을 올리자마자, 옥희가 후다닥 도망쳤다.

“몰라, 몰라!”

“야. 이옥희, 너 어디 가! 당장 이리 안 와?”

뒤쫓아오는 무영을 피해 옥희는 죽기 살기로 뛰어 집으로 들어갔다.

“호박! 너 잡히면 가만 안 둬!”

무영의 외침에 거실에 앉아 있던 다른 가족들이 무슨 영문인지 몰라 눈을 둥그렇게 떴지만, 체면 따윈 모두 잊은 옥희는 혼신의 레이스로 방으로 들어가는 것에 성공했다.

무영과 옥희의 실랑이를 보며 우영이 수영의 옆구리를 쿡 찔렀다.

“봐, 수영이 너 그냥 포기해. 저렇게 늙은 사람들이 닭살스럽게 사랑의 숨바꼭질을 하는데, 네가 포기하는 게 옳아.”

“흠…….”

차츰 우영의 설득에 넘어가는 수영이 잘 익은 배를 포크로 콕 찍으며 생각에 잠겼다.

“늙은이들은 늙은이들끼리 두고 새로운 사랑을 물색해 봐.”

우영이 그런 수영의 어깨를 토닥거리며 아낌없는 충고를 잊지 않았다.

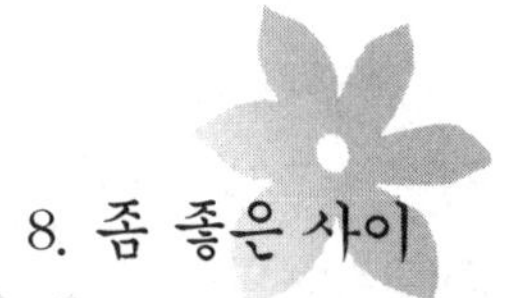

달칵.

방문을 열고 나온 옥희는 굳게 닫힌 무영의 방을 보며 안도의 한숨을 쉬었다. 사실, 자신이 왜 이렇게 무영을 피해야 하는지에 대해 확실한 이유를 알 수 없었지만, 분명 어제는 자신의 입방정이 분명했다. 당최 얼굴을 들 수가 없어 도망 나오듯 집을 나온 옥희는 콩나물시루 같은 지하철에 몸을 실었다.

원래 그녀 인생에 연애란 녹록치 않은 험난한 과정의 연속이었다.

소죽으로 파투난 첫사랑뿐 아니라, 진정으로 짝사랑해 마지 않았던 두 번째 사랑 역시 당혹스럽기는 마찬가지.

두 번째 사랑은 그녀가 참 괜찮은 사람이라고 했었다. 착하고 성격 좋고, 살림 잘하겠다고 얼마나 칭찬을 해댔던지, 옥희는 그 남자의 말에 행복했었다.

하지만 웬걸, 데이트 신청인 줄 알고 나갔던 자리에서 그 남자는 자신의 한 살 어린 사촌 동생을 옥희에게 소개시켜 줬다. 하이힐 신은 그녀보다 손가락 두 마디만큼 키 작은 사촌을 말이다.

그때의 절망감이란 요강에 코를 박고 죽어도 시원찮을 정도였다. 하지만 옥희의 수난은 거기서 멈추지 않았다. 용돈을 벌어보겠다고 아르바이트하던 식육식당의 주방장이 그녀를 보고 첫눈에 반하는 바람에, 밤이면 밤마다 술 취한 사랑 고백을 들어주어야 했다(맨정신으로는 너무 고운 그녀에게 고백을 할 수 없다고 했다). 한 달 동안 계속된 사랑 고백으로 옥희는 아버지께 도움을 청해야 했다. 그녀의 눈물 콧물 다 뺀 도움 요청에 아버진 그 길로 경운기 시동을 걸었다. 뒤 칸에 삽이며 곡괭이, 낫까지 모두 실고 식육식당으로 돌진한 뒤에야 스토킹에서 자유로워졌다.

"어디 수월했던 연애사가 없었다. 하긴 그라니 이제까지 호텔도 한번 못 가봤지. 아이구, 팬더에게 희망을 품은 내가 바보다."

헛, 희망? 순간 옥희는 자신의 입술을 툭 쳤다.

"무슨 말이고? 무슨 희망? 내가 왜 팬더에게 희망을 가지는데?”

그러게 말이다. 처음부터 관계가 발전될 여지가 없었던 사람인 것을. 그녀는 자신에게 화가 났다. 무책임한 팬더의 입술질에 농락당한 자신이 바보 같아 견딜 수가 없었다.

가뜩이나 기분이 좋지 않은 아침, 분기탱천한 미자가 그녀의 책상 위로 결재서류 파일을 던졌다.

“이봐, 이옥희 씨. 서류 작성이 이게 뭐니? 시골서는 대충대충 해도 뭐라 하는 사람이 없어 괜찮았겠지만 여기서는 어림없어!”

미처 뭐라 변명할 틈도 없이 속사포처럼 쏟아지는 비수 속에서 옥희가 미자를 올려다보았다. 그러자 미자가 악을 써댔다.

“뭘 봐? 왜 할 말 있어? 그래, 변명하겠다 이거지? 해봐, 해봐, 어디!”

이 여자가 미친 멍멍이 고기를 드셨나?

너무 어처구니가 없어 옥희는 아무 말도 하지 않았다. 대신 미자가 던져 준 서류를 끌어다 보자, 웬걸 이건 그녀가 작성한 파일이 아니었다. 그녀를 비웃듯 파일 위에는 ‘윤소희’란 이름이 크고 반듯하게 적혀 있었다. 옥희가 힐끗 소희 쪽을 돌아보자, 그녀도 이미 알고 있었던지 마치 기도하듯 두 손을 모으고 자신을 바라보고 있었다.

휴, 그래. 이미 더럽혀진 귀, 중생을 구하는 심정으로 참자.
옥희는 참을 인(忍)을 수없이 되뇌었다.

"확실하게 해. 시골로 그냥 확 보내 버리는 수가 있어!"

자신의 협박에 기가 죽었다고 판단했는지, 미자가 눈을 부라
리며 제자리로 돌아갔다.

'웃기시네.'

옥희가 속으로 콧방귀를 꼈다. 그렇지 않아도 무영과 얼굴 보
기가 거북한데 이 길로 박미자 받아버리고 시골로 가버릴까?

그녀는 그 일을 정말 심각하게 고민하기 시작했다.

"옥희 씨, 진짜 미안해요. 진짜, 진짜! 그리고 너무 고마워요.
아무 말도 안 해줘서. 이 은혜는 백골이 진토될 때까지 잊지 않
을게요. 그리고 내가 점심 살게요. 가요!"

하지만 미자의 마수에서 벗어난 소희가 방방거리며 점심을
쏘겠다고 하자, 고민은 잠시 뒤로 미뤄졌다. 먹을 것 앞에서 고
민하는 것은 음식에 대한 예의가 아니니 말이다.

강남의 최고 비싼 레스토랑을 통째로 사줄 것처럼 호들갑을
떨던 소희는 성미와 그녀를 구내식당으로 데려갔다. 진수성찬
도 안 넘어갈 판에 부실한 식판을 받은 옥희는 당최 식욕이 돌
지 않아 깨작거리기만 했다. 아마 미자에게 당한 수모로 배가
불러서이리라.

에구, 전생에 무슨 죄를 지어 이 모양이고…… 꽈배기처럼

독 품은 미자도 싫고, 싸가지 빼고 다 있는 팬더도 싫고.

옥희는 소복이 쌓인 밥을 젓가락으로 꾹꾹 찌르며 시름에 잠겨 있었다. 그러는 동안 성미와 소희의 그릇은 깨끗하게 비워지고 있었다.

그들 일행은 식당에서 나오며 티백 녹차를 마셨다. 캔 커피를 마시고 싶은 옥희에게 소희가 여성의 깔끔한 마무리에는 녹차라고 주장했다.

하지만 미자에게 욕은 먹어도, 그리고 소희의 왕 짠순이 노릇에 놀란다 해도, 파릇파릇한 봄날의 정취를 놓칠 수는 없는 법. 나무와 꽃이 많기로 손꼽히는 교정은 그야말로 봄의 축복 속에서 찬란하게 빛나고 있었다.

상념일랑 잠시 미뤄두고 주위를 둘러보며 걷는 옥희 뒤에서 성미와 소희가 서로의 옆구리를 쿡쿡 찌르며 눈짓을 했다. 그러다 결국 성미가 종종걸음으로 다가와 옥희의 팔을 잡았다.

"옥희야."

성미는 좀처럼 없는 애교 섞인 비음을 마구 흘러댔다.

"와?"

그녀가 무뚝뚝하게 대답을 하자, 함박웃음을 머금은 성미가 고개를 디밀었다.

"저기, 너네 사촌 오빠 말이야. 사진과 채무영 교수."

"컥!"

녹차를 후루룩 마시던 옥희는 '사촌 오빠 채무영'이란 말에 그만 사레가 들렸다.

"어머, 괜찮아?"

"옥희 씨, 괜찮아요?"

그녀가 심하게 쿨럭거리자 성미와 소희가 등을 두드려 주었다.

"쿨럭. 아, 괜찮아요."

겨우겨우 기침을 멈춘 옥희가 그만 하란 표시를 하자 두 여자는 아쉽다는 듯 손을 거뒀다.

사촌 오빠라, 언제 사촌이라고 말했을까? 아무리 기억을 더듬어도 팬더를 사촌 오빠라고 말한 기억이 없는데……

난감함이 파도가 되어 넘실거리는 그녀에게 성미가 웃으며 말했다.

"그날 너 술 취했다고 바로 데리러 온 거 보고 정말 다정하다고 생각했어. 집에서도 그렇게 다정해?"

개뿔, 다정은 무슨. 성미의 설명을 듣고서야 이 상황이 이해가 된 옥희가 입술을 삐죽거렸다.

"옥희야, 너네 오빠 애인 있어?"

성미가 묻자, 곁에 섰던 소희의 눈망울이 찬란하게 빛났다. 오호라, 이게 다 이유가 있었구나.

"글쎄?"

그녀의 애매한 대답에 애가 탄 성미가 팔을 잡고 흔들었다.

"없어?"

“흠…… 글쎄다…….”

“야, 이옥희! 있다는 거야, 없다는 거야?”

정녕 알 수 없는 그것을 알아내기 위해 성미가 혈안이 되었다. 그때 뒤에서 익숙한 빈정거림이 들려왔다.

“저봐, 저봐. 하여튼 사대 교무처 먹칠은 당신들 셋이 다 하고 다녀. 교정에서 숨소리 들리는 사람은 당신들뿐이야.”

박미자 주임의 날선 목소리에 동그랗게 모여 섰던 세 여자의 얼굴이 모두 찌푸려졌다. 전혀 반기지 않은 사람이었지만 그것을 알 길 없는 미자가 가까이 다가와 마치 학생을 혼내는 사감 선생처럼 깐깐하게 말했다.

“어디서든 정숙 모르니? 더욱이 지성의 전당인 대학에서 학문에 정진하는 학생들의 고요와 평화에 방해를 하면 안 되지. 안 그래?”

한계다. 진정 시골로 쫓겨가는 한이 있어도 한판 붙고 말 테다.

“이보세요, 주임님. 그런 건…….”

당신이나 잘하라고 말할 찰나,

“이옥희.”

굵직한 남자의 음성이 들렸다. 그녀가 돌아보기도 전에 성미의 숨 넘어가는 목소리가 먼저 들렸다.

“어머, 채 교수님이다.”

진짜 젠장이다.

세상에서 제일 치사한 기분이 드는 아침.

평소 같으면 그냥 모른 척 넘어가 주었을 텐데, 아침 아홉 시부터 시작되는 사진학개론 수업시간 중 꼬박거리며 조는 새내기 두 명을 무참히 혼내주었다. 신성한 강의실에서 나태한 모습을 보이는 무례한 학생이라 혼내준 뒤, ‘사진이란 무엇인가, 그 정의에 대하여’란 제목으로 리포트 삼십 장이란 어마어마한 과제를 내준 그는 콧김을 뿜으며 강의실을 나왔다.

어디 생각이나 했을까? 그 이름도 유치한 평화다방에서 부모님 손 잡고 선본 여자와 키스를 하게 될 줄!

그의 주변에 팔랑거리는 것이 어여쁜 여자들인 것들, 그 여자들은 다 어쩌고 오동통한 얼굴에 말 많고 탈 많은 호박에게 나름 고결한 입술을 받쳤을까?

“문호보다 못해? 아유, 바람둥녀 호박이 사람 제대로 열받게 하네. 하여튼 걸리기만 해봐. 아주 가만 안 둘 거야.”

몰랐다면 모를까, 호박의 입술을 느낀 지금 무영은 분노로 활활 타오르고 있었다.

왜냐? 흠, 인정하긴 싫지만 키스가 나름 좋았다. 언제나 인정할 것은 인정한다 했기에 무영의 기분이 더 좋지 않았다.

점심시간이 되자, 입맛이 없었지만 저녁에 마주할 대(大) 전투를 위해 구내식당으로 가던 무영의 눈이 크리스마스트리의 전구처럼 번쩍거리기 시작했다. 옥희와 세 명의 여자들이 교정 한복판에 서 있는 것을 발견한 것이다.

오냐, 딱 걸렸어. 호박.

"이옥희."

그의 부름에 옥희의 목이 자라목이 되는 것을 흐뭇한 마음으로 지켜보며 무영이 다가섰다. 아주 끝장을 보게 될 것이다.

주춤거리는 폼을 보아하니 또 어제처럼 도망을 갈 모양새인데, 그래 어디 한번 뛰어봐라. 탁 트인 교정에서 마음껏 쫓아가 잡아주겠다.

"나 좀 보고 가라."

마음 같아선 꽥 소리를 지르고 싶었으나, 옥희 곁에 서 있는 여자들 때문에 그럴 수는 없었다. 그에겐 지켜야 할 사회적 체면이 있지 않은가.

무영은 천천히 옥희를 향해 걸어가기 시작했다.

"어머, 어머."

성미가 숨 가쁘게 헐떡거리는 소리와 더불어,

"이봐, 소희 씨. 채 교수님이 부른 사람이 진짜 이옥희 씨야?"

"네네, 주임님! 세상에, 채 교수님이 옥희 씨 사촌 오빠래요."

호기심을 보이는 미자에게 소희가 호들갑스럽게 대답했다. 그와 동시에 미자가 잔뜩 얼어붙은 옥희의 등짝을 찰싹 내려쳤다.

짝!

"어머, 옥희 씨, 웬일이니! 오호호!"

사람 잡을 듯 매서운 손바닥 힘에 인상을 찌푸린 옥희를 보며 미자가, 그 독하다 소문난 박미자가 찬란하게 웃는 얼굴로 팔짱을 꼈다.

헉! 이, 이 여자가 와 이라노.

"주, 주임님. 이 손 좀 놓고……."

늦가을, 독 품은 구렁이에게 온몸이 감긴 것처럼 스멀스멀한 느낌에 질색을 한 옥희가 물러나려 하자, 옥희의 팔을 잡은 미자의 손에 힘이 잔뜩 들어갔다.

"아이, 왜 그래? 난 자기가 좋아서 그런단 말이야."

환장하겠다.

다가오는 팬더도 처치 곤란인데, 옆에 바짝 붙어선 미자까지. 이런 자세로는 도망도 못 간단 말이다.

"얘기 좀 하자."

어정쩡한 자세로 모여선 여자들을 보며 가벼운 목례를 한 무영은 옥희의 자유로운 한 손을 잡아당겼다.

"안녕하세요?"

미자의 기세에 눌려 감히 다가오지 못하던 성미가 목청껏 인사를 하자, 무영이 그녀를 돌아보았다.

"아, 안녕하십니까?"

금요일 밤의 안면으로 무영이 성미를 향해 고개를 숙이자, 옥희를 잡은 미자의 손에 힘이 들어갔다.

"그날은 참 고마웠습니다."

“아이, 옥희랑 제가 얼마나 친하다고요. 고맙기는…….”

어떻게 해서든 무영에게 한 마디라도 더 해보려는 성미의 노력을 미자가 무참하게 박살냈다.

“성미 씨, 오전에 관물함 정리하라고 한 건 다 했어요?”

웃고 있지만 진정 웃는 것이 아닌 미자의 독한 얼굴을 본 성미가 할 말 많은 얼굴로 물러났다.

“채 교수님, 안녕하세요. 그동안 멋진 분이라고 참 많은 소문을 들었는데 이런 인연으로 처음 인사를 하게 되네요. 제 소개를 드릴게요. 전 옥희 씨를 무척 아끼는 박미자라고 합니다.”

옥희의 팔을 꼭 잡고 선 미자의 천사 같은 인사에 무영의 눈이 휘둥그레졌다. 분명 그가 의도한 상황이 아니기에 난감한 남자의 얼굴을 본 옥희는 고소함을 금치 못했다.

팬더야, 미자가 한번 물면 저얼대 안 놓는단다. 팬더 털 다 뜯기야 놓아줄걸? 얼른 도망가라.

옥희가 속으로 큭큭거리며 충고를 잊지 않았다.

훔, 이게 뭔 상황인가.

그의 목적은 옥희를 잡아다 문호에 대한 추궁을 하는 것이었지, 과년하게 나이 먹은 표가 나는 여자들과의 인사가 아니었다.

설상가상으로 꿔다 놓은 보릿자루 같은 옥희의 얼굴에 어린 웃음을 보자, 그의 난처함을 즐겨주는 듯했다.

“우리 옥희 씨가 얼마나 일을 잘하는지 모릅니다. 하긴 아마 그것도 집안 내력이겠죠? 오호호."

미자의 간드러진 말에 무영이 씩 웃으며 대답했다.

"그럼요, 우리 옥희가 못하는 게 없습니다."

이왕 하는 거라면, 자상한 오빠 노릇 제대로 해줄 테다. 무영은 옥희의 머리를 다정하게 어루만지며 목덜미를 꼭 움켜잡았다.

"오빠로서 항상 자랑스럽게 생각하죠. 제가 옥희에게 부탁할 것이 있는데 잠시 빌려주시겠습니까?"

"그럼요, 그럼요."

그렇게 고소해하며 웃던 옥희는 정신을 차리기도 전에 미자에게서 무영에게로 인계됐다. '남매' 간에 진지한 대화를 도모하라며 손을 흔들고 사라지는 미자 일행을 안타까운 눈으로 쳐다보던 옥희는 팔짱을 끼고 자신을 노려보는 무영과 정면으로 마주했다.

"그래 부탁할 게 뭔데?"

제일 좋은 건 줄행랑이지만 목덜미를 잡힌 관계로 정면 승부다. 옥희의 도전적인 어조에 무영이 콧방귀를 꼈다.

"호박, 할 말 없냐?"

"없다."

"바람둥녀."

무영의 빈정거림에 옥희가 눈을 하얗게 뜨고 그를 흘겨보았다.

“뭐라하노?”

“너 대체 과거에 남자가 몇 명이냐? 엉? 대체 얼마나 많은 키스를 해봤냐?”

어처구니없는 무영의 말에 옥희의 반격이 이어졌다.

“체, 자기도 바람둥이면서. 어떻게 미자한테 그렇게 웃을 수가 있노? 수준이 의심스러운 바람둥이다.”

“질투하냐?”

“웃기지 마셔라.”

발끈한 옥희가 꽥 소리를 질렀다.

“내가 뭘 질투를 하는데? 미자 씨를? 아이고, 어림도 없다. 난 누구같이 눈 낮은 바람둥이가 아니라서 절대 미자 씨 질투 안 하거든?”

“그러냐? 내가 말이다. 네 말처럼 눈은 낮을지 몰라도 막 키스한 상대 앞에서 옛 애인 들먹거리는 짓은 안 한다?”

“잘났다.”

팔짱을 낀 무영이 눈을 부라리며 말하자 옥희가 맞받아쳤다.

“아유, 이 호박이!”

“흥!”

원래 따끔한 추궁을 기대했던 무영과 무영을 피하고 싶었던 옥희는 교정이란 사실도 모두 잊고 서로를 죽일 듯 노려보았다.

봄볕을 받아 서로의 왼쪽 귀에서 반짝거리는 귀걸이의 존재는 까맣게 잊혀졌다. 황혼 속에서 나름 에로한 키스를 나누던 것도 모두.

대신 그들은 죽도록 싫었던 평화다방의 기억을 들추며 씩씩 거렸다.

"아유! 내가 무슨 부귀영화를 누리겠다고 서울로 와서는! 이렇게 정신적 고통을 당하는지 모르겠다."

"그러게 말이다. 너 대체 왜 서울로 왔냐? 너랑 나랑은 딱 평화다방에서 끝났어야 할 운명이란 말이다."

"누가 할 소리."

한 치도 물러섬 없는 전투 속에서 무영이 휙 돌아섰다.

"그래, 앞으로 우리 서로 상관하지 말고 그렇게 살자, 앙?"

"좋을 대로."

무영과 옥희는 동시에 뒤돌아서 걸어갔다.

밴댕이 소갈딱지.

옥희는 성큼성큼 단대 건물로 들어서며 마구 구시렁거렸다. 그래, 어차피 잘될 거라 기대한 인연도 아니었다.

그녀는 트렁크 가방에 깊이 숨겨둔 일천만 원짜리 통장을 기억해 냈다. 이십대의 청춘으로 대변되는 일천만 원짜리 통장을 털어 서울 집값 상승에 보태고 싶지 않았으나, 무영과는 이제 영영 끝이다. 그렇게 생각하자 갑자기 눈앞이 뿌옇게 흐려졌다.

"이게 뭐고? 한낮에 무슨 안개고?"

갑작스런 '안개'에 당황한 옥희가 고개를 푹 숙였다.

그래도 말이다. 이놈의 서울, 나름의 희망을 가지고 상경을 했었다. 스무 살 초부터 꿈꾸던 서울 생활 아니었던가.

무영네서 독립해 혼자 살 것을 결정하면 하늘로 날아오를 듯 행복할 줄 알았는데…….

화장실로 숨어든 옥희는 자꾸만 안개 끼는 눈을 쓰윽 닦아냈다.

"싸가지없는 나쁜 놈."

이상하게 잘해보려고 하면 꼬여 버리는 불가사의한 존재, 채무영.

"흐흑, 그래, 니캉 내캉 이제 영 빠이빠이다. 끝이다."

뚜껑 닫은 변기에 털썩 주저앉은 옥희는 입을 틀어막고 울기 시작했다.

퇴근 후, 홀로 돌아가는 길은 멀고도 추웠다. 완연한 봄날, 뭐가 춥냐고 묻는 사람은 남녀의 애매모호한 감정을 경험하지 못한 돌 가슴이리라. 이제는 제법 익숙해진 지하철을 타고 집으로 돌아오는 내내, 옥희는 병든 닭처럼 기운이 없었다.

채무영과 그녀는 평화다방에서부터 썩 좋은 사이가 아니었거늘, 살짝 마음이 돌아섰던 자신의 어리석음을 나무랐다.

"휴……."

지하철에서 내려 계단을 올라오는 그녀의 입에서 한숨이 끊이질 않았다. 그렇게 기운없이 골목 어귀에 들어서던 옥희는 술에 만취한 젊은 남자를 보게 되었다. 아직 해도 지지 않았는데 바지춤에서 셔츠 자락이 다 나오고 단추도 두어 개 풀린 남자는 비틀비틀, 한 눈에 보기에도 몹시 취해 보였다.

"그, 그래. 네가 그랬단 말이지. 나쁜……."

남자는 끊임없이 중얼거리며 한 손에 들린 소주병에 입을 가져다 댔다. 쯧쯧, 불쌍한 영혼. 저기도 실연당한 영혼이 있구나.

옥희는 남자를 보며 씁쓸함을 감추지 못했다.

"나쁜 것, 내가 날 버리고 잘살 수 있을 거라 믿어? 네가 나 없이 어떻게 잘살 거라고…… 이…… 이 나쁜……."

헤어진 연인에게 저주를 멈추지 않고 퍼부으며 제법 넓은 골목길을 갈지(之)로 방황하는 남자를 피해 옥희가 발걸음을 옮길 찰나, 힘 풀린 남자의 손에서 소주병이 떨어졌다. 푸른 소주병이 데굴데굴 굴러 그녀의 발치에 멈췄다. 영혼의 구세주인 양 소주병이 굴러가는 것을 놓치지 않고 희미한 눈으로 지켜보던 남자는 병이 그녀 발 앞에 멈춰 서자 천천히 그녀를 올려다보았다.

"어……?"

그녀와 눈이 마주친 남자의 입에서 외마디 탄성이 터져 나왔다. 또한 그녀를 보는 순간 힘 풀린 눈에 힘을 빡 주는 것이 섬뜩했지만, 옥희는 애써 미소를 지으며 소주병을 주워 들었다.

"여, 여기요."

그리고 조심스레 병을 건네주었다. 이미 술은 모두 흘러 버려 빈 병이었지만 그래도 병 주인은 남자였으니 건네주는 것이 마땅했다.

하지만 남자는 옥희의 손에 들린 병 따위에 시선조차 주지 않았다. 다만 그녀의 얼굴을 뚫어져라 바라볼 뿐.

"너, 너……."

술에 취한 남자가 떨리는 손으로 그녀를 가리키며 잔뜩 혀 꼬인 목소리로 중얼거렸다. 그리고 곧 놀라운 일이 벌어졌다. 갈지(之) 자 걸음이란 간데없이 마치 축지법을 익힌 도인처럼 날쌔게 다가온 남자가 소리쳤다.

"오호라, 너 이년! 잘 만났다."

"저, 저 이봐요."

놀라서 당황한 어조로 뭐라 말할 틈도 없었다.

"네가 날 버리고 떠나? 야, 이년아!"

"아이고!"

부지불식간에 머리채를 잡힌 옥희가 외마디 비명을 질렀다. 하지만 그녀의 비명도 아랑곳없이 남자가 통곡을 하며 소리쳤다.

"어어엉! 네가 날 떠나? 내가 널 얼마나 사랑했는데! 내 몸과 마음 어느 하나 빠짐없이 모든 걸 다 바쳐 사랑했어!"

"아악, 이봐요! 이 손 놔요! 아악, 사람 살려요!"

이 남자는 미쳤다. 남자의 손에 머리채가 잡힌 옥희가 악을 쓰며 도움을 요청했다.

"사람 살려요!"

"널 사랑했다고!"

"당신이 사랑한 여자는 내가 아니라니까. 당장 이 손 놓으라니까. 아이고, 이봐요, 누구 없어요? 살려줘요!"

하지만 그녀의 절규에도 길 가던 사람들은 도와주지 않았다. 하나같이 얼굴에 어린 표정이 착한 남자의 순정을 배신하고 돌아선 몹쓸 여자라 생각하는 것이 분명했다. 오히려 남자에게 응징을 당해도 싸다고 생각하는 듯했다.

"이 손 놔요!"

"사랑했어, 이년아. 이대로는 너 못 보내. 우리 같이 죽자! 같이 죽어!"

"아악!"

이대로 머리털이 다 뽑힐 거란 절망적인 생각이 엄습할 찰나, 갑자기 머리카락이 빠지는 통증에서 자유로워졌다. 쓰러지듯 바닥에 주저앉아 아픈 머리를 어루만지던 옥희의 귀에 익숙한 음성이 들려왔다.

"이 새끼가!"

남자의 배에 주먹을 날린 사람은 다름 아닌 수영이었다.

"이 새끼가 미쳤나? 술을 처먹었으면 곱게 들어가 퍼질러 자지 왜 우리 옥희한테 행패야! 너 내 손에 죽을 줄 알아."

깔랑하게 교복 넥타이를 풀어헤친 수영이 옥희가 당했던 그대로 남자의 머리채를 잡아 흔들었다.

"흑, 수영아."

"괜찮아?"

남자의 머리카락을 움켜잡고서 수영이 다급하게 묻자, 옥희가 눈물을 글썽거리며 고개를 끄덕거렸다.

"어어엉, 수영아."

"야, 울지 마. 내가 아주 죽여줄게."

"어, 수영아, 저게 내 머리 거의 삼 분 동안 잡고 흔들었다. 어어엉."

"알았어. 내가 삼십 분 동안 흔들어줄 테니까 울지 마."

수영이 다짐을 하며 남자의 머리를 미친 듯이 흔들었다. 그때, 낯익은 은빛 자동차가 그들 곁으로 멈춰 섰다.

"채수영, 너 뭐야?"

차 창문을 통해 혼란한 광경을 보던 무영이 놀라서 내려왔다. 교복 자락을 날리며 낯선 남자의 머리를 잡고 흔드는 막내둥이와, 미처 보지 못했던 옥희가 바닥에 주저앉아 까치집이 된 머리를 하고 있는 것을 보며 입을 다물지 못했다.

"뭐야, 대체 뭐냐고!"

"어어엉, 이 나쁜 팬더야! 니가 내 차 안 태워줘서 미친 사람 만났잖아!"

무영을 본 옥희의 서러움이 폭발했다. 갑자기 당한 봉변에 놀란 가슴이 무영에 대한 분노로 채워지는 순간, 터지고 만 것이다.

"어엉, 내 대머리 되는 줄 알았다!"

"뭐라는 거야? 야, 채수영, 너 폭행죄로 잡혀가고 싶지 않으면 그만 해!"

옥희의 말을 이해할 수가 없었지만, 무영은 일단 수영의 허리를 잡아 낯선 남자에게서 떼어냈다. 아직 어린 녀석이 폭행죄로 잡혀가는 것만은 막아야 했다.

"이거 놔! 이 자식 가만두면 안 돼! 이 새끼가 옥희한테 집적거렸어."

하지만 무영에게 허리춤이 붙잡힌 수영이 그의 품에서 빠져나오려 버둥거리며 소리쳤다.

"옥희 머리채 잡고 막 흔들고 욕했단 말이야!"

"그래, 어어엉, 내가 지 헤어진 애인이랑 닮았다고 그러면서 같이 죽자고 머리채 잡고 막 때렸다. 어어엉."

이 얼마나 황당하고 억울한 일인가.

"뭐야?"

그 말을 믿을 수가 없는 무영이 반문하는 사이, 남자는 기다시피 현장을 빠져나가려 했다.

"저놈이 우리 옥희 때렸다고!"

수영이 바락 소리치자, 무영의 이성이 휙 날아갔다.

"이 개자식, 감히 누굴 건드려!"

활화산처럼 타오르는 무영의 발차기 한 방에 치한이 저만큼 나가떨어졌다.

"너, 너 뭐야! 내 애인한테 내가 마음대로……."

수영에게 머리채를 잡힌 것과는 비교도 안 되는 강한 무영의 힘에 남자가 쿨럭거리며 중얼거렸다.

"이 자식아, 얘는 내 애인이다! 내 호박이란 말이다!"

남자의 말에 제대로 열받은 무영이 소리치며 달려들었다.

어쩐지 불안하다 했다.

울컥한 마음에 유치한 말싸움을 벌이긴 했지만 못내 마음이 찜찜해 일찍 집으로 들어가던 길에 마주한 광경에 숨도 못 쉴 만큼 분노했다.

"옥희야, 괜찮아?"

남자를 잘근잘근 밟아주는 무영의 너무나 걱정스런 목소리에 더럭 마음이 놓인 옥희가 더 서럽게 울기 시작했다.

"어어엉."

옥희가 서럽게 울자 남자를 밟던 무영이 다가와 옥희를 꽉 끌어안았다.

"어유, 울지 마. 넌 대체 정신을 어디다 두고 걷는 거야!"

"아앙!"

무영의 품에 안겨 서럽게 우는 옥희에게 수영이 다가와 물었다.

"야, 저게 너 어디 건드렸어? 어딜 때렸어?"

그러자 고개를 삐죽 내민 옥희가 머리와 팔, 그리고 등을 가리켰다.

"어, 여기도 때리고 또 여기도 때렸다. 어어어엉. 내 무지 아팠다."

그 말에 수영보다 무영이 눈을 무섭게 치켜떴다.

"이 죽일 놈! 네놈이 감히 우리 옥희를 때려? 수영이 너 옥희 좀 봐. 이 자식! 가만 두지 않아!"

옥희를 수영에게 맡긴 무영이 쓰러진 남자에게 다가가 등을 꾹꾹 밟았다.

온 동네를 들었다 놓는 소란이 있은 후, 사이렌을 울리며 등장한 경찰차에 술 취한 남자가 실려가고 나서야 그들은 집으로 돌아올 수 있었다. 패잔병처럼 지친 옥희를 거실 소파에 앉힌 무영이 주방으로 가 찬물을 가져왔다.

"일단 물 한 잔 마셔."

살아생전 이보다 더 황당한 봉변은 없었던지라, 컵을 든 옥희의 손에 바들바들 떨렸다.

"아우, 속상해."

그 모습을 보며 수영이 짜증을 냈다. 그들이 같은 학교에서 같은 차를 퇴근하고 돌아오지 않은 이유를 옥희에게 지나치게 자세히 설명 들었던 수영은 무영을 대놓고 노려보는 중이었다.

달칵, 적막한 순간 현관문이 열리고 우영이 들어왔다.

"나 왔어."

하지만 거실에 모여 있던 사람들 중 누구도 대답이 없자 우영이 의아한 목소리로 물었다.

"왜 그래? 무슨 일 있었어?"

우영이 심상치 않은 분위기에 대해 묻자, 수영이 톡 끼어들었다.

"글쎄 큰형이 누나랑 싸웠다고 카풀을 안 한 거야. 그래서 누나 집에 혼자 오다가 술 취한 미친 자식한테 봉변을 당했어. 작은형 봐봐. 옥희 누나 정수리에 머리가 이만큼이나 빠졌어."

"오빠아, 엄청 아팠어요. 그리고 너무 무서웠어요."

수영의 친절하고 자세한 설명과 옥희의 울먹거림은 놀라울 만큼 큰 파장을 불러왔다.

"뭐야? 형 대체 왜 그랬어? 제정신으로 그런 거야?"

"그러게 다시 생각해도 어이없어. 큰형, 대체 왜 그랬어? 애들도 싸울 때 싸우더라도 챙길 건 다 챙기거든?"

그래, 다 그의 죄다. 하극상의 행패를 부리는 두 동생을 보며 무영은 아무 말도 할 수가 없었다.

"옥희야, 그러지 말고 그냥 방에 가서 누워. 많이 놀랐을 텐데 청심환 사다 줄까?"

"작은형, 그냥 따뜻한 우유 한 잔 마시게 하고 푹 재워. 그럼 괜찮을 거야."

무영을 무시한 우영과 수영의 호들갑 속에서 옥희는 공주님처럼 방으로 올라갔다.

좌불안석이 따로 없다.

언제부터 옥희가 그들 생활의 중심이 되었는지…… 우영과 수영은 옥희를 곤란하게 만든 그를 쳐다보지도 않고 제 방으로 쏙 들어가 버렸다.

홀로 거실을 서성거리는 무영의 가슴을 양심이란 송곳이 콕콕 찔러댔다. 그가 옥희에게 화났던 이유는 너무 유치해서 도저히 설명할 길이 없었다. Only 문호 때문. 그 유치한 이유로 화가 나서 옥희를 데려오지 않은 자신에게 화가 났다.

무영은 주위의 눈치를 보며 이층으로 올라가 옥희 방 앞에 귀를 가져다 댔다. 쥐 죽은 듯한 침묵만이 들려올 뿐, 안의 동태를 파악할 수 없자, 무영은 크게 숨을 들이켰다. 그리고 조심조심 방문을 열자 침대에 누운 옥희의 등이 보였다.

"자냐?"

머쓱한 목소리로 묻자, 침입자가 누군지 돌아보던 옥희가 다시 고개를 돌려 버렸다. 옥희의 방으로 들어온 무영이 돌아누운 옥희의 등을 톡톡 쳤다.

"야, 호박 머리 아직도 많이 아프냐?"

그러자 앵돌아진 대답이 들려왔다.

"그래 아프다."

"머리카락 빠진 데 열나냐?"

"그래, 열도 난다."

단답형인 대답에 무영이 우물쭈물 말했다.

"움. 호박이 열나면 찐 호박인데……."

나름 유머를 해봤으나 그것은 도리어 옥희의 분노를 급상승하게 만들었다.

"나가라!"

옥희가 바락 성질을 냈지만 무영은 아랑곳없이 침대에 앉아 그 커다란 손으로 이마를 짚어보았다. 아무래도 찐 호박에서 멈출 것 같지 않았다. 이렇게 열이 펄펄 나서야 어디, 호박죽이 되고도 남을 것 같았다.

더럭 걱정이 된 무영은 서둘러 주방으로 내려와 얼음주머니를 만들었다. 혹사당한 머리를 진정시켜 줘야 대머리가 되는 불상사를 막을 수 있으리라. 주먹만한 얼음주머니를 만든 그는 냉장고에서 옥희의 열을 식힐 차가운 오렌지주스도 한 잔 따랐다. 그것들을 양손에 들고 옥희의 방으로 들어온 무영이 주스를 건네주었다.

"마시고 열 좀 식혀."

차갑게 거절하고 싶었지만 진짜 속이 탔다. 옥희는 무영을 차갑게 흘겨보며 일어나 앉아주스를 받아 들었다.

"그리고 이것도 좀 하고. 여기도 열을 식힐 필요가 있어."

그녀가 일어나 앉자 무영은 얼음주머니를 옥희의 머리 꼭대기에 올려주었다.

"치아라, 차갑다."

"조금만 참아봐. 대머리 되고 싶냐?"

그의 협박에 얼음주머니를 치우려던 옥희가 잠잠해졌다.

그나저나 이대로 길게 가서 좋을 것 하나 없다. 우선 옥희가 진정 싫은 것도 아니고, 그의 기사도 정신 부족에 상처받은 옥희에게 엄청 미안하기도 했으며, 결정적으로 대장이 이 사실을 알게 되면 그날로 세상 하직하고 관 짜서 드러누워야만 했다.

"야, 그만 화 풀어라, 응?"

은근슬쩍 옆에 앉아 기세 꺾인 목소리로 중얼거리는 무영의 말에 옥희가 입술을 삐죽거렸다.

"나는 뭐…… 사실은 너 안 싫어하거든? 귀 뚫었던 날에도 말했지만 너 은근히 귀여워."

"흥."

옥희는 오렌지주스를 홀짝이며 새침하게 고개를 돌렸다.

"야, 그리고 키스하자마자 딴 남자랑 비교당하면 기분 좋냐? 너는 말이야, 만약 내가 딴 여자보다 네가 못하다 그랬으면 기분 좋겠냐?"

뭐, 그건 그녀도 잘못을 인정하는 바다. 문호 이야기는 진정 그녀가 잘못했다.

"그람 니 미자 씨랑 성미랑 소희 씨 보고 안 웃을 자신있나?"

"응? 그러엄."

무영이 크게 고개를 끄덕거렸다.

"알았다, 나도 문호 이야기는 진짜 미안하다. 고의가 아니었다. 너무 당황스러워서 아무 말이나 했던 건데, 미안하다.”

옥희도 전날 자신의 잘못을 사과했다.

“괜찮아, 괜찮아. 쌤쌤인데 뭘. 자, 얼른 얼음주머니로 마사지
해.”

“알았다.”

그들은 서로 나란히 앉아 화기애애한 분위기를 즐겼다. 그러
다 무영이 옥희의 옆구리를 쿡 찔렀다.

“야, 우리 그냥 진짜 연애할까?”

은근한 어조로 무영이 묻자 옥희의 목소리가 고민하듯 느려
졌다.

“흠, 생각 좀 해보고.”

“튕기긴. 그냥 한다고 하면 자존심 상하냐?”

무영의 빈정거림에 옥희가 발끈했다.

“원래 삼세번은 튕기는 게 예의다.”

“너처럼 삼세번 튕기다 영원한 솔로 되지. 암.”

“진짜 좋아하면 삼세번이 아니라 삼십 번을 튕겨도 굳건해야
한다.”

“그래서 사귈 거냐, 말 거냐?”

“뭐 그러지. 사겨보자.”

인심 쓰듯 대답하는 옥희를 보며 무영이 인상을 팍 썼다.

“이 건방진 호박아.”

“왜 땅도 없는 팬더야.”

맞받아치는 옥희를 보며 무영이 쑥스럽게 말했다.

"네가 좀 좋다."

흐흐, 자슥, 수줍어하기는. 옥희는 무영의 고백에 씩 웃으며 응답했다.

"그래, 나도 니 좀 좋아라 한다."

서로 손가락을 꼬물거리던 그들이 시선이 허공에서 부딪쳤다.

"머리 아직도 아파?"

무영이 옥희의 머리에 놓인 얼음주머니를 만지작거리며 묻자 옥희가 고개를 저었다.

"많이 괜찮아졌다."

"그렇구나."

어색하게 말을 이어가던 무영이 옥희의 손을 꼭 잡았다.

그녀가 뽀얀 얼굴에 희미한 홍조를 띠자 더 어쩔 수도 없게 귀여워졌다. 아이고, 깜찍한 것.

"아이, 부끄럽게 와 이라노."

앙탈은……. 하지만 그 앙탈까지 귀엽게 보여 환장하겠다.

"괜찮아. 우리 사귀기로 했으니까 손 잡아도 괜찮아."

"그라나?"

"그럼."

조금씩 엉덩이를 꼬물거려 자석처럼 붙어 앉은 그들의 고개가 조금씩 서로를 마주 보고 있었다. 부끄러운 듯 발그레한 얼굴로 서로를 보던 그들이 번개처럼 빠르게 입술을 훔치기 시작했다.

에로한 키스가 무르익어 갔다. 무영과 옥희는 연애란 것이 이렇게 달콤한 것임을 오늘도 배워가고 있었다.

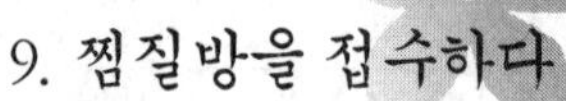

9. 찜질방을 접수하다

주방으로 들어가는 무영의 꽁무니를 쫓아 들어가며 옥희가 계속 칭얼거렸다.

"응, 응?"

'좀 좋은 사이'가 되었다지만 무영은 옥희가 팔에 매달려 애원을 하는 것에 질렸다. 결국 냉장고 문을 연 무영이 애절한 표정의 옥희를 보며 백기를 들었다.

"대체 왜 그걸 하라고 이렇게 난리야?"

"멋있잖아!"

"야야, 뭐가 멋지냐? 하나도 안 멋지다. 돈 낭비도 모자라 인격의 낭비이기도 하다. 그만 됐어."

백기를 들었다지만 무영은 진짜 할 마음이 생기지 않았다. 하지만 옥희는 계속된 그의 거절에도 물러서지 않았다.

"니는 모른다. 내가 학교 다닐 때 엄청 예쁜 애들이 꼭 퀵서비스로 꽃 선물 받고, 사탕 받고 하는 거 얼마나 부러웠는지 모른다. 이젠 졸업까지 해서 내 평생 허락될 수 없는 거라 해도 그건 내 영원한 로망이다."

고3 시절. 밤 열한 시까지 만화책은 탐독하면서 공부는 어느 때보다 안 했던, 그러나 몸은 몹시도 피곤했던 그 시절, 옥희의 반에는 이웃 남학교까지 소문난 '얼짱'이 있었다. 서구적으로 크고 시원하게 생긴 이목구비하며 태평한 성격에 웃음도 많아 선생님들의 사랑 또한 독차지했던 부러운 아이였다.

그런데 아직까지 그 애가 발렌타인데이에 이웃 학교 킹카에게 받은 열아홉 송이 장미꽃 다발은 옥희의 뇌리에 깊게 각인되어 있었다.

십 년 전, 그때만 해도 순박한 시골 여학교에 꽃다발 퀵 배달은 학교를 들었다 놓을 만큼 획기적인 일이었다. 옥희는 그 눈물 나게 부러웠던 고3 때를 똑똑히 기억했다.

"하라는 공부는 안 하고 연애질 한 게 그렇게 부럽냐?"

하지만 무영이 그녀의 로망에 찬물을 끼얹으며 빈정거렸다. 그의 타박에 옥희가 애절하게 소리쳤다.

"좀 좋은 사이라면서 그것도 못해주나? 그게 얼마나 한다고? 내 같으면 다 해준다. 다 해줘."

이렇게 소원이라는데 말이다.

"해줄 거제?"

하지만 무영이 끝내 거절했다.

"남자 체면이 있지, 뭘 그런 걸 자꾸 하래? 꽃집 꽃만 꽃이냐? 지금 나 따라 뒷마당 가자. 내가 최고로 아끼는 참나리 잔뜩 꺾어줄게."

"됐다. 췌, 누가 꽃 때문에 이러나? 진짜 내 좀 좋아하면 내 부탁도 들어줘야지. 이렇게 부탁했는데, 흥이다."

옥희는 무영을 하얗게 흘겨보며 주방을 나갔다.

"야, 호박. 아니, 옥희야! 야!"

무영이 그녀의 뒤를 따라 나갔지만, 앵돌아진 옥희는 돌아보지 않고 이층으로 올라가 버렸다.

"참 여자들은 알 수 없는 존재야. 뒷마당에 널린 게 꽃인데 왜 그걸 꽃집에서 비싼 돈 주고 사라고 하는 건지 모르겠다니까."

발을 쿵쾅거리는 것을 보니 단단히 삐쳤나 보다. 그런 옥희의 뒷모습을 보며 무영이 혀를 찼다.

"하여튼 알 수 없단 말이야."

다음날 아침에도 여전했다. 아침 식사 후 출근을 하는 동안, 옥희는 무영을 향해 한마디 말도 하지 않았다. 그 침묵에 질린 무영이 물었다.

"뭐냐? 아직도 꽃 때문에 부었냐?"

옥희는 들은 척도 하지 않고 고개를 싹 돌렸다.

"하여튼 대단해, 대단해."

학교에 도착해서 사범대 건물 앞에 내린 옥희는 뒤도 돌아보지 않고 종종걸음으로 그를 떠나갔다.

"저 호박이!"

발끈했지만, 그녀의 옹고집에 무영이 두손두발 다 들었다.

"대단하긴 뭐가 대단하노. 다른 사람들은 달라 하기도 전에 알아서 다 꽃다발 준다던데, 치……."

구시렁거리며 교무처로 들어온 옥희는 자신의 자리 위에 놓은 케이크 상자를 보았다. 교무처 안에 먼저 출근한 사람도 없는 듯한데, 자신의 자리에 난데없이 케이크 상자가 있다는 것이 의아해했다.

"이게 뭐고?"

누가 빈 상자를 버려두고 갔나 싶어 안을 들여다보자, 상자 안에는 먹음직스런 커다란 케이크가 들어 있었다.

"뭔데? 내 생일도 아닌데, 자리를 잘못 찾았나?"

"옥희 일찍 왔네?"

때마침 출근을 하던 성미가 어리둥절한 얼굴로 선 옥희에게 다가왔다.

"뭐니?"

"모르겠다. 출근을 했는데 케이크 상자가 있네? 누가 자리를 잘못 알았나?"

“글쎄다?”

성미와 옥희는 의아함을 감추지 못하며 상자 안의 케이크를 확인했다. 내용물을 확인한 성미의 입에서 탄성이 터졌다.

“어머, 고구마 케이크네? 이거 진짜 맛있는데, 대체 누가 준 걸까? 옥희야, 혹시 학교 안에 너 사모하는 사람 있는 거 아니니?”

“설마.”

옥희는 말도 안 된다는 듯 고개를 저었다.

“그나저나, 진짜 맛있겠다. 옥희야, 우리 이거 먹자, 응?”

“성미 씨, 그거 눈독 들이지 마.”

그때, 언제 들어왔던지 미자가 다가와 성미에게 경고를 주었다.

“네?”

보통 아홉 시 십 분이 넘어야 출근을 하는 미자가 여덟 시 삼십 분인 지금 양손에 김이 무럭무럭 나는 머그잔을 들고 서 있는 것을 본 성미가 기겁을 해서 물러났다. 옥희 역시 성미가 던지듯 건네준 케이크를 받아 들고 눈이 동그래졌다.

“오호호, 옥희 씨. 그거 내가 옥희 씨 먹으라고 사 온 거야. 우리 동네에 아침마다 직접 케이크를 굽는 집이 있거든. 내가 특별히 일찍 일어나서 제일 예쁘게 구워진 거 사 왔어. 자 여기 커피도 마시면서 먹자.”

“에…….”

대체 무슨 영문인지 모르겠다. 한 손에 케이크를 들고 또 한 손에 커피를 받아 든 옥희가 미자에게 끌려 교무처 구석 테이블로 갔다. 마치 귀신에게 홀린 기분이 들어 성미를 돌아봤지만 성미 역시 어깨를 으쓱거릴 뿐 영문을 모르는 눈치였다.

"자, 먹어봐. 진짜 맛있어."

미자는 케이크를 손수 자르더니 접시에 덜어주었다. 그리고 까만 얼굴 가득 미소를 지으며 그녀를 바라보았다.

"어, 네, 네……."

설마 독이야 들었겠는가.

옥희는 억지 미소를 지으며 케이크를 먹었다. 영문이야 어찌 됐든 간에 케이크가 입에 들어가는 순간 퍼지는 부드러움에 눈물이 날 것 같았다. 맛있긴 맛있다. 한 입이 두 입이 되는 순간, 미자가 은근슬쩍 고개를 디밀었다.

"옥희 씨."

"네?"

옥희는 황홀한 부드러움 속에 감탄하며 커피 잔에 입을 댔다.

"사촌 오빠랑 오늘 밥 같이 먹자고 그럼 안 돼?"

"풉!"

아, 뜨겁다! 김이 나는 커피에 입술을 제대로 덴 옥희가 펄쩍 뛰고 말았다.

"어머, 괜찮아?"

"네, 네. 괜찮아요."

화끈거리는 입을 주체하지 못하고 웅얼거리자 미자가 호들갑스럽게 일어났다.

"가만히 있어봐. 입술 데인 데 연고라도 발라야 하지 않을까? 내가 의무실 갔다가 올게. 잠깐만."

"저기, 주임……."

옥희의 말이 끝기도 전에 미자는 바람처럼 달려나갔다. 환장하겠다. 미자의 친절을 보며 옥희의 얼굴은 더할 수도 없게 찌푸려졌다. 그들의 뒤에서 황당한 장면을 모두 지켜보던 성미가 그럴 줄 알았다는 듯 말했다.

"박 주임 진짜 속 보인다. 결국 채 교수 소개시켜 달라고 아침부터 쇼를 하는 거네 뭐. 너무 약았다, 그치?"

"성, 성미야……."

"너 절대 소개시켜 주지 마. 박 주임 여자한테 못됐고, 남자한테 착하기로 소문난 여잔데, 채 교수님 인생 망칠 일 있니? 절대 하지 마."

성미의 신신당부가 아니더라도 옥희는 절대 미자에게 무영을 소개시켜 줄 수가 없었다. 그는 이미 임자가 있는 몸 아니던가. 임자는 바로 그녀!

"성미야."

"왜?"

말을 잊지 못하고 자꾸만 이름을 불러대는 옥희가 이상해 성미가 다가왔다. 천천히 성미를 돌아보는 옥희의 얼굴은 하얗게 질려 있었다.

"이 일을 우야노."

"뭔데 그래?"

심상치 않은 기운을 눈치 챘는지 성미가 그녀를 다그쳤다. 옥희는 무영과 그녀의 관계에 대해 빠르게 털어놓았다. 이 년 전 촌티 풀풀 나는 평화다방에서 만나 달성공원까지 어떻게 갔고, 다신 안 볼 거라 다짐했던 것이 물거품이 될 수밖에 없었던 서울 상경기.

이야기가 끝이 날 무렵 성미의 얼굴 또한 경악으로 물들었다.

"뭐야? 아니, 그럼 그 80년대 필 나는 선을 채무영 교수랑 봤던 거란 말이야? 어머어머, 웬일이니, 웬일이야? 그 촌스런 선을 봤던 남자가 다른 남자도 아닌 채무영 교수라고? 우와, 정말이니?"

옥희의 말이 끝나자 성미는 호들갑을 떨며 난리를 쳤다. 진저리나는 선을 보고 분한 마음을 주체할 길 없어 성미에게 줄줄이 다 말을 했기에 성미는 누구보다 그날의 상황을 잘 알고 있었다.

"야, 이옥희. 내가 만약 평화다방에서 채무영 교수를 봤다면 난 그날 바로 그 남자 발목 잡았다. 복도 많은 년. 어찌 그런 선에서 채 교수 같은 남자를 만나나?"

"흠……."

무영에 대한 감정이 아직도 그때 같다면 성미 말에 화르륵 타

올라 반박했겠지만, 책상 위에 놓일 꽃다발을 생각하는 옥희의 입은 꿈쩍하지 않았다.

"그런데 왜 사촌이라고 그러냐? 괜히 사람 헛물켜게?"

"그거야 뭐, 니가 내 선봤던 걸 알고 있으리라 상상도 못했으니까 그런 거겠지. 멀쩡한 남자 여자가 한 집에 있는 걸 우예 설명하긋노."

"흠, 그건 그러네. 하여튼 이옥희 진정 부러울 따름이다."

옥희를 구슬려 '사촌 오빠'를 넘보려던 계획이 모두 무산된 성미가 안타까워하며 대답했다.

"그런데 큰일났다. 성미아. 미자 주임 우째야 히노?"

"흠, 정말 예삿일이 아니다. 어쩔 거야?"

성미의 얼굴에 어린 염려를 보자 옥희는 진정 걱정이 됐다. 미자가 사준 케이크를 먹는 게 아니었다. 때론 살모사보다 힘 좋은 구렁이가 더 무서운 법인데, 힘이 좋다 못해 독까지 품은 구렁이 미자 앞에서 자신이 살아남을 수 있을까. 울상이 된 옥희의 어깨를 성미가 토닥거리며 위로했다.

"명복을 빈다. 너 가고 나면 내가 채 교수님 잘 달래줄게."

"야!"

옥희가 주먹을 쥐고 돌진할 찰나, 뒤에서 간드러지는 목소리가 그녀를 멈춰 세웠다.

"어머, 옥희 씨~이. 여기 연고오~"

허걱.

"성미야."

옥희가 애원하는 어조로 중얼거리자 성미가 빠르게 속삭였다.

"그냥 애인 있다고 그래. 너라고 그러지 말고 다른 여자 있다고 해."

가까이 다가온 미자는 곁에 선 성미에게 시선조차 주지 않고 호들갑을 떨었다. 자신의 검지에 직접 연고를 짜서 그녀의 입술에 댔다.

"자, 얼른 바르자. 얼굴에 흉 지면 큰일나. 시집도 못 간다니까."

"네, 네."

성미의 충고를 받아들여 무영에게 애인이 있다고 거짓말을 해야 하는 옥희의 가슴이 심하게 두근거렸다.

"참, 내가 아까 어디까지 말을 했었지? 맞다. 자기 오빠랑 같이 밥 먹으면……."

"우리 오빠 애인 있어요. 결혼까지 약속했고 어른들끼리도 다 알고 있어요."

한 번 말을 끊으면 이을 수가 없을 것 같아 옥희는 눈을 찔끔 감고 줄줄 읊었다. 순간 교무처에 고요가 찾아들었다.

폭풍 전 고요가 이런 것인가…… 옥희는 심하게 조용한 미자를 보기 위해 감았던 두 눈을 살며시 떴다. 아니나 다를까, 상냥하던 미자는 온데간데없이 독구렁이 미자만이 남아 그녀를 노려보고 있었다.

"누가 뭐랬니? 애인 있는 거 물어봤어? 자기 참 웃긴다. 같이 밥 먹는데 애인 있는 게 무슨 상관이니? 아, 애인 있으니까 눈독 들이지 말라고? 참내. 눈독 안 들이거든? 사람을 어떻게 보고 그래?!"

미자가 얼굴을 붉히며 빽 소리를 질렀다. 그리고 아무 대답도 못하는 옥희는 철저히 무시한 뒤 케이크를 통째로 들고 성미에게 다가갔다.

"성미 씨, 뭐 하니? 케이크 안 먹고? 얼른 먹어."

그럼 그렇지.

옥희는 본색을 드러낸 미자가 세모꼴의 눈을 하며 노려보는 것을 무시한 채 자신의 자리에 앉았다.

같은 과 조교수들과 점심 식사를 하기 위해 교정 밖으로 나갔던 무영은 심각한 고민에 쌓였다. 은근슬쩍 자신의 조교에게 물어보니, 여자들에게 꽃은 옥희의 말마따나 진정 로망이라고 했다.

"하여튼, 뒷마당 참나리가 얼마나 싱싱하고 예쁜데 왜 꼭 배달이어야 한데? 어유, 창창한 이십대 시절에도 안 하던 짓을 늙어서 하라니……."

같이 나왔던 동료 교수들 일행에서 떨어진 무영은 끊임없이 투덜거리며 학교 근처의 꽃집으로 갔다.

"꽃바구니 하나 포장해서 배달 부탁드립니다."

꽃집 안으로 들어서자마자 무영이 퉁명스럽게 말했다. 잔뜩 굳은 무영의 얼굴을 본 여주인이 하얀 국화를 보여주며 물었다.

"어디에 쓰실 꽃바구니죠? 상갓집인가요?"

헛…… 주인의 말에 무영은 얼른 표정을 고쳤다.

"아니, 빨간 장미하고 안개꽃 뭐 그렇게 해서 사대 교무처로 배달할 겁니다."

"아, 그러세요?"

주문 사항은 프러포즈인데 저리 굳은 표정은 또 무엇일까 하고 주인이 고개를 갸웃거렸다.

"가격대가 여러 가지인데 어떻게 할까요?"

"그냥 적당한 걸로 해주세요."

야생화는 키워봤어도 꽃집의 꽃 가격을 알 길 없는 무영이 대충 대답을 한 뒤 지갑을 꺼냈다. 그가 막 계산을 하려는데, 꽃집 문을 열고 어린 남학생 하나가 들어왔다.

"아줌마, 내 꽃 해놨어요?"

풋풋한 분위기로 보건대 새내기인 듯한 남자의 물음에 주인이 반색을 했다.

"아, 왔어요? 당연히 준비해 뒀어요."

남자가 주인이 가리키는 곳으로 다가가며 물었다.

"예쁘게 하셨죠?"

"당연하죠. 비싼 거 주문했는데 내가 최고로 예쁘게 잘해놨어
요."

무영이 호기심 어린 눈으로 그들을 지켜보는 동안, 남자는 제
법 크고 비싼 돈 주고 수입한 것이 분명한 서양 난이 가득한 꽃
바구니를 들고 사라졌다.

"적당한 걸로 말씀하셨죠? 그럼……."

남자가 사라지자, 주인이 무영에게 다시 관심을 돌리며 물었
다. 갑자기 주인이 말하는 '적당한 가격'에 무영의 가슴에서 알
수 없는 무엇이 용솟음쳤다. 어린 남자에게 질 수 없다는 오기
가 그를 지배하기 시작했다.

"아니, 저거보다 더 멋지게 해주세요. 한 손으로 들 수도 없을
만큼 크고 화려하고, 하여튼 제일 멋지게 해주세요."

무영이 주문 사항을 정정했다. 안 하면 안 했지, 하면 뭐든 제
대로 하는 자신이다. 중간은 안 한다.

"아, 네. 그러죠."

여주인은 갑자기 돌변한 무영을 의아한 눈으로 보며 그가 건
네준 카드로 결제를 했다.

감동을 안 봤기만 해봐라. 다시는 그의 사전에 꽃 배달이라곤
없다. 뒷마당 참나리도 어림없다.

계산을 하는 무영의 얼굴에 비장함이 어렸다.

살얼음판이 따로 없었다. 숨 쉬는 것도 조심스러웠다. 영문을

모르는 소희는 죽어라고 미자 주임에게 깨졌고, 그것을 지켜봐야 하는 옥희의 마음은 그야말로 지옥과 같았다.

"우와, 대체 왜 저런대요? 오늘 그날이래요?"

당하다, 당하다 한계에 도달한 듯 영문이나 알자 싶어 소희가 옥희에게 물었지만 옥희는 아무것도 말해줄 수가 없었다. 그러자 곁에 앉았던 성미가 득도한 사람마냥 느긋하게 중얼거렸다.

"무슨 그날이 일주일 주기야? 저번 주에도 그날, 그 지난주에도 그날인가 했잖아. 미자 주임은 일주일 주기인가 보네."

"일주일 주기는 무슨, 내가 볼 때 미자 주임은 한 달 내내 그날인 것 같아. 일 년 365일 내내 마법에 걸려 살아."

성미의 말에 맞장구친 소희가 결연하게 자리에서 일어났다.

"어디 가요?"

너무나 단호한 얼굴을 보며 옥희가 묻자, 소희가 두 주먹을 쥐었다.

"화장실요. 나 화장실 갔다고 또 뭐라고 하면, 곧 온다고 하세요."

당장이라도 뛰쳐나갈 것 같은 소희의 끝말에 옥희와 성미 모두 안타까움을 감추지 못했다. 결국 아무리 미자 주임이 싫어도 고단한 소시민으로서 그들은 일을 해야 했다.

그때 사무실의 문이 열리고 낯선 총각이 들어왔다. 주위를 쓱 둘러보던 남자가 전표를 보며 말했다.

"이옥희 씨 꽃배달 왔습니다."

살벌한 분위기 속에 언밸런스한 외침이 들리자, 모두의 시선이 그녀에게 쏠렸다.

헉? 꽃배달?

그녀가 엉거주춤 자리에서 일어나자, 그 총각은 옥희의 자리로 다가오더니 바구니를 책상 위에 올려주었다. 결국 무영이 그녀의 소원을 들어준 듯했다. 그러나 그녀의 로망이 이루어졌지만 옥희는 좋아할 수가 없었다. 저렇게 미자가 눈이 찢어져라 노려보는 가운데 마음 놓고 즐거워할 수도 없는데 말이다. 옥희는 총각에게 어색한 웃음과 함께 영수증에 사인을 해준 뒤 바구니를 바닥으로 내려놓을 요량으로 들었다.

그런데 왜 이렇게 무거울까?

옥희는 한 손으로 들 수도 없을 정도로 무거운 바구니를 낑낑거리며 책상 옆 바닥으로 내려놓았다. 그리고 이 사람, 저 사람의 눈치를 보며 꽃바구니를 힐끔거렸다. 예쁘긴 정말 예뻤다. 그녀가 못내 부러워했던 고3 동기의 꽃바구니와는 비교도 안 될 만큼 화려한 바구니를 보며 옥희는 주책스럽게도 자꾸 웃음이 나왔다.

"일해!"

미자가 그런 그녀를 보고 빽 소리를 질렀다. 하지만 미자의 눈을 피해 계속 감탄 어린 눈으로 바구니를 살피던 옥희는 하얀 카드를 발견했다. 조심스럽게 열자 익숙한 무영의 글씨가 그녀를 반겼다.

〈너의 팬더.〉

아이고오. 메모를 보는 순간 입이 저절로 벌어졌다. 달랑 한 줄짜리 메모였지만 감동이 물밀듯 밀려들었다. 옥희는 좋아서 죽을 것만 같았다.

"정말 일 안 할 거야?!"

저만큼 고슴도치처럼 가시를 세운 미자가 빽 소리를 질렀지만, 아무렴 어떤가. 옥희는 메모를 가슴에 꼭 안았다.

"부러운 것."

곁에 앉은 성미가 옥희의 옆구리를 찌르며 나지막하게 중얼거렸다.

"미자 주임에게 비밀 지켜주는 거 나중에 크게 한턱 내야 해."

"당근이지. 크게 낼 테니까 염려 마라."

다짐을 하는 옥희의 입가에 웃음이 주렁주렁 영글었다.

오전 수업밖에 없는 날이라 무영이 일찍 퇴근을 해 옥희는 혼자 퇴근을 해야 했다. 번잡한 지하철 안에서 두 손으로 꽃바구니를 들고 낑낑거리면서도 그녀는 행복하기만 했다. 집으로 돌아온 옥희는 곧장 무영의 방으로 뛰어갔다.

“내 정말 감동받았다.”

밑도 끝도 없이 외친 그녀를 보며 침대에 거만하게 누워 사진 잡지를 보던 무영이 거만하게 대답했다.

“당연하지.”

평소 같았으면 그 거만함을 용서치 않았겠지만 지금 그녀의 기분으로는 모든 것을 용서할 수 있었다.

“그렇게 좋냐?”

“응, 그게 내 로망이었다 안 하나. 그게 이루어졌는데 얼마나 좋노.”

흐뭇하게 웃는 그녀를 보며 무영이 어깨를 으쓱거렸다.

“하여튼 여자들이란…….”

말은 그렇게 하면서도 호박이 기뻐하는 것을 보며 내심 가슴이 뿌듯해졌다. 무영은 그것을 들키지 않기 위해 잡지를 보는 척 고개를 숙였다. 그러자 옥희가 꽃바구니를 내려놓고 침대 곁에 다가와 앉았다. 그리고 손가락을 다리 위로 꼬물거리며 중얼거렸다.

“있잖아. 가만히 보면 니 의수로 다정하다.”

고마움을 표현해야 하지만 큰 소리로 하기엔 너무 부끄러웠다. 나름 수줍게 속삭이자 그가 말했다.

“말로만?”

“응?”

“고마움에 대한 답례를 해야지.”

그가 잡지로 자신의 입술을 톡톡 쳤다. 그러자 와락 부끄러움이 밀려든 옥희가 그의 팔을 툭 쳤다.

"아우, 됐다."

"췌, 고맙다면서."

옥희의 거부에 상처받은 무영이 벌떡 일어나 앉았다.

"넌 진짜…… 흡."

마구 닦달하던 그의 입술을 옥희의 입술이 막았다. 보드랍고 보드라운 입술이 마주하자 무영의 방엔 정적이 내려앉았다. 옥희가 어울리지 않게 수줍어하며 그의 입 안으로 혀를 밀어 넣자 무영이 열렬히 반겼다. 그녀의 작은 혀를 쏙 감자, 달뜬 신음 소리가 새어나왔다. 불끈 욕망이 솟았다. 이대로 확…….

"혀엉!"

그때 우영의 요란한 외침이 들렸다. 황홀경에 신음하던 옥희와 무영은 화들짝 놀라 서로에게서 떨어졌다.

"형, 나 있잖아."

"저 갑니다."

"어, 옥희네?"

발랄하게 방문을 열고 들어오던 우영은 후다닥 도망가는 옥희의 뒷모습을 멍하게 보다가 무영에게 물었다.

"뭐야? 퇴근한지도 몰랐더니 옥희가 형 방에 있었어?"

"응, 뭐, 뭐가."

무영은 애꿎은 화분을 들었다 놓으며 건성으로 대답했다.

“아, 물을 줘야 할까 봐.”

“형, 근데 옥희가 들고 가는 거 꽃바구니 아니야?”

“아, 물 주자.”

눈치없는 우영을 피해 무영도 얼른 방을 나왔다.

“거참, 이상한 사람들이야.”

아무도 없는 빈 방에서 우영이 어리둥절 고개를 저으며 무영의 뒤를 따라 나가며 물었다.

“형, 옥희랑 뭐 했어? 뭔데 그렇게 부끄러워해? 키스했냐?”

“시끄러!”

“뭐냐? 형 부끄러워하냐? 둘이 그렇고 그런 사이라 사귀는 거 다 아는데 뭘 그래? 아구, 부러워라.”

무영의 불같은 반응에 우영이 히죽 웃었다.

가슴이 콩닥거려 제어할 수 없다. 방으로 뛰어들어 온 옥희는 침대에 얼굴을 묻고 누워 가쁜 숨을 골랐다. 그 와중에도 들고 온 꽃바구니에서 진한 꽃향기가 코끝으로 스며들었다.

“아고, 미쳤나 보다. 진정하자, 진정.”

무영을 먼저 덮친 것만 해도 살 떨리게 좋은데, 아이구, 쏙 들어오는 혀라니.

“크크큭.”

빨갛게 달아오른 얼굴을 부여잡고서도 웃음이 절로 나왔다. ‘좀 좋은’ 관계가 급격히 ‘매우 많이 좋은’ 사이가 되어 감을 온몸으로 느꼈다.

옥희와 무영은 절대 아니라고 하지만, 어디 우영과 수영이 그 속을 모를까. 늙은이들 연애에 이러쿵저러쿵 놀려대 데이트다운 데이트도 못해본 채 시간만 흘렀다. 무료한 저녁 날, 침대 위에서 뒹굴거리던 옥희가 벌떡 일어나 앉았다.

"아, 지겹다."

이제 서울 생활에 어느 정도 적응이 됐다고 퇴근을 하고 와도 피곤하지가 않았다. 잠시 무엇을 할까 고민하던 옥희가 무영의 방으로 건너갔다.

"왜?"

그의 방문을 삐죽 열고 들여다보자 거만하게 누운 그가 물었다. 옥희는 말갛게 웃으며 다가가 누운 그의 팔을 잡았다.

"우리도 데이트 가자."

"데이트는 무슨."

"가자!"

"대체 어딜 가고 싶다고 난리냐?"

침대에 누워 쉬고픈 무영은 옥희의 성화를 이기지 못하고 자리에서 일어나 앉았다. 곰곰이 생각에 잠긴 옥희가 가고 싶은 장소를 생각해 냈다.

"찜질방 가보자."

그러자 무영이 질색을 하며 다시 누웠다.

"거길 왜 가? 나 더운 데 싫어해."

"야아, 뜨끈한 게 얼만 좋은데 그라노. 난 시골서 찜질방 겨우 두 번밖에 못 가봤다. 서울은 찜질방도 그렇게 좋다면서? 그러니까 가보자."

무영은 옥희가 그의 팔을 꼭 잡고 간절하게 말하자, 슬쩍 마음이 동하는 것도 같았다. 힐끗 돌아보자 뽀얀 얼굴에 가득 기대감이 어려 있었다.

"왜, 그냥 호박도 모자라서 찐 호박 되게?"

마음은 벌써 동의했지만, 그래도 한번 튕겨보고 싶은 것은 어쩔 수가 없었다. 익은 호박 찔러보기라고나 할까?

"진짜 자꾸 그럴래?"

그러자 그의 예상대로 옥희가 두 주먹을 불끈 쥐었다.

"알았다, 알았어. 가자, 가."

그동안의 옥희를 보아 알지만, 한 번 말한 것은 끝장을 봐야 하는 좋지 않은 성격을 가지고 있었다. 말씨름에 힘 빼다가 결국 갈 것, 그냥 좋게 가자고 마음먹은 무영이 침대에서 일어났다. 선선히 일어나는 무영을 본 옥희의 얼굴이 환해졌다.

"내 준비해서 오께."

간단한 샤워 도구를 챙긴 무영과 옥희가 아래층으로 내려가자 거실 소파에 홀로 앉아 텔레비전을 보고 있던 우영이 물었다.

"늦은 시간에 어디 가?"

"오빠, 우리 찜질방 가요. 오빠도 같이 갈래요?"

"됐어. 데이트하는데 눈치없이 거긴 왜 껴?"

"아이, 오빠는. 데이트 아니라니까요."

옥희의 제안에 우영이 고개를 젓자 무영이 끼어들었다.

"같이 가도 된다. 끼워줄게. 대신 넌 우리랑 다른 방에서 놀아."

"됐어. 난 집 지키고 있을 테니까 갔다 오셔들."

"자식, 끼워준대도 싫대. 그런데 수영인 어디 갔어? 요즘엔 왜 이렇게 그 녀석 얼굴 보기가 힘드냐?"

고새를 참지 못한 옥희가 밖으로 나가는 것을 보며 무영이 묻자, 우영의 얼굴에 은밀한 웃음이 어렸다.

"뭐냐? 무슨 일 있어?"

분명 무슨 꿍꿍이가 있는 듯한 동생의 웃음에 무영이 안달을 냈다.

"수영이 요새 스토커한테 시달리고 있어."

"뭐? 스토커?"

무영이 되묻자 우영의 목소리가 더욱 은밀해졌다.

"수영이네 학교 옆에 여자 중학교 있잖아. 거기 중학교 1학년짜리가 수영이한테 아주 필이 꽂혔다던데?"

수영의 가슴에도 미치지 못하는 어린 꼬맹이가 좋다고 수영에게 죽자고 들러붙는 것을 본 우영이 웃음을 참지 못했다.

"오늘도 집 앞까지 따라왔나 봐. 수영이 녀석, 꼬맹이가 한 삼십 분 밖에서 기다리는 거 보더니 못 참겠던지 나가더라? 아마 아이스크림 사먹이고 있겠지.”

“허허, 그 녀석, 참.”

우영의 설명에 무영이 너털웃음을 지었다. 아직 어린 녀석들의 연애가 선뜻 이해되지 않았지만, 아무렴 어떤가. 수영이 드디어 작은어머니의 부재(不在)에서 벗어나는 듯해 마음이 놓였다.

“알았다. 녀석 들어오면 뭐 좀 챙겨 먹이고. 우리 다녀올게.”

“응, 뭐 안 들어와도 돼.”

“뭐야?”

그 대담한 발언에 무영이 노려보자, 우영은 아랑곳없이 팔랑팔랑 손을 흔들었다.

“갔다 와.”

“자식, 집이나 잘 봐!”

동생의 배웅을 받으며 밖으로 나온 무영이 안달을 내는 옥희를 태우고 시동을 켰다. 안 갔으면 안 갔지, 일단 가기로 마음을 먹었으면 제일 좋은 데로 데려가야 했다.

무영은 옥희를 데리고 인근에서 제일 좋고 호화롭다는 찜질방을 찾아나섰다.

“이야, 죽인다.”

겉으로 보기에 최고급 호텔 같은 찜질방을 본 옥희의 입에서 탄성이 절로 터져 나왔다. 일단 높이부터가 달랐다. 대개 이층이면 끝나는 찜질방이 오층까지 솟아 있었다. 주차장의 은은한 조명등 아래에서도 울려 퍼지는 모차르트 선율까지…… 아, 다르긴 다르구나. 그 모습에 어깨가 으쓱해진 무영이 잘난 척을 잊지 않았다.

"아무렴. 내가 널 시시한 곳에 데리고 오겠냐?"

"응, 진짜 좋네. 꼭 호텔 같다."

옥희가 주위를 돌아보느라 여념이 없자, 무영이 옆구리를 쿡 찔렀다.

"바보처럼 서 있지 말고 얼른 들어가자."

"말을 해도. 바보가 뭐고?"

티격태격 입구로 들어간 그들은 계산을 하고 들어가 찜질방에서 만나기로 한 뒤 각자 남녀 탕으로 들어갔다.

샤워 도구를 들고 사우나의 입구에 선 옥희는 여전히 입을 다물지 못했다. 초호화 시설을 보노라니, 진정 여기가 서울이구나 싶었다. 고향 마을에도 유명 온천이 있었지만, 그곳은 시설보다 깨끗하고 수질 좋은 물 관리에 모든 것을 올인 했다. 때문에 주말이면 인근 시, 군, 면, 읍의 나이 지긋한 노인 양반들로 발 디딜 틈도 없는 곳에서 이십구 년 동안 목욕을 했던 그녀인지라, 이곳은 별천지와 같았다.

옥희는 조신하게 사우나의 한쪽 구석에 앉아 탕 속의 비취빛 물 구경을 했다.

“물도 이만하면 좋네.”

흐뭇함이 절로 밀려들며 본전 생각을 떠올린 그녀는 열심히 비누칠을 하기 시작했다.

“여기가?”

낯선 곳이니만큼 사람들의 동태를 살피며 사우나의 계단을 올라가자 곧 대형 찜질방의 휴식 공간이 나타났다. 동그란 휴식 공간의 끝에는 향토방, 고온방, 소금방 등등 각종 특성을 자랑하는 이름의 찜질방이 있었다.

“이야!”

잠시 그 모습을 감탄 어린 눈으로 지켜보던 옥희가 주위를 둘러보았다. 사우나에는 그다지 사람들이 북적거리지 않았는데, 찜질방으로 들어서자 제법 많은 사람들이 저마다의 일행과 함께 옹기종기 모여 앉아 있었다. 그중에 그녀가 찾는 남자는 없었다.

“시간이 제법 됐는데 아직 사우나 중이가? 끝을 보내, 끝을 봐.”

옥희는 중얼거리며 마땅히 앉을 곳을 물색했다. 본전이 아깝지 않을 정도로 오랫동안 탕 속에 들어갔다가 온몸이 노곤해질 정도로 힘을 쓴 옥희는 찜질방의 한쪽 벽면에 줄지어 놓인 안마 의자를 보고 반색했다.

그곳으로 다가간 옥희는 안락한 의자에 앉아 잠시 눈을 감고 휴식을 취하기로 했다.

사우나에서 나온 무영은 입구에서 받았던 찜질방 옷을 갈아입고 찜질방으로 들어갔다. 그리고 그곳에서 옥희를 발견했다. 언제 왔는지 저만큼 구석에 놓인 안마 의자에 앉아 눈을 감고 있었다. 온몸이 축 늘어진 것을 보니 노곤하게 졸고 있는 듯했다. 무영은 이렇게 사람들이 왔다 갔다 하는데 참 성격 좋게 눈 감고 자는 옥희를 보자 어이가 없었다.

"이런 데서 잠이 오냐?"

구시렁거리며 다가가도 옥희는 일어나지 않았다. 그러자 안마 의자에서 자고 있는 옥희를 보노라니 불쑥 기발한 생각이 떠올랐다. 짓궂은 웃음을 가득 머금은 무영이 슬금 안마 의자 왼쪽의 동전 투입구에 동전을 넣었다. 곧 뚝딱뚝딱 안마 의자가 요란하게 움직이기 시작했다. 갑자기 온몸을 두드려 대는 것에 화들짝 놀란 옥희가 비명을 질렀다.

"아악!"

자다가 벼락을 맞은 옥희의 눈이 튀어나올 것처럼 커다래졌다.

"큭큭큭."

기겁을 한 얼굴이 너무 웃겨 무영이 배를 잡고 웃었다. 그 모습에 옥희가 씩씩거리며 무영의 등을 툭 쳤다.

"놀라서 간 떨어질 뻔했다!"

"안 떨어졌으면 됐지. 그런데 너 아까 표정은 진짜 압권이다.

후훗."

옥희의 짜증에도 무영은 웃음을 참지 못하며 계속 키득거렸
다.

"이럴 때 보면 누가 교수라고 하겠노, 응? 가끔 보면 진짜 의
심스럽다."

"의심이 진실이 되지는 않아."

옥희의 빈정거림에도 자신감있는 발언을 한 무영이 주위를
둘러보았다.

"넌 어느 방으로 갈 거냐? 개인적으로 난 저온방이 좋다. 너
무 더운 거 싫어."

"잠깐만. 들어가기 전에 배는 채워야지."

옥희는 저온방으로 걸어가려는 무영의 티를 잡아당겼다. 옥
희의 말에 무영이 기가 막힌 듯 말했다.

"저녁 먹고 왔잖아. 그런데 뭔 배를 또 채워?"

"저녁때 숨 쉬었다고 지금 숨 안 쉬어도 되나? 언제나 먹을
준비가 되어 있는 게 사람이다. 그리고 내 사우나에서 너무 힘
써서 좀 먹어줘야 한단 말이다."

"그럼 사먹던지."

"돈이 없는데?"

옥희의 손을 매정히 뿌리치려던 무영은 기가 찼다.

"너도 돈 벌잖아. 그런데 왜 돈이 없냐?"

"에이, 돈은 있는데 안 가져왔다는 말이지."

그녀는 그런 무영을 너무나 순진한 눈망울로 바라보았다.

"알았다, 알았어."

능청하고는. 더 싸워도 이길 것 같지가 않았기에 무영이 반바지에 넣어두었던 지갑을 꺼내 통째로 건네주었다. 그러자 마치 십 년 치 크리스마스 선물을 한꺼번에 받은 것처럼 기분이 좋아진 옥희가 지갑을 들고 휴게 식당으로 달려갔다.

잠시 후, 옥희는 쟁반을 들고 바닥에 앉아 있던 무영에게 다가갔다.

"구운 계란하고 식혜 사 왔다. 먹자."

"다른 건?"

옥희는 언제는 안 먹겠다더니, 계란과 식혜 앞에 허전해하는 무영을 때려주고 싶다는 생각이 불끈 일어났다.

"없다. 그냥 이거나 먹자."

단호한 그녀의 말에 마지못한 듯 무영이 계란의 껍질을 까기 시작했다. 물에 익힌 계란과는 달리 구운 계란 특유의 향을 즐기며 열심히 먹던 무영의 장난기가 동했다. 평화다방에서 옥희의 이름을 듣던 순간부터 꼭 해보고 싶었던 것.

"우리 옥희 뭘 제일 좋아하누."

무영이 능글맞게 '사랑방 손님과 어머니'의 대화 내용을 흉내냈다. 맛있게 계란을 먹던 옥희는 이게 뭔 장난인가 싶어 고개를 들다가, 장난기 어린 무영의 얼굴을 보았다. 오호라, 흉내내기? 또 흉내내기라면 물러나지 않은 옥희가 천연덕스럽게 볼을 부비며 애교 섞인 대답을 했다.

"아이아이, 아저씨. 옥희는 삶은 계란이 제일 좋아요."

그녀가 대답을 하자 무영은 그들에게 딱 하나 남았던 구운 계란을 들었다.

"아이고. 그래? 이 일을 어쩌나? 아저씨도 제일 좋아하는 게 삶은 계란인데, 그래서 빼앗길 수가 없단다."

무척 얄밉게도 혀를 낼름거리더니 구운 계란을 냉큼 먹어버리는 무영을 보며 옥희가 구시렁거렸다.

"문디, 거지 콧구멍에 바늘을 빼먹지, 그걸 뺏어먹나? 그럴 작정으로 우리 옥희, 어쩌고 한 거제? 그렇게 먹으니 맛있나?"

"그럼. 살살 녹는다, 녹아."

무영은 한입 가득 넣은 계란을 씹으며 빨대를 이용해 식혜를 쪽 빨아먹었다.

"진짜 맛있어."

"그래 윽수로 배부르겠다."

능글능글한 무영을 보며 옥희가 이를 갈았다. 그런데 그런 그들 옆에서 염장을 지르는 사람들이 있었으니.

"아잉, 자기 아 해봐. 응? 아~"

축농증을 의심할 만큼 코맹맹이 소리를 내는 여자와 그런 여자가 사랑스러워 죽겠다는 듯 쳐다보는 남자가 옥희네에서 1m 정도 떨어진 곳에 앉아 있었다.

"내가 자기 주려고 계란 깠어."

한여름 장맛비에 그대로 쓸려갈 듯한 가느다란 여자가 구운 계란의 껍데기를 까서 주자, 남자는 그야말로 감동의 도가니탕인 듯했다.

"힘들게 뭐 하러 이걸 까? 계란 껍데기가 얼마나 날카로운데 그래. 자기는 그냥 가만히 있어. 내가 다 할게."

그런 남자의 품에 꼬옥 안긴 여자가 결연한 어조로 말했다.

"아이, 자기를 위해서 그것도 못해? 나는 껍질에 찔려 죽는 한이 있어도 자기를 위해서 껍질을 깔 수 있어. 자기를 위해서라면 다 할 수 있어."

커플을 바라보던 무영과 옥희는 그 닭살스러움에 진저리를 쳤다.

"아이, 자기야. 나 팔 아파, 얼른 먹어, 응?"

"후훗, 그래 아~"

놀고 계신다. 다른 말은 필요도 없이 저들은 진정한 바퀴벌레 한 쌍이다.

"자기, 목 막히겠어. 식혜도 먹어."

"알았어. 자기도 아 해봐."

커플은 찜질방 한복판에서 신혼살림을 차린 듯했다. 서로 끌어안고 먹여주며 토닥거리는 폼이 죽여줬다. 그런데 보고만 있어도 민망함에 진저리 치는 옥희를 무영이 툭 쳤다.

"야, 너도 좀 보고 배워. 껍질에 찔려 죽는 한이 있어도 껍질을 까서 먹여주겠다는 여자도 있는데, 넌 내가 까서 먹는 계란도 그렇게 아깝나?"

"저 봐라. 저 남자는 여자가 깐다 해도 못하게 안 하나. 니는 니 계란만 까서 먹지 내 먹는 거에 신경이나 쓰셨나?"

"어허, 남이 날 위해 무얼 해주길 바라지 말고, 먼저 내가 남을 위해 무얼 해줄까 고민하고 실천해 봐."

"웃기신다. 그만 하고 식혜나 묵어라."

옥희는 콧방귀를 끼며 식혜 잔을 들었다. 먹을 것도 다 먹었으니 이제 노곤하게 몸을 지져야 했다. 적당한 온도의 방을 찾아 이리저리 기웃거리던 옥희는 말로만 듣던 불가마 방을 발견하고 두 눈을 반짝거렸다.

"저기 들어가면 불가마가 쑥 나왔다가 또 들어가는 거 볼 수 있나?"

"그럴걸?"

무영 역시 한 번도 들어가 본 적이 없어 확신을 할 수가 없었다.

"우리 저기 가보자."

옥희가 앞장서 걸어가자, 엉거주춤 자리에서 일어난 무영이 서둘러 쟁반을 치우고 그녀의 뒤를 따라갔다.

잠시 후, 용기백배 들어갔던 무영이 온몸이 벌겋게 익어 불가마 방을 뛰쳐나왔다.

"아이고, 나 죽어."

가쁜 숨을 몰아쉬며 무영이 정수기를 향해 달려갔다. 냉수를 연거푸 두 잔이나 마신 뒤에야 제정신이 들었다. 무영은 그제야 혼자 살겠다고 뛰쳐나온 자신을 자각할 수 있었다. 불가마를 영접하는 옥희를 버려두고 왔으나 다시 들어갈 엄두가 나지 않았다.

"화생방 훈련보다 더 지독해."

무영은 온몸을 부르르 떨며 진저리를 쳤다. 한여름도 아닌데 비 오듯 흐르는 땀을 수건으로 닦으며 불가마 방으로 걸어갔다. 그리고 작은 유리문을 통해 안을 들여다보았다. 한참을 기웃거리자, 불가마 앞에 신이 난 얼굴로 선 옥희가 보였다.

"저저, 독한 호박."

그냥 서 있는 것도 힘든데 두 손을 불가마를 향해 흔드는 옥희를 보며 그가 대단하단 듯 중얼거렸다.

그가 중얼거리는 사이 옥희가 유리문을 들여다보는 그를 발견했다. 들어오란 듯 손을 흔드는 것에 무영이 마주 고개를 흔들었다. 그리고 나오란 듯 손짓을 했다. 계속된 재촉에 그녀는 내심 발걸음이 떨어지지 않는 듯 미적거리며 불가마 방을 나왔다.

"왜? 왜 안 들어오고 자꾸 나오라는데?"

"야, 너 안 더워? 숨 막혀 죽을 거 같더라."

"그런 맛에 찜질하는 거지. 들어가자."

옥희는 그의 말에 대수롭지 않은 듯 건성으로 대답을 한 뒤,

그의 손을 잡아끌었다.

"옥희야, 그러지 말고 우리 다른 방 가자. 응?"

"아줌마들이 그러던데 이 방이 제일 좋다더라. 다른 방은 뭐 그저 그렇다던데?"

무영은 급히 주위를 둘러보았다.

"저기 가자. 얼음방."

"흠……."

"나도 너 따라 불가마 방으로 가줬잖아. 그러니까 너도 저기 가야 해."

그는 그다지 내켜하지 않는 옥희를 데리고 얼음방으로 갔다.

"각자 원하는 방에서 따로 놀면 안 되겠나?"

"안 돼. 너 길 잃어버려."

그녀의 제안을 무영이 단호히 거절을 했다. 하지만 티격태격 서로가 원하는 방을 이리저리 오가며 그들이 정착한 곳은 다름 아닌 수면실이었다.

두 시간 후.

찜질방 수면실을 드나드는 사람들의 입에 거르지 않고 오르내리는 커플이 있었으니, 그들은 다름 아닌 무영과 옥희 커플이었다.

"아이고, 신혼부부가 집 나누고 왜 찜질방에서 자냐?"

"한잠 들었구만. 한잠."
무영과 무영의 오른팔을 베고, 모로 누어 그의 가슴을 안은
옥희는 행복한 단잠에 빠져 있었다.

10. 애(愛)호박의 에로 무영

미자의 목소리가 사무실의 정적을 깼다.

"이봐, 옥희 씨. 문서 작성 능력이 왜 이 모양이야? 좀 제대로 할 수 없어?"

바쁜 일을 끝내놓고 겨우 한시름 놓았다 생각했던 옥희는 느닷없는 미자의 지적에 눈을 동그랗게 떴다.

"네?"

미자의 손에서 펄럭거리는 보고서는 문서 작성 능력을 요하는 것이 아니었다. 서류 양식이 이미 갖춰져 입력만 하면 되는데, 무슨 문서 작성 능력?

"좀 제대로 해!"

뭘 제대로 하라는 것인지? 반박을 하고 싶었으나, 옥희는 현명하게 미자에게 대꾸하지 않았다. 이게 다 '공갈 사촌 오빠 무영'으로 인한 히스테리란 것을 알기 때문이었다.

'사촌 오빠' 무영에게 사귀는 여자가 있다는 것을 안 미자를 견뎌내는 것도 힘들었지만, 소희의 입방정에 모든 것이 들통난 이후로는 그야말로 살얼음판이 따로 없었다(물론 본인은 그것 때문이 아니라 생각하겠지만 말이다. 그것이 가장 큰 문제다).

과중한 업무에 시달리는 옥희를 위해 무영이 사무실로 배달시켜 준 피자와 치킨이 화근이었다. 치즈가 쭉 늘어나는 뜨끈한 피자만 먹으면 될 것을, 누가 돈을 냈는가에 지나친 관심을 보이는 소희의 질문에 지친 성미가 절대 비밀이라며 옥희와 무영 사이를 털어놓았다.

"어머, 어머! 그럼 옥희 씨가 채 교수님의 애인이란 말이에요? 진짜? 리얼리?"

때마침 자리를 비웠던 미자가 사무실 안으로 들어서는 것에 기겁을 한 옥희가 소희의 입을 막았지만 이미 뱉은 말은 주워 담을 수가 없었다.

"뭐야? 채무영 교수랑 이옥희 씨가 애인 사이라고? 사촌끼리 어떻게 사귄다는 거니?"

미자가 도끼눈을 하고 따져 묻자, 눈치없는 소희가 조근조근 설명했다.

"주임님, 사촌이 아니래요. 벌써 옛날에 선봐서 집안끼리도 아는 사이…… 아얏!"

"하하, 주임님."

옥희는 소희의 허벅지를 꼬집으며 어색하게 웃었다.

"그게 어떻게 된 거냐면……."

"듣기 싫어!"

미자가 얼굴을 붉히며 사무실을 나갔다.

"명복을 빌어."

피자 조각을 들고 황망히 미자가 나간 문을 쳐다보는 옥희에게 성미가 애도를 표했다.

그날 이후, 미자는 사사건건 그녀를 황당하게 만들고 있었다. 하다 하다 못해 사무실 청소까지 하란다! 생각 같아선 미자의 양볼을 두 손으로 꾹 눌러주고 싶었으나, 참아야 했다. 애당초 거짓말을 한 것은 그들이었으니.

그래도 미자에게 한바탕 당한 뒤는 기운이 없다. 모두가 점심 식사를 하러 가고 텅 빈 사무실, 성미가 같이 가자는 것도 거절하고 책상 위에 엎드린 옥희가 심각하게 갈등했다.

이대로 시골로 확 가버릴까? 스트레스가 만병의 근원이라는데. 무슨 부귀영화를 누릴 거라고 이 모진 핍박을 받고 일을 해? 그럼…… 무영은?

정말 충동적으로 사직서를 쓰려던 옥희는 무영의 얼굴을 떠올리며 맥이 탁 풀렸다. 매우 좋은 사이의 그를 두고 어딜 가려고.

그녀는 다시 책상에 머리를 기댔다. 시골 같으면 개구리를 잡아다 미자 책상 서랍에 넣어줄 텐데. 아니, 그런 유치한 거 말고 이 부적절한 히스테리를 차단할 만한 것이 없을까?

열심히 궁리를 하는데, 드르륵, 바로 옆 성미 책상 위가 진동했다. 화들짝 놀라서 보니, 진동으로 해놓은 휴대폰이 울려대고 있었다.

"성미가 휴대폰을 두고 갔네."

진동 소리가 벨소리 못지않게 요란해 휴대폰을 쿠션 위에 두려던 옥희는 우연히 발신인을 보고 말았다.

〈미자 주임.〉

"헉!"

네 글자를 확인한 옥희는 휴대폰을 던지듯 내려놓았다. 너무 시달려 그 이름만 봐도 속이 울렁거렸다. 성격만큼 끈질기게 울리던 진동이 한참 만에 그치자, 사무실이 고요해졌다. 한시름 던 그녀는 책상 위로 늘어져 자신의 휴대폰을 만지작거렸다. 이렇게 밥도 안 먹고 엎드려 있으니 계모한테 구박받는 콩쥐가 된 기분이었다. 원래 자신은 청승 가증 버전이 아닌 것을…….

"팬더한테 또 피자 시켜달라고 할까?"

어쩐지 응석을 부리고 싶은 마음에 휴대폰의 폴더를 열었다.

Rrrrrrr.

막 무영의 번호를 누르려는데, 사무실의 전화가 요란하게 울렸다.

"거참, 방정맞게 울리네."

마음을 가다듬고 무영에게 하려던 전화를 방해받은 옥희가 퉁명스런 목소리로 전화를 받았다.

"네."

[…….]

전화를 받았지만 이상하게도 대답이 없었다.

"사대 교무처입니다. 말씀하세요."

[나 박 주임인데 성미 씨 좀 바꿔.]

헉, 미자다! 목소리만 들어도 경련을 일으킬 것 같은 옥희가 침을 꼴깍 삼키며 대답했다.

"성미 씨 점심 식사 하러 갔어요."

[……그럼 소희 씨는?]

"소희 씨도 밥 먹으로 갔죠."

[젠장! 그럼 왜 휴대폰을 안 받는 거야?]

찾는 사람의 부재로 미자가 화를 내기 시작했다.

"성미 씨 휴대폰 사무실에 두고 갔어요."

[가지고 다니지도 않을 거 뭐 하러 샀어?]

글쎄다.

[어떡해…….]

이를 바득거리며 펄펄 뛰던 미자의 목소리가 급격히 수그러들었다.

[빌어먹을…… 왜 없어가지곤…….]

미자가 계속 구시렁거렸다. 상대가 전화를 끊지 않으니 덩달아 옥희도 전화를 못 끊고 눈만 껌뻑거렸다.

[이봐, 옥희 씨.]

"네?"

한참을 홀로 구시렁거리던 미자가 힘겹게 말하기 시작했다.

[앞에 두루마리 화장지 있어?]

"아니요."

[그럼 티슈는?]

옥희는 책상 위에 놓인 각 티슈를 보며 대답했다.

"그건 있어요."

[그럼 그거 들어봐.]

"티슈를요?"

무슨 영문인지 어리둥절해 티슈를 들자 미자가 신음했다.

[그거 들고 이층 교직원 화장실로 와.]

잉?

[화장실에 휴지가 없어. 왜 화장실에 휴지가 없는 거야!]

말귀를 못 알아들은 옥희에게 미자의 절규가 전해졌다. 오호라, 미자 주임. 당신 오늘 아침에 흰 우유를 마시더니 배탈 났구나?

그제야 미자의 목적을 알아챈 옥희의 입이 씩 벌어졌다.

[얼른 와. 하도 쪼그리고 있었더니 쥐가 나다 못해 다리가 저려.]

이런 이런. 느긋하게 의자 뒤로 기댄 옥희가 대답했다.

"싫은데요."

[뭐야?]

반항 따윈 상상도 못했다는 듯 미자의 목소리가 높아졌다.

[왜! 왜 그걸 못해줘?]

"냄새 나잖아요."

그동안 당한 게 얼마인데 순순히 티슈를 전해줄 수가 없었다. 유치하다 해도 어쩔 수 없다. 그래, 나 속 좁아!

[……물 내렸어.]

하지만 곧 들리는 미자의 가련한 목소리에 옥희는 자리에서 일어날 수밖에 없었다. 위기에 처한 타인을 배려하지 않는 것은 사람의 도리가 아니다.

"조금만 있으세요."

자리에서 일어난 옥희는 전화를 끊고 휴지와 함께 사무실을 나갔다.

십 분 뒤, 옥희의 구원으로 화장실을 나온 미자가 그녀를 돌아보며 말했다.

"소문내면 절대 용서 안 해!"

"그럼요, 그럼요. 저 입 정말 무거워요."

옥희가 순진한 눈망울을 껌뻑거렸다.

"이건 무덤까지 가져갈 비밀이야."

"당연하죠."

당연은 개뿔. 한 번만 더 '공갈 사촌 오빠 무영'을 들먹이며 괴롭히면 다 소문내 버릴 테다!

"그거 소문나면 나 시집 못 간다고!"

옥희가 씩 웃자 미자가 안달을 하며 소리쳤다.

"소문 안 낸다니까요. 좋은 게 좋은 거지, 세상 까칠하게 살 거 있어요?"

"그래."

그녀의 능글맞은 웃음에 미자가 한숨을 쉬며 동의했다.

"저 먼저 내려갈게요. 천천히 손 씻고 오세요."

옥희는 미자를 이층 화장실에 두고 계단을 팔랑팔랑 내려갔다. 세상, 참 살 만하다니까.

"뭐가 그렇게 기분이 좋아? 아깐 죽을상을 해서 밥도 안 먹는다더니?"

아래층으로 내려오자 식사를 하고 온 성미가 그녀를 반겼다.

"그럴 일이 있었다."

"그래? 아, 휴대폰을 두고 갔구나. 난 식당에서 잊어버린 줄 알았어."

옥희의 말을 건성으로 들은 성미가 자신의 휴대폰에 온 정신을 집중했다.

"보자, 부재중 전화가…… 어랏, 미자 주임이 왜 나한테 전화를 했지?"

후후…… 옥희는 '미자'란 이름만 봐도 심각해지는 성미의 얼굴을 보며 흐뭇하게 웃었다. 사무실의 문이 열리고 표정을 수습한 미자가 들어서자, 성미가 자리에서 일어났다.

"주임님, 왜 전화하셨어요?"

"어? 그게…… 그게…….""

성미의 씩씩한 목소리에 사무실 사람들의 시선이 쏠리자, 미자가 더듬거리며 옥희의 눈치를 보았다.

"벼, 별일 아니야. 아참, 옥희 씨 커피 줄까?"

"네, 전 둘, 둘, 둘이요."

"알았어."

미자가 호들갑스럽게 커피포트 앞에 서자, 성미외 사무실 직원들의 경악한 시선이 옥희에게 쏠렸다.

"왜, 왜 저래?"

성미가 소곤거리자, 옥희가 거만하게 고개를 저었다.

"그럴 일이 있었다는 것만 알아라."

이제 그녀의 세상엔 평화만이 가득하길!

초여름으로 접어들수록 미자의 히스테리에서 벗어난 무영과 옥희의 관계도 건강한 초록빛을 띠어갔다. 물론 그들을 바라보는 억만의 교활한 웃음에 식은땀이 나긴 했지만, 생활은 매순간이 즐거웠다.

모처럼의 토요일, 그날은 새벽부터 여름을 재촉하는 비가 내렸다. 억만과 민자 내외는 십년지기 계모임 참석차 인천으로 내려갔고, 우영은 판타지 영화의 CG 작업으로 눈코 뜰 새 없이 바빠 새벽부터 나가고 없었다. 뒹굴거리던 수영마저 노는 토요일이라고 무대포로 들이닥친 꼬맹이 스토커를 처리하느라 나가고 없는 커다란 집엔 옥희와 무영만이 남았다.

옥희는 정원이 잘 내다보이는 창틀에 앉아 커피 한 잔의 여유에 푹 빠져 있었다. 바쁘게 흘러가는 생활에 불만은 없었지만 이렇게 홀로 비 오는 정원을 내려다보며 마시는 커피가 한없이 달콤했다. 추적추적 보슬비처럼 내리던 비는 시간이 지날수록 빗줄기가 굵어졌다. 굵은 호두알처럼 후두둑 떨어지는 빗방울을 보며 마지막 남은 한 모금을 마시는데, 무영의 방문이 열렸다.

"아, 젠장. 무슨 비가 이렇게나 와?"

잔뜩 염려스러운 얼굴로 나온 무영이 구시렁거리며 창가에 섰던 옥희 곁에서 정원을 굽어봤다.

"비가 온들 무슨 상관이고. 그냥 집 안에 있으면 되는데."

세찬 비바람에 비닐하우스 날아갈 염려도 없고, 축사에 쌓아둔 볏짚이 젖을까 염려하지 않아도 되는데 말이다.

"흠……."

하지만 무영은 여전히 걱정스러운 듯 아래를 내려다보았다.

무슨 영문인지, 옥희는 무영을 따라 잔디밭을 보았다. 정원은 푸르게 잘 자라는 잔디가 비에 씻겨 내려갈 뿐 별다른 것이 없었다.

"아, 안 되겠다. 그냥 뒀다간 애들 다 떠내려 갈 판국이야. 나가봐야겠다."

혼자서 중얼거리던 무영이 제 방에 들어갔다 정체를 알 수 없는 파란색 봉투를 들고 나왔다.

"뭐고?"

호기심 어린 눈으로 그것을 보는 옥희에게 무영이 하나를 건넸다.

"도움이 필요하다. 입어."

잉? 엉겁결에 받아 든 옥희가 무영과 파란 봉투를 번갈아 보았다. 그러자 무영이 파란 봉투를 허공에 탈탈 털기 시작했다. 그러자 파란 봉투의 정체가 드러났다. 그것은 다름 아닌 일회용 비닐 비옷. 옥희의 얼굴이 절로 찌푸려졌다.

"얼른 입고 나가자. 뒷마당 야생화 밭에 얼른 물길을 내줘야 해, 안 그러면 뿌리가 다 썩을 거야."

"혼자 갔다가 온나."

무영이 비옷을 입고 모자까지 쓰며 말하자, 옥희가 고개를 저었다.

"야박하게 그러지 말고 도와주라. 혼자서 하면 시간 많이 걸려."

"내가 세상에서 제일 싫어하는 게 비옷 입고 약 치는 거였다.
비옷에 질릴 대로 질린 영혼한테 비옷을 입으라는 건 고문이
다."

비옷을 입어보지 못한 사람들은 비옷 입고 일하는 게 얼마나
괴로운지 모른다. 몸에 척척 감기는 비옷을 따라 땀이 얼마나
나는지, 그리고 그 비옷의 무게가 또 얼마나 무거운지……

정말 복숭아밭 약줄 담당에서 벗어나 얼마나 행복했었는데,
서울까지 와서 또 비옷을 입으란 말인가.

"얼른 나와."

하지만 무영은 옥희의 완강한 거절을 들은 척하지도 않고 아
래층으로 내려갔다.

"안 한다니까!"

"빨리 나와라."

"우와, 뭐 저런 팬더가 다 있노."

능청스럽다 못해 천연덕스러운 무영의 대답에 옥희는 뒷골을
부여잡고 쓰러질 지경이었다. 마땅찮은 얼굴로 비옷을 탈탈 털
어 펴봤지만, 역시 입고 싶지 않았다. 노란 비옷이든 파란 비옷
이든 비옷은 비옷 아닌가.

그녀가 완강하게 버티며 내려가지 않자, 무영이 씩씩거리며
다시 올라왔다.

"야, 난 네가 원하는 꽃 배달도 해줬잖아. 찜질방도 같이 가줬
는데, 너는 내가 원하는 하나도 못 들어주냐?"

저 봐라. 남자가 치사하게 과거를 들먹거린다.

"Give and take란 말이제? 치, 알았다. 나가자."

받은 것은 사실이니 해주어야 할 듯했다. 옥희는 무영을 노려보며 파란 비옷을 걸쳐 입었다.

밖으로 나오자, 집 안에서 보던 것과는 비교도 안 될 만큼 빗줄기가 굵었다. 한달음에 달려가는 무영을 뒤쫓아가자, 그는 야생화 마당 구석에서 삽 두 개를 가지고 나왔다. 야생화의 여린 꽃잎이 세찬 바람과 흙을 쓸어내리는 빗속에서 애처롭게 서 있었다. 무영이 삽질을 시작하며 말했다.

"자, 얼른 물길 내자."

물길? 참, 서울 와서까지 이런 일을 하게 될 줄이야……. 무영의 지시에 삽을 든 옥희의 입이 대자나 튀어나왔다.

불만이 가득하니 일의 능률이 오를 리 만무, 결국 그녀의 성의없는 삽질에 무영이 바락 소리쳤다.

"좀 팍팍 해봐!"

"우와, 진짜 너무하는 거 아나? 내 우리 집에서도 삽질은 안 했거든?"

무영의 닦달에 옥희가 발끈했다. 일이란 일은 다 거들라 강요하던 엄마였지만 그녀의 어깨가 넓어지고, 팔뚝 역시 굵어지는 것을 염려해 삽질만은 시키지 않으셨다.

"우리 집 밭두렁도 물길 한 번 안 내보고 살았다."

그녀의 항의에도 무영은 아랑곳하지 않았다. 오히려 인상을 팍 쓰고 되레 그녀를 나무라기 시작했다.

"그때는 그때고, 지금은 지금이다. 물길 안 내주면 애들 다 죽어. 불쌍하지도 않냐?"

단호한 무영의 태도에 옥희는 이를 악물고 삽을 내리꽂았다.

"그럼 나는? 이 빗속에 진짜 비옷도 아니고, 이런 오백 원짜리 비옷 입고 땅 파는 나는 안 불쌍하나?"

"아, 알았어. 탕수육 사줄게."

더 이상의 말대답은 용서치 않겠다는 무영의 결연한 선언.

"알았다."

반항과 거부가 어우러졌던 얼굴이 스르륵 풀렸다. 잠시의 노동 뒤에 축복받은 탕수육이 있으리라. 옥희는 냉큼 삽질을 시작했다.

일을 행함에 있어 채찍보다 당근이 효율적이다. '탕수육'에 마음이 혹한 옥희의 도움으로 빠른 시간내에 물길을 낸 무영은 그것을 절감했다. 놀랄 만큼 빠른 속도로 물길을 내는 데 협조한 옥희 덕에 그들은 삼십 분 만에 집으로 들어올 수 있었다. 비옷을 입었지만 입고 있던 옷이 모두 젖었기에 갈아입어야 했다. 봄에서 여름으로 접어드는 시기였지만 비를 맞은 뒤라 한기가 밀려들었다.

"난 아래층 욕실 쓸 거니까 네가 이층 거 써라."

"알았다. 이십 분 뒤에 보자."

비에 홀딱 젖은 생쥐의 몰골로 그들은 이십 분 뒤를 기약하며 헤어졌다.

무영이 젖은 머리를 닦으며 나오자, 마침 옥희도 노란색 면바지에 역시 하얀 면 티를 입고 아래층에서 내려왔다.

"탕수육 시키자."

그를 보자마자 옥희가 안달을 했다.

"먹보."

초조하게 그를 다그치는 옥희를 보며 무영이 구시렁거렸다. 하지만 약속은 약속이기에 별다른 이의 없이 근처 중화 요리집에 전화를 걸어 주문을 했다.

비 오는 토요일, 주문이 꽤나 밀렸던지 탕수육은 전화를 건지 삼십 분이 지나서야 배달이 됐다.

김이 무럭무럭 나는 소스를 바삭하게 튀긴 고기에 뿌린 뒤 배고픔에 허덕이던 그들은 맛있게 먹었다.

한참 동안 아무 말 없이 그릇이 깨끗하게 비워질 때까지 탕수육만 먹은 옥희와 무영은 포만감에 흐뭇한 얼굴로 서로를 마주 봤다.

"내가 그릇 내놓을 테니까 넌 다방 커피 한 잔 타라."

"원두커피밖에 안 마신다며?"

주섬주섬 그릇을 포개던 옥희가 눈을 동그랗게 뜨고 물었다.

"사람이 어떻게 매일 밥만 먹냐? 한 번씩 면도 먹어줘야지. 같은 이치다."

거만한 어조로 중얼거린 그가 그릇을 들고 현관을 나가자, 옥희가 입을 삐죽거렸다.

"하여튼 말은 얼마나 잘하는지."

하지만 식후에 마시는 다방 커피의 매력을 절감하는 옥희는 곧 주방로 들어가 커피포트에 물을 받았다. 그리고 그녀가 자신 있어하는 이른바 '오 양 표' 커피를 탔다.

"뭐, 마실만 하네."

그릇을 내놓고 들어온 무영이 옥희의 커피를 마셔보고 마지 못해 인정을 했다. 그에 콧방귀를 낀 옥희가 거실 소파에 앉자 자신의 잔을 든 무영이 곁에 다가와 앉았다.

"재미있는 거 뭐 하나?"

오랜만에 한가하게 텔레비전을 시청하는지라 어느 채널에서 무엇을 하는지 알 수가 없었다. 무영이 리모콘을 들고 이리저리 채널을 눌렀다. 재미있는 방송이 없자 채널은 케이블 방송까지 넘어갔다.

─우웃!

갑자기 색스런 신음과 백인들의 뽀얀 살이 벽걸이 TV 전면에 나타났다. 쿨럭! 아무 생각 없이 그것을 보던 무영과 옥희는 그만 커피에 사레가 들려 버렸다.

쿨럭쿨럭. 옥희가 가슴을 치며 기침을 하는 동안 당황함을 주체하지 못한 무영이 떨리는 손으로 얼른 화면을 껐다.

그리고 잠시의 정적, 무영은 옥희를 바라보지 못했다.

“갑자기 보여가 당황했다.”

비록 놀라긴 했지만 무영보다 덤덤한 옥희가 말했다.

“음, 그렇지?”

무영이 손가락을 꼼지락거리며 맞장구를 쳤다. 그러다 뇌리를 스친 생각.

“옥희야, 우리도 사귀니까…… 음…… 그러니까. 저거…….”

무영은 차마 말을 끝낼 수가 없어 손가락으로 텔레비전 화면을 가리켰다. 그러자 옥희가 물었다.

“뭐? 섹스?”

헉, 지 노골적인 어휘의 선택이라니. 유혹을 한 것은 자신이지만, 너무 담담하게 맞장구치는 옥희를 보며 입이 딱 벌어졌다.

“야, 넌 어떻게 그 말을 아무렇지도 않게 하냐?”

옥희는 무영의 말에 별거 아니란 듯 손짓을 했다.

“내 시골에서 살아서 그런 거 많이 봤다. 소들 짝짓기 하는 거랑 염소 짝짓기 하는 거 억수로 봤다.”

쓰러지겠다.

“그럼 너 다 봤어?”

“그라마. 가들이 벌건 대낮에 사람들 오가는 밭두렁에서 하면서 부끄러워하지도 않는데, 나도 오며 가며 지켜봐 줬지.”

강적도 이런 강적이 있으랴, 옥희를 바라보는 무영의 눈에 한숨이 어렸다.

"넌 어떻게 그 에로한 걸 소나 염소하고 비교할 수 있냐? 응?"

"가들도 억수로 에로하거든? 영순 에미가 달 보고 영순이를 가짓겠나? 영순 에비하고 불같은 로맨스 끝에 영순이가 태어난 기라."

졌다. 더 무슨 말이 필요하랴. 무영이 짜증을 내며 손을 저었다.

"됐어. 호박 넌 하여튼 무드를 몰라, 무드를."

"뭘 무드를 몰라? 나도 다 안다. 짐승도 삽입을 해야 결과물이 나오는 거다. 그게 젤로 중요한 거지."

삽입!

"야, 부끄러움도 모르냐?"

무영이 바락 소리쳤다. 그러자 커다란 눈을 동그랗게 뜬 옥희가 별소리 다 한다는 듯 귀를 후볐다.

"알 건 알아야제, 나이 들어가 그것도 모르면 혀 깨물고 죽어야 한다."

우와, 저 능청 하고는.

"저리 가. 여기 내 자리야."

무영은 능청으로 옥희를 이길 수 없자 소파 위로 올라온 옥희의 발을 툭 밀어냈다. 그러자 옥희가 다시 그의 발을 툭 밀었다.

"내 발은 아까부터 여기 있었다. 니가 저리 가라."

"야!"

제대로 약발 받은 무영이 등을 곧추세웠다.

"왜, 해볼 기가?"

"이 호박이!"

무영의 왼쪽 다리와 옥희의 오른쪽 다리가 젖 먹던 힘까지 모두 짜내기 시작했다. 서로 조금도 안 지려고 안간힘을 쓰다가 결국 옥희가 무영의 힘에 밀려 소파 아래로 떨어지고 말았다.

쿵.

"아이고오."

요란한 소리를 내며 신음하자, 무영이 고소해했다.

"아프냐?"

얄밉도록 능청맞은 무영을 보며 옥희의 심술이 하늘 끝까지 뻗쳐 버렸다. 그녀는 그대로 무영의 팔을 잡아당겨 바닥으로 떨어뜨려 버렸다.

"아악!"

방심을 하다 떨어진 무영이 비명을 지르자 옥희가 고소해하며 혀를 낼름거렸다.

"니도 아프제?"

"이게!"

얼굴을 붉히는 무영. 순간, 그들의 육탄전이 시작됐다.

"악! 엉덩이 아프다니까! 고만 해라."

"네가 먼저 시작했잖아."

엎치락뒤치락, 한참 동안 힘겨루기를 하다 그들의 시선이 허공에서 마주쳤다. 이게 무슨 자세인가.

앞뒤 잴 것 없이 뒹군 지금, 옥희는 무영 밑에 깔려 있었다. 코앞에 무영의 커다란 눈이 보이는데, 참 시선 둘 곳 없다.

"조, 좀 내려가라."

그녀가 어색한 목소리로 제안하자, 갑자기 무영이 씩 웃었다.

"싫은데?"

"뭐, 뭐라 하노. 좀 내려가라."

여전히 그녀와 전쟁을 벌이고픈 무영을 마구 밀어냈지만, 이 남자 덩치가 얼마나 좋은지 옥희의 힘으로 밀어낼 수 없었다. 한참을 씩씩거리다 잠시 소강상태로 접어들자, 무영이 그녀의 눈을 그윽하게 내려다보며 말했다.

"옥희야, 우리 키스하자."

"그걸 말하고 하면 어떡하는데. 그건 눈치껏 그냥 해야지."

"알았다, 눈이나 감아라."

무영이 씩 웃으며 막 입술이 겹칠 찰나, 현관문이 열리는 소리가 들렸다.

달칵.

그 조용한 소리가 두 사람에게는 마치 천둥 소리처럼 요란하게 들렸다.

기함을 한 무영과 옥희가 후다닥 떨어져 소파에 정자세로 앉았다. 빠르기로 치면 아무것도 따라올 것이 없는 속도였다.

방해자는 다름 아닌 수영이었다. 비에 젖은 바짓자락을 털며 거실로 들어오던 수영은 앞만 바라보고 앉은 그들을 이상한 눈으로 바라보았다.

"뭐야? 이상한 짓 하다가 들킨 사람들처럼 왜 그렇게 있어? 뭐 했어?"

수영이 의아한 듯 묻자,

"하긴 뭘 해!"

"아무것도 안 했다!"

무영과 옥희의 대답이 동시에 터져 나왔다.

"흠…… 아닌 것 같은데."

수영이 의심을 거두지 못한 채, 무영과 옥희 앞을 배회하다 맞은편 소파에 털썩 주저앉았다.

"텔레비전이나 봐야겠다."

가슴에선 빨간 불덩어리가 타오르는데, 그것을 식히지 못한 무영과 옥희가 리모콘을 들고 채널을 맞추는 수영을 노려보았지만, 눈치없는 녀석은 그들의 그런 시선을 전혀 깨닫지 못했다. 무영과 옥희는 자신들의 애꿎은 허벅지만 아프게 꼬집었다.

흥분을 가라앉히자 해도 이미 불붙은 장작은 타올라야 했다.

아버지의 삼사관 학교 협박에 선본 여자에게 이렇게 타오르는 욕망을 느낄 거라 상상도 못했건만, 진정 세상일은 그가 계획한 대로 진행되지 않는 요물이다. 마음을 가라앉히고자 방 안을 서성거렸지만 서성거릴수록 점점 더 초조해졌다.

"진정해, 진정해. 채무영. 넌 욕망에 쉽게 굴복하는 동물이 아니야. 암, 그렇고말고.”

다른 건 몰라도 막내둥이가 있는 집에서 옥희를 유혹할 수 없다. 물론 그보다 더 영악하면 영악했지, 순진하지 않을 수영이었지만, 나이상 보호받아야 할 미성년자임에는 틀림이 없었다.

그렇다고 그냥 포기하기엔 가슴속 빨간 불꽃이 거세다. 고 보들보들한 옥희의 입술 하며 통통한 몸매란…… 결심했다!

그는 방문을 살짝 열고 밖을 주시했다. 9시 뉴스의 시작과 동시에 저마다 각자의 방으로 들어간 옥희와 수영은 잠잠하기만 했다. 무영은 발자국 소리를 죽여 이층 거실을 가로 질러갔다. 그리고 다시 수영의 방문을 힐끔 본 뒤 옥희의 방문을 잽싸게 열고 들어갔다.

“뭐꼬?”

노크도 없이 쳐들어온 그를 보며 침대에 앉아 있던 옥희가 질색을 했다.

“나가라.”

“쉬잇!”

그녀가 세모눈을 해서 베개를 던지자, 무영이 솜씨 좋게 베개를 받으며 입가에 손을 가져다 했다.

“조용히 해! 수영이 들으면 어쩌려고 그래?”

“뭔데 노크도 없이 숙녀 방에 들어오는데?”

“중대한 일이다.”

무영이 진지한 어조로 그녀 곁에 앉으며 말했다.

"너 호텔 가보고 싶다고 했지?"

"흠……."

옥희는 뜬금없이 쳐들어와 밑도 끝도 없이 말하는 무영을 유심히 바라보았다.

"내가 너 데려간다고 했던 거 기억하냐?"

"기억이야 하지. 그런데 왜?"

그러자 무영이 두 주먹을 꼭 쥐며 결연한 어조로 말했다.

"호박, 남자가 약속을 했으면 지켜야 해. 그러니까 우린 호텔에 가야 한다."

그 말을 들은 옥희가 무영의 이마에 한 손을 가져다 댔다. 그리고 나머지 한 손으로 자신의 이마를 만진 뒤 중얼거렸다.

"열은 없는데?"

"야! 호박!"

"진심이가?"

옥희 역시 한나절, 수절 과부의 아픔을 이해하는 시간을 겪은 후라 무영을 진지하게 바라보았다.

"당근이지, 난 진심만 말해."

"음, 나도 약속은 꼭 지켜야 한다고 생각하지마안……."

옥희가 손가락을 꼼지락대며 말끝을 흐렸다.

"아이, 그래도 너무 부끄럽다 아니가……."

옥희는 말은 그렇게 하면서도 무영을 유혹하듯 속눈썹을 팔랑거렸다. 그것을 보자 이미 더 솟을 것도 없는 욕망이 불타올랐다.

어우, 저 호박이 여우 다 됐다. 저 팔랑거리는 속눈썹이 얼마나 귀여운지, 정말 한입에 잡아먹으라 해도 먹을 수 있겠다.

"옥희야, 얼른 결정을 내려야 해. 참고로 내가 불 다 꺼줄게."

"그럼……."

마지못한 듯 대답을 하며 시선을 마주치자 서로에게서 불꽃 같은 의지가 느껴졌다. 그들은 불끈 주먹을 쥐었다. 그리고 동시에 말했다.

"가자!"

결정을 하자 손끝이 저릴 정도로 긴장되기 시작했다. 말은 하지 않았지만 수영에게 외출하는 모습을 보여서 좋을 리 만무, 그들은 조심스럽게 방을 나왔다.

"그런데 수영이만 두고 가도 되나?"

옥희가 속삭이자, 무영이 그녀의 손을 잡았다.

"너보다 수영이가 더 영리해. 걱정하지 마."

"그건 그렇다."

속삭이며 살금살금 이층을 내려온 그들은 몇 번의 키스와 서로의 살 끝을 스치는 것 외에 더 많은 것을 고대하며 집을 탈출했다. 무영은 어둠이 깊게 내려앉은 도로를 질주하며 어떡해서든 좀 더 빨리 도착하기 위해 최선을 다했다.

이십 분 남짓을 달려 별 다섯 개짜리 호텔에 도착한 무영이 차를 세웠다.

"우와!"

무영을 따라 내린 옥희는 휘황찬란한 호텔의 외관에 입을 다물지 못했다.

"들어가자."

무영은 그런 옥희의 손을 잡고 로비 안으로 들어섰다. 호텔은 밖에서 보기에도 무척 호화스러웠지만 로비는 그야말로 별천지였다. 손에 닿는 것 모두 금으로 된다는 마이더스의 궁처럼 보이는 것은 온통 번쩍거리고 있었다.

옥희의 동요를 느낀 무영이 호텔 로비에서 잠시 멈춰 섰다. 그리고 너무나 감명받은 눈으로 호텔 내부를 둘러보는 옥희에게 물었다.

"야, 소감이 어떠냐?"

그러자 옥희는 다소 흥분된 목소리로 중얼거렸다.

"억수로 떨린다. 내한테도 오늘 같은 날이 올 줄은 몰랐다."

"가자."

감동의 도가니가 된 옥희의 손을 잡고 무영이 체크인을 했다.

빠르게 올라가는 엘리베이터만큼 심장이 요동을 쳤다. 호화로운 객실로 들어서자, 어색한 침묵이 찾아들었다.

"소들 하는 거 봐서 잘 알고 있다더니 너무 부끄러워하는 거 아니냐?"

짓궂은 무영의 말에 침대 위로 폴짝 올라간 옥희가 시트를 뒤집어썼다.

"아, 몰라!"

동그랗게 이불을 뒤집어쓴 옥희를 보며 무영이 입맛을 다셨다. 음흉한 늑대처럼 침대 위로 올라간 무영이 이불째로 옥희를 끌어안았다.

"옥희야!"

"어머나."

엎치락뒤치락, 시트 아래로 파고든 무영과 옥희의 입술이 만났다.

"내가 정말 팬더랑 이렇게 될지는 꿈에도 몰랐다."

"마찬가지거든? 우리 대장께서 삼사관 학교랑 선이랑 둘 중 하나를 선택하라 해서 선을 택했는데 말이야."

"나도 우리 영순이 화상 안 입혔으면 선보러 안 갔거든?"

헐떡거리며 옷을 벗는 중에도 그들은 끊임없이 이 사태를 놀라워했다.

"어, 저기 콘돔은 해야겠지?"

"흠, 안 그러겠나?"

여자의 말을 존중할 줄 알아야 진정한 남자라고 했다. 무영은 옥희의 뜻을 존중해 침대 옆 테이블에 놓여 있던 콘돔을 손에 쥐었다. 그런데 그것을 호기심 어린 눈으로 지켜보던 옥희가 말했다.

“그거 내가 해봐도 되나?”

“뭐야? 너 할 줄은 아나?”

무영이 가당치도 않다는 듯 손을 젓자, 옥희가 두 눈을 반짝거리며 말했다.

“할 줄 안다. 우리 고등학교 다닐 때 양호 선생님이 가르쳐 줬다. 그래서 애들이랑 오이 세워놓고 씌우는 연습도 했었다.”

“풉, 오이!”

무영은 갑자기 터지는 웃음보를 주체하지 못하고 베개에 머리를 박았다. 이 호박, 정말 사람 허를 찌르게 하는데 타고났다. 그가 한참 동안을 크크거리자 옥희가 씩씩거렸다.

“할 거가, 말 거가?”

“당연히 하지. 이리 와봐!”

하얀 침대 시트를 뒤집어쓴 그들이 꿈틀거렸다.

“아이고오, 시작부터 넘 강렬한 거 아니가?”

“더 강렬해야지!”

일촉즉발(一觸卽發)의 순간에도 그들의 토닥거림은 절대 멈추지 않았다.

무영은 오이에게 해봤다는 옥희의 능숙한(?) 솜씨에 콘돔을 착용하고 본격적인 탐험을 시작했다. 호텔도 한 번 못 가봤다는 첫 경험인 옥희를 위해 그 한 몸 희생할 준비를 했건만, 보들보들한 가슴살에 마음을 빼앗겨 버렸다.

그가 마치 아이처럼 그것을 탐하자 작은 등이 활처럼 휘어졌다. 열에 달뜬 옥희는 자꾸만 아래로 파고드는 무영의 손이 부끄러워 밀어내지도 못했다.

좋은데…… 밀어내고 싶지 않는데. 무영이 위로 올라오자 오로지 그의 가슴만 보였다. 흥분에 들뜬 그를 올려다보며 좋은 게 좋다는 옥희의 가치관이 빛을 발하는 순간이었다.

"좀 더…… 더 세게 해봐라."

"너 나 죽일 셈이냐?"

숨을 헐떡거리면서도 무영은 옥희의 요구에 씩 웃었다.

"길게, 오래오래 해야지."

"싫다. 짧고 굵은 게 최고다."

단호한 옥희의 대답.

"알았어, 알았어. 간다."

무영은 그녀를 위해 자신의 열정을 모두 풀어놓았다. 옥희가 한 것이라곤 오로지 그의 목에 팔을 감고 비명을 지르고 신음을 한 것뿐. 하지만 그가 알아서 다 하니 부족함을 느낄 수가 없었다. 머리끝부터 발끝까지 온통 무영의 향기로 감싸인 것 같았다.

좋다. 별 구경을 한 것처럼 온몸이 짜릿한 관계도 좋았지만 이렇게 그의 목덜미에 코를 박고 누운 지금, 말할 수 없는 편안함이 밀려들었다. 그녀가 무영의 팔을 토닥거리자, 이심전심 마음이 통했는지 무영이 커다란 손으로 그녀의 등을 토닥거렸다.

누군가의 숨소리에 이렇게 행복해질 수 있다는 것이 신기하기만 했다.

참 좋은 사람.

스르륵 잠에 빠져드는 옥희의 뇌리에 새겨진 사실이었다.

11. 씨암탉 손님

"호텔 밥이 원래 맛이 없나?"

"넌 된장독에 묻어둔 고추가 맛있는 애 아니냐. 이게 맛없는 게 아니라, 네가 이 맛을 못 느끼는 거지."

"말도 안 된다. 맛있는 건 누가, 언제 먹어도 맛있지. 이건 진짜 돈 아깝다."

무영과 옥희는 지금 호텔 레스토랑에서 토닥거리고 있었다. 한국인의 보편적인 정서, 삼세판을 충실히 이행하고 까무룩 잠이 들었던 그들이 깨어났을 땐 날이 훤하게 밝은 후였다.

"야, 나 아침 식사 참석해야 하는데, 이 일을 어떡하냐!"

불타는 밤을 보낸 다음날 아침, 무영의 입에서 터진 첫 마디였다.

옥희야 식사 시간에서 자유롭다지만, 채 씨 가문의 장남인 무영으로서는 어길 수 없는 절대 규칙, 6시 30분 아침 식사.

"나 죽었다."

급하게 일어나 팬티며, 바지를 입는 무영은 정신이 하나도 없었다. 덩달아 정신이 없는 옥희가 시트에 몸을 말고 벗어 던진 옷을 찾으며 말했다.

"우영 오빠한테 전화 한번 해봐라."

"해서 뭐 하게! 얼른 가서 석고대죄를 해야 대장이 덜 노하시지!"

"어차피 늦었잖아. 그니까 아저씨의 반응이 어땠는지 보자는 거지. 원래 지피지기(知彼知己)면 백전백승(百戰百勝)이라 했다."

눈 깜짝할 사이에 옷을 입은 무영이 옥희의 말에 솔깃했다. 그래 어차피 늦은 거, 대장의 반응을 살펴 나쁠 건 없었다. 마음을 가다듬고 침대에 앉은 무영은 우영에게 전화를 걸었다.

"나다."

[응?]

한참 만에야 전화를 받은 우영의 목소리는 잠에 취해 있었다.

[왜?]

"저기…… 아버진……."

[아버지 오셨어? 밥 먹어야 해?]

마음을 다잡아도 차마 입이 떨어지지 않는 그에게 우영이 퉁기듯 소리쳤다.

[언제 오셨대?]

"뭐?"

[어젯밤에 강원도 가신다고 못 들어오신다더니 또 오신 거야?]

"끊자."

당황한 우영의 말을 유심히 듣던 무영이 전화를 뚝 끊었다.

"뭐라는데?"

그는 곁에서 호기심 어린 얼굴로 묻는 옥희를 잡아당겼다.

"아이고, 왜 이러노!"

"우리 아버지 강원도 가셨단다! 어젯밤 안 들어오셨대."

"우와."

신의 축복이 바로 이런 것 아니겠는가! 신이 난 무영의 외침에 옥희가 덩달아 환호성을 질렀다. 그래서 그들은 느긋하게 다시 한 번 불타는 에로 영화를 찍고, 호텔식 아침 식사를 즐길 수 있었다.

뭐 하나 걸릴 것이 없는 아침이었으나, 집으로 돌아와 팔짱을 낀 채, 의심스런 눈으로 자신을 보는 수영을 본 순간 당황함에 혀를 깨물 뻔했다.

"아주 오랜만에 본다?"

"그러게, 어젯밤에 어디 있었어?"

어느새 들어왔던지 주방에서 앞치마 차림으로 나온 우영까지 추궁하기 시작했다.

"어유, 어디 가긴. 친구, 친구 집 갔지."

어젯밤의 외박에 대해 수영과 우영의 눈초리가 심상치 않았지만, 옥희는 시침을 뗐다. 그렇지 않으면 민망함에 자리를 보존하고 드러누울 것만 같았다.

"내가 옥희 친구 집에 데려다 줬어."

그러자 뒤에 선 무영이 그녀의 말에 진실성을 부여하듯 대답했다. 말을 마친 그는 옥희의 손을 잡고 이층으로 끌고 갔다.

"우리 옥희 피곤해. 옥희야, 얼른 올라가자."

"으응."

옥희가 그의 구조에 얼른 이층으로 올라가자, 수영이 소리쳤다.

"우리 옥희? 수상해! 수상하단 말이야!"

"수상하긴. 막내야, 네 꼬맹이는 어떻게 되어가니?"

이층 코너를 돌며 무영이 묻자, 그러자 정말 놀랍게도 수영의 얼굴이 불타올랐다.

"꼬맹이라니, 무슨 꼬맹이! 그 못난이랑 어떻게 될 여지는 아무것도 없어!"

"진정해, 진정."

팔팔 뛰며 '꼬맹이'를 부인하는 수영을 우영이 달랬다.

아래층의 소동은 아랑곳없이 자신의 방까지 따라온 무영이 그녀의 귀에 짓궂은 어조로 속삭였다.

"옥희야, 너 그거 아냐? 요즘엔 콘돔에 구멍 난 것도 되게 많대."

"흠……."

짐짓 겁을 주는 무영의 말에 옥희가 심각해졌다.

"야야, 걱정하지 마. 뭐 군대 한 번 더 가는 셈치고 호박 너 데리고 살아줄게."

"뭐라고!"

동정을 베푸는 듯한 무영의 말에 옥희가 발끈해서 노려보았다.

"됐거든!"

"자존심은."

그녀의 성질을 즐기는 단계까지 온 무영이 옥희의 머리를 쓰다듬은 뒤 그녀의 방을 나갔다.

"우와, 진짜 저 팬더가 사람 염장 지르는데 도가 텄다. 저 성격에 어떻게 밤길 위협 안 당하고 잘살았는지 알 수가 없다."

얼굴이 벌겋게 달아오른 옥희가 열을 식힐 요량으로 손부채질을 했다. 저렇게 성질 나쁜 남자랑 어떻게 인연이 되었는지 알다가도 모를 일이었다.

그때 전화 한 통이 걸려왔다. 번호를 확인하니 시골집의 지역번호가 찍혀 있었다. 옥희는 무영에 대한 분노도 모두 잊고 전화를 받자마자 냉큼 소리쳤다.

"엄마!"

반가움에 옥희의 목소리가 절로 높아졌다.

[옥희야, 야야. 니 다음 주에 내리온나. 숙희 날 잡았다.]

"진짜?"

병수랑 죽고 못사는 숙희를 너무 잘 알기에 옥희는 진심으로 기뻐해 주었다.

"완전 경사네. 엄마는 부주 뿌려났던 거 다 거둘 수 있어 좋긋다."

[말이라고 하나.]

관광차 하객 원성대었넌 엄마는 아주 비장하게 중얼거렸다.

[내가 아주 뽕을 뽑을 기다.]

엄마의 그 한을 너무 잘 알기에 옥희는 웃음을 참을 수가 없었다.

[참, 아부지가 니 내리올 때 무영이 델꼬 오라드라.]

헉!

"왜?"

무영의 이름을 듣는 순간 웃음기 사라진 옥희가 소리 높여 외쳤다.

"아부지가 왜 팬, 아니, 그 사람을 데리고 오라시는데?"

[뭘 왜라. 가가 명색이 사진과 교수인데 처갓집 잔칫날 사진 찍어주야지.]

"어, 엄마. 가하고 내하고는 아무 사이도 아니다."

그녀가 강력하게 부인을 하자, 수화기를 통해 엄마의 콧방귀가 들려왔다. 전화를 하기 전 석구와 억만과의 통화로 젊은 것들의 관계가 심상치 않다는 것을 전해 들었는데, 요 앙큼한 것이 내숭이다.

[가스나 내숭은, 무영이 아부지한테서 전화 왔었다. 너거 뭐 데이트도 하고, 할 거 다 했다드만 뭘 그라노?]

누가 남자는 입이 무겁다 했던가.

[옥희 니 무영이 델꼬 와야 대문 열어줄 기다.]

"어……."

엄마는 그녀가 더 말하기도 전에 매정하게 전화를 끊어버렸다.

"엄마! 엄마! 아이고 이 일을 우짜노."

"뭘 어째?"

동동거리는 그녀의 방에 무영이 들어서며 물었다. 어느새 자신의 방으로 돌아가 편한 옷을 갈아입고 하얀 목장갑을 들고 온 폼이 뒷마당으로 가려는 듯했다.

"그사이에 또 뭔 일 있었냐?"

그의 호기심 어린 물음에 옥희가 머리를 긁적거리며 곤란한 듯 말했다.

"다음 주에 우리 숙희 결혼한단다."

"뭐 별일 아니네. 축하해야 할 일이구만 왜 그래?"

"우리 아부지가 같이 내려오라니까 문제지. 같이 와서 사진도 좀 찍어달라고 하시는데 이 일을 우짜노.”

옥희가 울상을 해 중얼거렸다.

“흠……..”

예상치 못했던 일에 무영이 생각에 빠져들자 옥희가 애원하기 시작했다.

“같이 가야 한다. 그래 줄 거제?”

“흐흠…….”

“이건 절대적으로 아저씨 탓이다. 우리 집에 전화해가 결혼할 사이라고 해놨다는데 거절을 할 수가 없었다. 제발.”

다음 주면 공휴일인 월요일까지 포함해 꼬박 삼 일을 풀로 쉴 수 있는 황금연휴였다. 그 기간 동안 강원도 설악산으로 촬영을 떠날까 생각했던 무영은 눈물이 글썽글썽한 옥희의 눈망울을 보자 이상하게 마음이 울컥해졌다.

진정…… 믿을 수는 없었지만 호박이 예뻐 보였다. 그 기막힌 깨달음에 도시 탈출을 시도할 생각이었던 무영은 도저히 옥희의 부탁을 거절할 수가 없었다.

“그래, 가자.”

“정말?”

“그래.”

“우와, 정말 고맙다.”

너무나 순순한 그의 승낙에 옥희가 방방 뛰었다.

고향으로 내려가는 날 아침.

숙희의 결혼식에 참석하려 했지만, 수영의 아버지인 동생이 일시 귀국을 하는 바람에 억만은 참석할 수가 없었다. 억만은 절친한 친구 여식의 잔치에 빠지는 것에 더할 수 없는 섭섭함을 느끼며 말했다.

"야야, 옥희야. 뱅기 표 끊어줄 테니까 뱅기 타고 가라. 케이티엑스도 아닌데 고생하믄서 가지 말고."

"아니, 괜찮아요."

기차가 아니라 무영의 차를 타고 갈 예정이라 옥희가 억만을 만류하는 사이, 무영이 카메라 가방을 들고 위층에서 내려왔다. 주말이면 아침 여섯 시 삼십 분의 식사 후 곧장 다시 잠드는 아들이란 것을 너무 잘 아는 억만이 놀랍다는 듯 물었다.

"니는 어디 가노?"

"옥희 따라 옥희 고향 갑니다."

"아이고, 그래?"

아들의 대답에 억만의 눈이 둥그레졌다.

"무영이 니가 아부지 맴을 이리 감동시키구만. 그래, 제대로 가정교육 받은 자슥이라믄 처갓집 잔칫날 빠지면 안 되제. 하모. 안 되고말고. 임자! 무영이 옥희네 간단다."

말 그대로 머리끝까지 감동받은 억만이 방방거리며 안방으로 뛰어가자, 안방문을 열고 민자가 맨발로 뛰어나왔다.

"뭐라꼬예?"

"무영이가 옥희네 잔치 간단다. 얼른 냉장고에 있는 한우 갈비짝 좀 보자기에 싸그라. 그리고 작년에 담가둔 매실주도 좀 싸고. 얼른 하그라."

"아이고, 예. 있어보이소."

신바람이 난 민자가 주방으로 달려가자, 억만이 다시 무영과 옥희를 바라보았다. 이것들 둘이서 그 진한 키스를 할 때부터 심상치 않다 했지만 옥희 옆에 선 말간 얼굴을 한 아들의 모습을 보자 이놈들의 미래에 대해 확신이 들었다. 여한이 없다는 듯 그들을 바라보는 억만의 시선에 옥희와 무영은 억지로 미소를 지을 수밖에 없었다.

"무영아, 옥희 잘 델꼬 인사 잘 갔다 온나. 알긋나?"

"네. 알겠습니다."

엄밀히 말해 '처갓집에 인사' 가는 것은 아니었지만, 무영은 반박하지 않았다. 어차피 옥희에게 이 한 몸 희생하기로 한 마당에 반박은 무의미했다.

그런 아들의 차분한 얼굴이 더할 나위 없이 마음에 든 억만은 뒷주머니에서 지갑을 꺼냈다. 그리고 누렇게 반짝거리는 골드카드를 무영 손에 꼭 쥐어주었다.

"이거 가꼬 가서 맛난 것도 좀 사 묵고 온나."

"아버지?"

억만에게 현금도 아닌 카드를 받은 무영의 눈이 튀어나올 듯 커다래졌다. 무영은 고등학교를 졸업한 뒤 아버지께 용돈을 받은 기억이 전무했다. 그것은 그뿐 아니라 우영 또한 마찬가지였다. 세상엔 시커먼 사내놈들 할 일이 천지니 벌어서 쓰라고 하셨던 분이셨다.

그런 분이 맛난 거 사먹으라고 카드를 주시다니!

과연 이분이 자식들에 절대 집 재산에 눈독 들이지 말고, 집 재산 덕 볼 생각도 하지 말고, 세상 살 만큼 공부시켜 놨으니 자기 한 몸 스스로의 힘으로 건사하라 가르치던 분이 맞던가!

카드 그 자체보다 아버지의 놀라운 변신에 더 놀라울 뿐이었다.

"그래, 아부지 맴이다. 받아라."

더할 나위 없이 인자한 억만의 말에 그러지 말자 해도 무영이 입이 찢어지고 있었다. 옥희가 과연 호박이긴 하다. 넝쿨째 굴러 들어오는 복덩이 호박.

희희낙락한 무영 앞에 바리바리 보따리를 든 민자가 다가왔다.

"옥희야, 무영아, 이거 가지고 가라. 최고로 좋은 한우다. 아부지 엄마 안부 꼭 여쭙고 인사 잘하고 온나. 알긋나? 어른들 눈 밖에 벗어날 짓 하지 말고, 알았나?"

"네, 걱정 마십시오. 다녀오겠습니다."

용기백배 무영이 우렁찬 인사를 남기고 집을 나왔다.

"다녀오겠습니다."

"그래, 옥희야. 갔다 온나."

옥희가 인사를 하자 억만과 민자가 상냥하게 손을 흔들어주
었다.

처음 서울로 왔을 땐 두려움과 흥분으로 제정신이 아니었다.
가끔 친구들과 떠나는 여행 말고는 장기간 기차를 탄 경험도 없
었던 그녀인지라 기차 여행 역시 낯설기만 했었다. 하지만 고향
으로 가는 지금, 옥희는 싸가지가 있든 없든 사귀는 남자가 운
전하는 차를 타고 가 무척 즐거웠다. 동식의 말마따나 심심할
땐 오징어요, 출출할 땐 삶은 달걀이라 만반의 준비를 한 옥희
가 무영에게 물었다.
"오징어 줄까?"
"응."
"자, 씹어라."
그녀는 다리 중 제일 긴 왕다리를 무영의 입에 넣어주었다.
"졸지 말고 잘 봐. 나 어딘지 모른단 말이야."
"알았다. 앞으로 직진. 고고다."
옥희가 손가락을 뻗치자 무영이 기가 막힌 듯 말했다.
"당연하지. 여기는 고 말고는 아무것도 할 거 없다. 고속도로
에서 고 말고 다른 거 했다간 다 죽어."
"아이고, 유머였다."
"썰렁해."
까칠하시기는. 옥희는 입술을 삐죽거렸지만, 저 성질을 자극

했다가 고속도로 한복판에 버려두고 갈지도 모르기에 입 밖으로 말을 꺼내진 않았다.

네 시간 만에 시골집에 도착하자 엄마, 아버지가 반색을 하며 뛰어나왔다.

"아이고, 왔나!"

"네, 오랜만에 뵙겠습니다."

환대 속에 무영이 서글서글한 인사를 하자, 석구와 신자의 입이 귀에 걸릴 만큼 벌어졌다.

"그래 고생했다. 얼릉 들온나."

"숙희는?"

집으로 들어서며 옥희가 주위를 두리번거리자, 뒤에서 누가 폴짝 매달렸다.

"언니야, 내 여 있다."

반가움에 뒤를 돌아보자, 그렇지 않아도 예쁜 숙희는 예쁘게 단장을 해 더 빛이 났다. 숙희 뒤에 선 예비 신랑 병수가 꾸벅 인사를 했다.

"오셨어예, 처형?"

"병수 씨, 아니다. 제부 축하해요."

"아이고. 네 감사합니더."

순박한 성격의 병수가 얼굴을 붉히며 인사를 하자, 옥희는 무영에게 병수를 소개시켜 주었다.

“우리 제부 될 사람.”

“아, 반갑습니다.”

“네, 처음 뵙습니더.”

무영과 병수가 악수를 한 뒤 숙희 커플이 먼저 집으로 들어갔
다.

“우리도 들어가자.”

“그래.”

그들의 뒤를 따라 들어가려는데,

“희야!”

아이고오. 익숙한 외침에 옥희의 인상이 팍 찌푸려졌다.

“누구냐?”

대문간을 넘어서다 요란한 외침에 무영이 뒤를 돌아보았다.
뒤뚱뒤뚱 뛰어오는 동식을 보며 무영이 의아해했다. 옥희가 미
처 대답을 할 틈도 없이 동식이 코앞까지 뛰어왔다.

“희야, 왔나?”

어디서 그녀가 왔다는 소식을 들었던지, 바람처럼 나타난 동
식은 옥희의 손을 잡아챘다.

“아이고, 우리 희야. 이 얼굴 까칠해진 거 좀 봐라. 서울 물이
안 좋다드만 피부가 다 상했네.”

동식은 그동안 보지 못했던 옥희를 보며 가슴 아파했다. 그것
을 보는 무영의 가슴에서 불길이 화악 치솟았다. 무영은 곁에
섰던 옥희의 어깨에 팔을 둘러 그의 곁에 끌어당겼다.

"우리 옥희한테 무슨 볼일이십니까?"

무영의 말에 동식의 얼굴이 벌겋게 달아올랐다.

"아이고마, 우리 옥희? 보소, 당신 누구요? 당신이 뭘 모르나 본데 야는 당신의 옥희가 아니고, 나의 희야거든요?"

너무 익어 물러터질 것 같은 토마토 얼굴이 된 동식을 보며 무영이 옥희에게 물었다.

"정말이야?"

"아이다, 난 팬더의 옥희지."

"희야!"

처절한 동식의 외침에 옥희의 눈이 옆으로 확 찢어졌다. 그동안 엄마에게서 간간이 걸려오는 전화를 통해 동식과 오 양의 소식—세상에, 결혼을 한단다!—을 상세히 알고 있건만!

"야! 니 오 양은 또 어짜고 이라는데? 야는 정다방 오 양이랑 결혼할 거면서 아직도 정신을 몬 차릿나? 내 오 양한테 다 일러 뿐다!"

옥희의 설명에 승자가 된 무영이 거만하게 말했다.

"들어가자."

"응, 들어가라. 내가 확실히 동식이 처리하고 갈게."

옥희가 손을 흔들며 말하자, 무영이 고개를 끄덕거리고 대문 안으로 들어갔다. 무영이 안으로 들어간 것을 확인한 옥희가 목소리를 낮춰 물었다.

"야, 천동식. 내가 물어볼 게 있다."

그녀의 은근한 어조에 아직 희망이 있다고 믿은 동식이 반색을 했다.

"뭘 물어볼 기고? 얼릉 물어봐라."

"니 말이다. 내가 폭풍 치는 바다에 빠지면 구하러 올 수 있나?"

옥희의 물음에 동식의 표정이 진지해졌다. '희야, 사랑한데이'를 밥 먹듯 외치던 동식이니 그 대답이 기대할 만할 것이다. 그런데 두 눈을 빛내는 옥희를 보며 동식이 주저했다.

"희야, 내 수영 몬 한다."

이게 무슨……. 어디서 김 빠지는 소리가 들렸지만 옥희는 동식의 다음 말을 기대했다.

"대신에 내가 최고로 빠른 119 불러주게."

옥희는 동식의 대답에 기가 막혔다. 믿지는 않았지만 그래도 사랑한다고 노래를 부르던 녀석이 뭐라? 119를 불러준다? 에라이, 천동식밖에 못 되는 놈.

"희야, 있잖아……."

"됐다. 이미 알고 있었지만 다시 한 번 니 마음을 알았다. 오양이랑 계속 잘해봐라."

"희야!"

동식의 애절한 음성에도 옥희는 돌아보지 않았다.

시골에서 결혼식은 마을 전체의 잔치와 다름없었다. 막걸리를 받아 마을 회관에 모인 어른들께 함께 마신 후 얼큰하게 취해서 귀가한 석구가 안방에서 기분 좋게 콧노래를 흥얼거리고 있었고, 신자는 마을 아낙들과 주방에서 수다를 떨며 전을 부치고 있었다.

"하하. 그렇습니까?"

동식을 무찌르고 마당으로 들어서던 옥희는 무슨 재미난 이야기를 들었는지 무영이 숙희 커플과 마주 앉아 호탕하게 웃는 것을 보며 놀랐다. 그다지 사교성이 있는 것 같지 않았는데, 고향에서 무영의 새로운 모습을 많이 보고 있었다. 서글서글하게 웃으며 먼저 다가서는 모습이 옥희에게 새로운 매력으로 다가왔다.

어느 틈에 또 백숙을 했는지 신자가 커다란 상을 들고 나오며 소리쳤다.

"보소, 옥희 아부지. 야들아. 닭 묵자."

"아이고, 그래? 잘 고았나?"

"하모예, 푹 고아가 맛날 깁니다."

안방에서 석구가 나오고 대청마루에 모여 있는 무영과 숙희 커플, 그리고 옥희까지 모두 상에 둘러앉자, 신자가 뜨거운 열기에도 불구하고 냄비에서 건진 닭을 분리했다.

사위를 맞는 잔칫날인만큼 씨암탉을 잡은 듯 닭은 오리마냥 거대했다. 보기에도 쫄깃한 다리를 뜯은 신자는 병수가 아닌 무영의 그릇에 그것을 턱 올려주었다.

"자, 무영이부터 묵어라."

"아니, 저……."

놀란 무영이 사양하려 하자 옥희가 무영의 손을 꼭 잡았다. 무영이 바라보자, 옥희가 그냥 아무 말 말고 먹으란 듯 눈을 찡긋했다. 그러는 동안 나머지 다리가 하나 더 올려졌다.

"많이 묵어라."

너무나 상냥한 신자의 말에 숙희의 눈이 세모꼴로 변해 버렸다.

"엄마! 내 결혼인데 왜 저 오빠야가 씨암탉 다리를 묵는데! 그것도 다리 두 개다 주면 우리 병수 오빠야는 뭐 묵꼬!"

"가스나 콱! 니가 내일 식장에 곱게 드가고 싶으마 고만 해라이."

"엄마!"

숙희의 계속된 반항에 신자의 눈이 확 돌아갔다.

"첫날밤도 못 치르고 죽고 잡나? 병수야, 니는 형님 될 사람한테 닭다리 주는 기 안 아곱제?"

한동네에서 나고 자란 병수와 숙희였다. 한동네 선후배에서 연인으로 발전했기에 서로의 집에서도 격식을 차린 호칭은 생략됐다.

"하모예, 장모님. 형님이 저희 때문에 서울서 일부러 여기까지 오셨는데 닭다리가 문제입니까."

"그래, 우리 착한 작은 사우. 그동안에도 씨암탉 많이 잡아줏지만, 앞으로도 많이 잡아주꾸마.”

신자는 볼이 퉁퉁 부은 숙희와는 달리 호탕하게 웃는 병수를 흐뭇하게 보며 말했다.

“마이 묵어라.”

신자의 곁에 있던 석구가 무영의 등을 툭툭 두드렸다.

“그래, 무영아. 니도 마이 묵어라. 알긋제? 묵고 부족하면 또 말해라, 내가 양계장에 있는 닭 다 잡아가 고아주께.”

“하모예. 양계장에 있는 닭을 다 잡은들 아깝겠습니꺼? 이리 든든한 사우들 주는데?”

맞장구를 친 신자는 옥희가 태어나던 무렵을 떠올렸다.

사람 좋기로 따라올 자가 없다는 남편을 만나 시집을 왔지만, 채소 한 포기 심을 기름진 땅 한 자락 없었다. 오직 있는 것이라 곤 성실한 사람과 사람 좋은 시어머니, 그리고 천하 쓸모없는 돌산이 전부였다. 어디 가서 장사할 밑천 한 푼도 없을 정도로 찢어지게 가난한 시댁이 얼마나 막막하던지.

정말 이를 악물고 살았다. 그런데 안 해본 일이 없을 정도로 고생을 해서인지 결혼을 하고 오 년이 지나도록 아이가 생기기 않아 한 마음 고생 또한 말을 못했다. 시어머니와 천지신명께 기도 드리고, 삼신 할매에게 천심으로 빌어 귀하게 태어난 자식. 그 아이가 바로 옥희였다. 작디작은 자식의 얼굴을 보는 순간, 그 얼마나 눈물이 나던지.

이놈이 또 복덩이라, 빚을 내어 일군 복숭아밭에도 복숭아가 주렁주렁 풍년이고, 어렵사리 시작한 축사의 소들도 토실토실, 하지만 그중 제일 히트는 따로 있었다. 옥희가 태어나자마자 쓸 모없던 돌산에 고속도로가 난다 하지 않았던가!

그야말로 옥희가 태어나자마자 눈덩이 불어나듯 불어나는 살림에 시어머니는 옥희를 땅에 내려놓지도 않고 안아 키우셨다.

그리 키운 딸이 저렇게 남자를 데리고 집으로 왔으니 경사가 날 수밖에. 그것도 그렇게 짝이 되길 원했던 억만의 아들 아닌가! 시집은 숙희가 가지만 사위 대접은 무영이 톡톡히 받았다.

"네, 맛있게 잘 먹겠습니다."

구수한 경상도 사투리를 항상 듣고 자랐기에 무영도 부모님께 느끼는 감정을 옥희 부모님께도 고스란히 느꼈기에 싫지 않았다.

전등 쪽으로 날아드는 밤벌레를 피하게 위해 마당에 지펴놓은 쑥불이 은은하게 타고 있었다.

숙희의 결혼식 당일 무영은 사진을 배우겠다는 마음을 먹고 사진학과에 입학한 뒤, 아버지의 냉정한 긴축 재정 속에 웨딩 촬영 아르바이트를 했던 실력을 마음껏 발휘했다.

"자, 여기 보고 웃으세요."

순박한 시골 사람들의 환한 웃음을 카메라에 담아내며 무영은 이곳으로 오기 잘했다는 생각을 수없이 하는 중이었다.

숙희의 부케를 받는다고 옥희가 공중회전을 하는 바람에 결혼식장이 한바탕 웃음의 도가니가 되는 진풍경도 놓치지 않았으니 잘 온 것 아닌가.

하지만 결혼식을 마친 숙희 내외가 신혼여행을 떠나기 위해 공항으로 떠난 뒤에도 무영은 '큰사우' 란 타이틀 아래 계속 관찰의 대상이 되어야 했다.

옥희네의 넓은 마당에 밤이 깊을수록 잔치가 무르익어 갔다. 무영을 대청마루 중간에 앉혀 놓고 신자가 외쳤다.

"저 훤하게 잘생긴 아가 우리 큰사우 될 총각이다. 우리 옥희가 늦되는 아인기라. 내 큰딸 옥희가 시집 못 간다고 누가 구박했드노!"

신자가 사 계절 철철이 남의 집 잔치에 다니며 맺힌 한을 푸는 순간이었다.

"우와, 환장하굿다."

그 모습을 보는 옥희는 죽을 지경이었다. 덩달아 이 사람, 저 사람 전부 동물원 원숭이 보듯 쳐다보는 통에 무영 또한 억지 미소를 짓느라 얼굴에 경련이 일 지경이었다.

"너도 그래? 나도 와사풍이 오려고 한다."

"그렇제? 진정 미안한 마음뿐이다."

주말, 쉬어야 할 사람 데려다 식장에서 지금껏 하루 종일 구경거리 만든 것에 대해 옥희는 죄책감을 느꼈다.

"옥희야, 우리 나가면 안 되냐?"

"그래, 잠깐만."

옥희는 엄마, 아버지의 눈을 피해 무영의 손을 잡았다. 안방에 곱게 숨겨두었던 노래방 기기가 가동되는 순간부터 마이크를 놓지 않는 아버지는 흥에 겨울 대로 겨우셨다. 마침 엄마도 주방에 음식을 가지러 가시자 그 순간, 옥희가 속삭였다.

"지금이다."

그 신호를 받아 무영이 부스스 일어나 대청마루를 내려갔다. 그 뒤를 따라 옥희가 후닥닥 밖으로 뛰쳐나갔다.

요란한 음악 소리를 피해 복숭아밭이 한눈에 내려다보이는 툇마루에 앉은 옥희가 한숨을 쉬었다.

"우와, 이제 좀 살 것 같다. 숙희 결혼식인데 내가 왜 이렇게 디노."

"그러게 말이다. 아주 죽을 것 같다."

무영이 지친 듯 뒷목을 어루만지며 동의했다. 잠시의 정적 속에 고향의 밤은 아름다웠다. 툇마루에 앉아 꽃향기 섞인 알싸한 밤공기에 취한 그들이 밤하늘을 올려보았다. 확실히 서울과는 너무 달랐다. 까만 밤하늘에 설탕을 흐드러지게 뿌린 듯 영롱한 별빛이 더할 수 없이 아름다웠다.

"오늘 정말 고마웠다."

진심을 담은 옥희의 감사에 무영이 곰곰이 생각에 잠겼다.

"정말 고마워?"

“응, 내가 또 감사해야 할 건 확실하게 감사를 하는 편이다.”

그의 물음에 옥희가 진지하게 대답하자, 무영의 얼굴에 장난기가 어렸다.

“그럼 보답을 해야 하는 건 알지?”

“보답?”

“응, 보답. 말로만 하는 감사는 누가 못하냐?”

“그래, 내가 할 수 있는 거면 보답하께. 뭔데?”

“정말이냐?”

그의 재차 묻는 물음에 옥희가 가슴을 치며 호언장담했다.

“당근, 이옥희는 거짓말 안 한다. 내 목숨으로 보답하란 것 말고 다 들어줄 수 있단 말이다.”

“흠, 그럼 말이야.”

옥희의 장담을 들은 무영의 어조가 은근해졌다.

“앞으로 날 오빠라고 불러.”

대체 뭔데 그렇게 뜸을 들이는지 호기심을 가지던 옥희는 그만 ‘오빠’라는 말에 놀랐다.

“컥!”

“야, 숨 쉬어, 숨 쉬어.”

압구정에 근사한 스튜디오 하나 차려달란 것도 아닌데, 뭘 그렇게 놀래? 기함을 하는 옥희의 등을 두드리며 무영이 즐거워했다.

“내가 오빠니까 당연히 오빠라고 불러야지. 그리고 넌 내 동생한테도 오빠라고 잘 부르잖아."

"그, 그건……."

젠장, 장담을 했으니 안 한단 말은 못하겠고, 그렇다고 닭살스럽게 오빠란 말은 죽어도 하기 싫었다.

"야, 나 오늘 죽을 뻔했다. 이 사람, 저 사람 전부 내 팔 꼬집어보지, 내 가슴 단단한지 만져보지, 내 생전에 이런 경험은 처음이었어. 그리고 너 나 이번 주에 강원도 가려던 것 알잖아? 그것도 안 가고 여기 왔는데 오빠라고 부르는 게 그렇게 싫어?"

또 젠장. 하여튼 대학 교수 아니랄까 봐 조목조목 잘도 따진다.

"오, 오빠."

결국 할 수 없어 다 죽어가는 목소리로 말했다.

"야, 안 들려. 뭐라고?"

귀를 쫑긋 세운 무영에게 옥희가 바락 소리를 질렀다.

"오빠야! 됐나?"

"아이고, 귀야. 그래 뭐 됐다."

평생을 가도 건방진 호박에게 '오빠' 소리 따윈 못 들을 줄 알았건만, 무영의 얼굴에 함박꽃이 피었다. 그렇게 또 정적이 찾아들었다. 툇마루의 어둠을 밝히는 백열전등으로 모여드는 밤벌레를 보며 옥희가 무영을 쳐다봤다. 물을까 말까 심각하게 갈등하던 옥희가 주저하며 말문을 텄다.

"저기, 있잖아."

"응, 뭐냐?"

백열전등을 희롱하는 밤벌레를 보며 무영이 묻자, 옥희가 그에게 고개를 디밀었다.

"내가 만약에 폭풍 치는 바다에 빠지면 구해줄 거가?"

그러자 천부당만부당하단 듯 무영이 손을 내저으며 물러나앉았다.

"야, 나 수영 못해. 맥주병이야."

"아유, 됐다, 됐다."

왜 그녀 곁에 남자들은 다 수영을 못할까? 울컥 짜증이 밀려드는 옥희가 고개를 휙 돌리자 무영이 밤하늘을 올려다보았다.

"뭐, 그래도. 야, 내가 맥주병이라서 바다에 잘 가라앉으니까, 네 디딤돌은 되어줄 수 있겠다."

잉?

"뭐라?"

옥희가 묻자 밤하늘에서 그녀에게로 시선을 돌린 무영이 씩 웃었다.

"널 바다에서 끌어내 줄 수는 없지만 네가 물에 빠지지 않고 좀 더 오래 수면 위에 있을 수 있게 네 발의 디딤돌이 되어줄 수는 있다고."

무영의 얼굴에 항상 어려 있던 장난기는 눈 씻고 봐도 찾을 수가 없었다. 진지했고, 커다란 검은 눈에 자신이 하는 말이 진실이라고 쓰여 있었다.

이야…… 감동의 도가니탕이다.

반짝반짝 빛이 나는 남자를 보며 어떻게 그녀는 저 남자가 싸가지 빼고 다 있는 남자라 생각했던가? 무영은 모든 것이 완벽한 남자다.

"팬더야!"

감동에 겨운 옥희는 무영의 얼굴을 잡고 재빨리 키스했다. 갑작스런 키스에 무영이 놀라서 옥희를 보자 그녀가 당당히 선언했다.

"우리도 결혼하자!"

"너…… 너."

너무 놀란 무영이 말을 더듬었다.

"내 모든 걸 사랑할라믄 내 기습 키스도 사랑해야 한다. 왜 갑자기 당해서 억울하나?"

"응, 억울해."

"이봐라……."

"한 번밖에 안 해서 억울해. 이리 와!"

무영이 옥희의 얼굴을 확 끌어다 입술을 겹치며 소곤거렸다.

"사랑한다."

그의 고백에 얼굴이 확 붉어졌다.

"맞나? 있잖아, 나도 사랑한다."

옥희가 수줍게 말하자 무영이 웃으며 진하게 입술을 부딪쳤다.

그런데 무영과 옥희가 엎치락뒤치락 입술을 얽힐 찰나, 과격한 행위를 이기지 못하고 툇마루에서 굴러떨어져 버렸다. 기사도 정신의 발휘로 옥희를 품에 안고 굴러 떨어진 무영이 비명을 질렀다.

"아악!"

"아이고, 허리 나가면 안 되는데!"

옥희와 무영이 비명을 지르며 난리를 치는 동안, 달무리는 더욱 깊어졌다.

"개안나?"

"안 괜찮아! 나 허리 못 쓰면 어떡해!"

"진짜 큰일났다. 119, 119 부르자."

유쾌했고, 행복한 달무리 속에 옥희와 무영의 토닥거림이 어우러졌다.

날이 밝자, 전날 새끼손가락 걸고 결혼을 약속한 무영과 옥희가 집을 나섰다.

"잘 가그라. 운전 조심하고."

"네, 아부지. 엄마 건강히 잘 계세요."

"또 오겠습니다."

신자는 고개를 꾸벅 숙여 인사하는 무영의 손을 꼬옥 잡았다.

"그래, 잘 가고 우리 옥희 잘 부탁한데이. 아가 어설프긴 한데 그래도 속은 진국인기라. 무영이 니도 잘 알제?"

"엄마!"

'어설프다' 란 말에 옥희가 발끈했지만 누구도 돌아보지 않았다. 무영은 사람 좋게 웃으며 신자의 손을 마주잡았다.

"네, 압니다."

"그래, 가그라. 천천히 운전해서 가라."

"엄마, 아부지 갑니다."

차가 출발하자, 옥희는 아버지 엄마가 사라질 때까지 뒤를 돌아보며 손을 흔들었다.

"너 우냐?"

천천히 마을길을 달려나오며 무영이 물었다. 그러자 옥희는 눈물이 글썽글썽해서도 강하게 부정을 했다.

"안 운다!"

"그래, 알았다."

눈물을 흘려도 슬퍼서 우는 게 아니란 것을 잘 알기에 무영은 옥희가 마음을 추스릴 수 있게 내버려 뒀다.

왔던 길을 되짚어 서울로 가는 것은 어렵지 않았다. 막 고속도로로 진입하려던 순간, 무영이 문득 뇌리를 스친 생각에 물었다.

"그런데 옥희야. 너 우리 선본 다방 가본 적 있냐?"

옥희가 고개를 저었다.

"뭐, 평화다방? 거기를 제정신이면 가겠나? 그 맛없는 오렌지주스하며 매너없는 주인, 생각만 해도 진저리 쳐진다.”

“너나 나나, 선만 아니었으면 그런 팔십 년대 다방은 못 가봤을 거야, 그렇지?”

“그렇지, 널린 게 카페니까.”

“우리 거기 한번 가볼까?”

무영이 제안을 하자, 옥희도 솔깃해졌다. 사실 지난 이 년 동안 가끔씩 그 볼품없는 모양새의 다방이 궁금했었지만, 너무 먼 길이라 엄두가 나지 않았었다.

“가보자.”

옥희의 대답을 들은 무영은 핸들을 꺾었다.

번잡한 대구 도로를 지나 그들이 처음 만났던 곳으로 갔다. 여전히 차도 많았고 사람도 많은 그곳에 도착해 주차장에 차를 세운 그들이 천천히 기억을 더듬어 평화다방이 있던 곳으로 걸어갔다. 그리고 약속이나 한 듯 멈춰 서 이층을 올려다보던 그들의 입에서 예상치 못했던 탄식이 터져 나왔다.

“어? 뭐고? 없어졌네?”

“그러게?”

무척 낡았었지만 평화다방이 없어졌을 거란 생각은 추호도 하지 않았었다. 그런데 평화다방이 있던 건물은 이미 재건축 중이었다.

“에이, 괜히 왔네.”

옥희가 실망한 듯 중얼거렸다.

“그러게 말이다. 괜히 왔어.”

이 년 전의 그 황당했던 기억을 마주하길 바랐던 두 사람의 실망은 컸다. 한참 동안 발걸음을 옮기지 못한 채 평화다방이 있던 자리를 올려보았다.

“그래도 뭐…… 그날 만난 네가 있으니까.”

서운한 듯 바라보던 무영이 중얼거렸다. 장소는 사라졌지만 사람이 남아 있었다. 그의 말을 들은 옥희가 무영의 팔짱을 꼈다.

“맞네. 우리는 그대로 있다.”

그들에게 저 곳은 이제 추억의 평화다방이 되었다. 하지만 곁에 있는 사람은 현실이었고, 서로의 미래였다.

추억의 평화다방, 고맙다. 이런 인연을 만들어줘서.

같은 생각을 했던지, 팔짱을 낀 옥희와 무영이 문득 서로를 마주 보고 웃었다.

“그만 가자. 지금 가도 서울 도착하면 꽤 늦을 거야.”

무영이 차로 가려 하자 옥희가 그를 잡아당겼다.

“어, 잠깐만. 저기 롯데리아 있다. 우리 햄버거 하나씩 묵자.”

“아침밥 먹고 왔잖아.”

“그건 아침이고. 간식을 묵어줘야 안 쓰러지지.”

마침 그도 목이 마르던 참이었기에 마땅히 거절할 이유가 없었다.

“그래, 가자.”

그들은 롯데리아로 들어갔다.

한편, 서울.

옥희와 무영이 사랑 확인을 한 걸 전혀 짐작조차 못한 억만은 자신의 휴대폰을 노려보며 앉아 있었다.

지난 주말 내내 억만이 한 일이라곤 거실 소파에 앉아 팔짱을 끼고 탁자 위에 놓인 휴대폰을 노려보고 있었다. 주말 초에는 더할 나위 없이 기분 좋은 억만이었으나, 월요일이 되자 우영과 수영은 억만을 슬금슬금 피해 다녀야 했다. 억만에게서 퍼지는 검은 오로라만큼 곁에 앉은 민자의 얼굴도 편치 않았다.

그때 휴대폰이 파란 불빛을 번쩍거리며 알림 소리를 냈다.

—메시지가 **도착했습니다.**

"아이고, 왔다!"

반색을 한 억만이 메시지를 확인했다. 하지만 메시지 내용을 확인하는 억만의 얼굴이 다시 팍 찌푸려졌다.

"뭐꼬? 롯데리아 이만 원? 이놈아들이······."

그는 탄식에 가까운 짜증을 냈다.

"아이고, 내가 카드를 이래 쓰라고 줏나? 나이도 묵을 만큼 묵은 것들이 와 이래 눈치가 없을꼬?"

"그러게요."

억만의 외침에 덩달아 기대를 했던 민자 역시 실망을 하고 소파 등받이에 기대 버렸다.

"참말로 내 자슥이지만 아가 배짱이 없구만. 집에서 다 허락
했는데, 둘이 여행 가가 호텔도 가고 그래야제. 이 자슥이 서울
에서 거까지 뭐 사먹으러 갔드나? 카드 긁는 거는 어찌 다 먹는
것뿐이고. 내가 지를 굶가가 키운 것도 아니고! 아이고, 속 터진
데이."

지갑에서 카드를 꺼내줄 때의 기분은 벌써 사라졌다.

어떻게든 이놈들을 빨리 결혼시켜 손주 볼 날만 고대하는 억
만 커플은, 아들이 쓰는 카드 내역을 휴대폰으로 전송 받으며
더할 나위 없이 우울해졌다.

다시금 들리는 알림 소리 역시 휴게소에서 산 음식의 금액이
었다. 그것을 보며 억만이 소리쳤다.

"호텔로 가그라, 호텔로!"

시골 툇마루 백열등 아래서 새끼손가락 걸고 약속한 대로 그들이 결혼이란 것을 했다. 그리고 때는 완연한 가을 10월. 옥희와 무영이 결혼을 한 지 벌써 두 달이 흘렀다.

순수 국산 참기름 표 닭살이 온 집 안을 휩쓰는 가운데, 어느 날 밤. 평소와는 다르게 옥희가 쌍심지를 키고 무영을 노려보았다.

결혼한 지 이제 겨우 두 달인데, 이 새파란 새색시를 두고 무영이 일본으로 간단다. 그것도 한 달이나! 이제 여름도 지나 긴긴 가을 밤 그녀 혼자 뭘 하라고!

"야, 그래도 어쩔 수 없어. 개인적으로 참여하는 게 아니라 사진과 교수 중에서 뽑혀서 가는 거란 말이야."

무영이 진땀을 흘리며 설명을 해도 옥희의 마음이 쉽게 돌아서지 않았다.

"몰라."

사실 무영은 교수 중 뽑혀서 가는 국제 학술 대회라 하나, 지원자 우선 선발이었기에 찔리는 구석이 많았다. 일본 학술 대회에 참석하고 싶은 욕심이 컸지만 눈에 넣어도 아프지 않을 옥희를 두고 가는 그의 마음도 찢어졌다.

어떻게든 달래놓고 가야 할 텐데…….

고심하던 무영의 얼굴이 순간 밝아졌다.

"옥희야아."

아내의 이름을 부르는 무영의 목소리가 매우 은근해졌다.

"우리 색시, 스트립쇼 좋아하지? 자자, 채무영 표 스트립 시간이 돌아왔습니다."

그는 짐짓 과장된 제스처로 침대에 앉은 옥희를 향해 인사했다.

"자, 스트립쇼의 기본인 윗옷 벗기."

여전히 새침하게 노려보는 옥희를 향해 죽여주게 섹시한 웃음을 날리며 셔츠의 단추를 풀기 시작했다.

옥희는 해맑게 웃으며 셔츠의 단추를 푸는 무영에게서 시선을 떼지 못했다. 사실 무영에게 그녀의 마음이 대단히 언짢다는 것을 보여줘야 했다. 그러나 열려진 셔츠 사이로 보이는 탄

탄한 가슴을 보라. 아무리 눈을 흘기려 해도 뜻대로 되지 않았
다.

은근슬쩍 셔츠의 단추를 다 푼 그가 화려한 동작으로 셔츠를
벗어버린 뒤 그녀에게 물었다.

"또 뭐 벗을까?"

옥희는 무영의 질문에 침을 꿀꺽 삼켰다. 그녀는 떨림까지 목
구멍으로 삼켜지길 원하며 새침하게 말했다.

"뭐…… 뭐 바지나 벗어보든지."

"오케이, 바지 접수."

무영이 환하게 웃으며 벨트를 풀기 시작했다. 벨트가 풀리고
바지 버튼이 열리는 소리가 천둥 소리보다 요란했다. 옥희의 심
장이 입 밖으로 튀어나올 것만 같았다.

미쳤다, 미쳤어. 두 달 동안 그렇게 자주 본 몸매인데 볼 때마
다 이렇게 '급(急)' 흥분 모드가 되는 이유는 뭔지.

옥희가 머리 아프게 고민을 하는 사이, 팬티만 걸친 무영이
화려한 나신을 뽐내며 섰다. 그리고 마치 아이처럼 그녀의 감상
평을 원했다.

"어때?"

참 좋구만. 옥희는 더 이상 화내는 시늉을 유지할 수 없었
다.

"자기야, 일본 가서 일본 여자랑 바람나면 안 돼. 그럼 죽는
다."

"당근이지. 내가 이렇게 예쁜 애호박 두고 왜 바람이 나? 천 벌 받아."

옥희의 화가 스르륵 풀리자 무영이 반색을 하며 달려들었다.

"우리 색시야."

무영이 그녀를 안고 침대 한 바퀴를 구르자, 옥희가 수줍게 말했다.

"아이…… 오빠아."

순간 무영의 욕망이 솟구쳤다. 이상하게 옥희가 '오빠'라고만 부르면 무영은 명상 모드에서도 '급(急)' 흥분 모드로 변했다. 이렇게 촉촉하게 '오빠'라 속삭이는데 흥분을 안 한다는 게 사실 더 이상한 노릇이다.

"우리 옥희 예쁜 가슴."

무영이 서둘러 옥희의 잠옷을 벗겨 버리고 앙증맞게 솟은 가슴에 입을 맞췄다.

"움, 어쩌면 옥희 보고 싶어서 죽을지도 몰라."

그는 아예 옥희의 뽀얀 가슴에 얼굴을 묻고 웅얼거렸다.

"아…… 죽으면 안 된다. 내랑 아기 낳고 살아야지."

"응, 그런 의미에서 오늘 밤을 불사르자."

무영은 옥희의 가슴을 문 채로 몸을 뒤집어 그녀를 위로 올라오게 했다. 지난 두 달 동안 무영의 가슴 위로 올라온 적이 없었던 옥희의 눈이 휘둥그레졌다.

눈앞에 펼쳐진 탄탄한 가슴이 그렇게 먹음직스러울 수가 없다. 옥희는 무영이 했던 것처럼 작은 젖꼭지를 답삭 물었다.

"아……."

그러자 정체를 알 수 없는 신음이 터졌다. 한참 동안 그의 가슴에 얼굴을 묻었던 옥희가 점점 아래로 내려갔다.

"아…… 옥희야."

무영은 잔뜩 흥분한 남성 바로 위까지 옥희의 입김이 스치자 죽을 것만 같았다. 그의 탁한 음성에 부끄러운 듯 물러나던 그녀가 남성을 슬쩍 스치자 무영이 그만 튕기듯 자리에 주저앉고 말았다. 그리고 품에 안긴 옥희의 얼굴을 끌어당겨 죽을 듯 키스하기 시작했다.

갑작스런 키스에 물러나던 옥희가 곧 그의 혀를 감아왔다. 온통 부드러워 빠지면 헤어나올 수 없게, 부드럽게…….

옥희가 조금 더 즐기게 하고 싶었으나 더 참았다가는 죽을 것 같았다. 무영은 여전히 입술을 포갠 채, 옥희의 엉덩이를 꼭 잡아 잔뜩 흥분한 남성을 느끼게 했다.

"아……."

그 짜릿한 감각에 옥희가 그의 입술에 대고 신음하자, 무영이 속삭였다.

"자, 이게 스트립쇼 제일의 하이라이트."

무영은 좁은 여성을 통과해 들어갔다. 그러자 옥희가 배시시

웃으며 천천히 몸을 내렸다.

"아…… 옥희야…… 너무 좋다."

"응응."

옥희는 그의 목에 죽을 듯 달라붙었다. 머리끝까지 치고 올라오는 것 같은 감각에 무영에게서 떨어지면 모든 것이 끝날 것 같았다. 거칠고 탄력있게 허리를 움직이며 옥희를 몰아붙이던 무영이 헐떡이며 말했다.

"오, 옥희야. 저번 인삼이 약발 제대로 받나 봐."

그는 옥희의 몸 안에서 마음껏 움직이며 신음했다.

"그, 그러게. 아흑…… 내, 내가 또 인삼 사주게."

"그래."

서로의 움직임이 빨라지자 숨이 턱에 차도록 가빠졌다.

"아, 옥희야."

"아, 아흑!"

순간 눈앞이 하얘졌다. 그가 마지막 절정을 장식하기 위해 짧게 움직이는 것이 미치도록 좋았다.

새벽 다섯 시 이십 분.

빰빠빰빰빠, 빰빠빠빠.

기상시간이에요, 얼른 일어나세요!

띠디디디, 띠디디디.

딩동댕동.

침대 머리맡에 놓인 알람시계 두 개와 휴대폰 두 개가 동시에 기상 시간을 알렸다. 옥희의 허리를 안고 누운 무영은 그 소리에도 꼼짝하지 않았다. 왜냐? 머리맡의 알람 4종 세트는 그녀를 위한 것이었으니 말이다.

"아우……."

비몽사몽 눈을 뜬 옥희는 차례대로 알람을 끄며 절망했다.

옥희는 양가의 부모님이 간절히 원했던 것처럼 채 씨 가문의 맏며느리가 된 터라 뭐 하나 불만스러운 게 없었으나, 단 하나. 그녀를 괴롭히는 것이 있었다.

그것은 바로 채 씨네 세 아들들을 괴롭혔던 아침식사였다. 그동안 억만의 집에 살며 여섯 시 삼십 분 기상에서 제외되어 그 고통을 몰랐으나 맏며느리가 된 지금은 달랐다. 오히려 지금 그녀는 무영 형제들보다 더 일찍 일어나야 했다. 시어머니 민자를 도와 식사 준비를 해야 했기 때문이다.

꿈처럼, 꿀처럼 달콤한 새벽잠에서 깨어 아침 식사를 준비하는 것은 지뢰밭을 지나가는 것과 흡사했다. 눈도 못 뜨고 깜빡거리다 설탕 대신 소금을 넣는 것 같은 소소한 실수가 비일비재였다.

시어머니가 그녀에게 식사 준비를 도우라 강요하는 것은 절대 아니었다. 민자의 입장에서 보면, 옥희가 돕는 것보다 망치는 것이 더 많았기에 혼자서 할 때보다 일이 더욱 많아졌다. 하지만 한 집안의 며느리 된 입장에서 어디 시어머니가 차려주는 밥상을 받느냐 말이다. 그야말로 옥희는 아침마다 잠에서 깨어나는 전쟁을 치러야 했다.

하지만 오늘은 진정 힘들었다.

어젯밤, '내 애(愛)호박, 보고 싶으면 어떡하지?'를 연발하는 무영과 밤새 불타는 에로 영화를 찍은 옥희는 그대로 침대가 푹 꺼져 땅으로 기어 들어가고만 싶었다. 게다가 어젯밤으로도 모자랐는지 자꾸만 몸을 비벼대며 엉덩이를 안은 손에 힘을 주는 무영으로 인해 더욱 힘이 들었다.

"자고 싶다, 자고 싶다."

옥희가 무영의 맨이깨에 얼굴을 부비며 중얼기렸다.

"색시야, 자자⋯⋯."

그녀의 중얼거림에 무영이 더욱 꼭 끌어안으며 웅얼거렸다. 커다란 손이 그녀의 등을 덮으며 토닥거리는 것이 마치 최면 같았다.

"안 된다. 일어나야 한다."

옥희는 그 악마의 속삭임 같은 유혹을 떨쳐내고 자리에서 일어났다.

"흐응, 옥희야."

잠결에 온기를 잃은 무영이 아이처럼 투덜거렸다. 그런 남편을 보며 옥희가 이마를 덮은 머리카락을 쓸어올려 주며 입을 맞췄다.

"늦게 일나가 혼나지 말고 여섯 시 삼십 분 맞춰서 내려와야 해.”

오늘은 아침식사보다 아침 아홉 시 비행기를 타야 했기에 늦을 수도 없었다. 하지만 옥희의 말을 듣는지 마는지, 무영의 눈은 굳게 감겨 있었다.

다섯 시 오십 분.

고양이 세수로 겨우 눈곱만 떼어낸 옥희는 벌써 나와 아침 준비를 하고 있을 시어머니를 상상하고 죄송한 마음에 주방으로 들어갔다.

그런데 웬걸? 평소와는 다르게 주방이 텅텅 비어 있었다. 지금쯤 밥솥에 뽀얀 김이 솟아올라야 했고, 레인지 위에선 구수한 된장찌개가 끓고 있어야 정상인데 말이다. 잠이 퍼뜩 깬 옥희가 주위를 둘러보았다.

“어디 가신다는 말씀도 없었는데?”

다용도실까지 기웃거리던 옥희는 식탁 위에 놓인 메모를 발견했다.

〈아가야, 우리 오늘 아침 못 묵는다. 새벽에 귀한 생선이 온다 캐가 지금 나간다. 너거 시동생들 신경 쓰지 말고 푹 자그라.〉

“오오!”

옥희는 민자의 메모를 본 순간 금광을 발견한 기분이었다. 간밤에 그런 말씀은 없었는데, 갑자기 귀한 생선이 들어오나

보다. 그녀는 덩실덩실 어깨춤을 추고만 싶었다. 게다가 우영
과 수영의 식사도 신경을 쓰지 말라는 당부까지. 옥희는 항상
아들보다 자신을 더 예뻐해 주시는 억만과 민자에게 절로 감사
가 밀려들었다. 안도가 밀려들자, 덩달아 눈꺼풀도 내려앉았
다.

"아, 잠 온다, 잠 와."

옥희는 좀비처럼 비틀거리며 방으로 올라갔다. 그리고 죽은
듯 누운 무영의 곁에 털썩 쓰러지듯 누웠다.

"흐흠……."

침내가 털썩거리는 것에도 무영은 눈을 뜨지 않았다. 대신 곁
에서 느껴지는 온기를 찾아 그녀를 꼭 안을 뿐. 그리고 습관처
럼 옥희의 목덜미에 얼굴을 묻고 그 연약한 살을 마치 아기처럼
빨았다.

"흐흥, 옥희야."

조물락, 조물락. 옥희의 가슴을 조물거리며 그가 자꾸만 몸을
치댄다.

"그래, 우리 아가. 우리 딱 한 시간만 더 자자."

다시 알람 4종 세트를 차례대로 맞춘 옥희는 무영의 등을 토
닥거리며 눈을 감았다.

여섯 시 삼십 분.

아침식사를 하는 우영과 수영이 입은 더 튀어나올 수 없을 정

도로 뛰어나왔다. 어제저녁 먹고 남은 찬밥과 어제저녁 먹었던 찬 국도 모자라 부모님이 노려보는 통에 밥이 어디로 넘어가는지 알 수가 없었다.

"밥 조용히 묵고 방으로 드가라. 알긋나?"

아버진 달그락거리는 수저 소리에도 노려보았다.

"우리 며늘아가 피곤해가 도저히 안 되긋다. 그렇제, 민자야?"

"하모예, 말씀이라고 합니꺼? 귀한 집 딸내미 델꼬 와가 새벽밥 지으라고 부리묵으면 안 되지예. 우야든동 딸처럼 예뻐하고 위해주야지예."

며느리 사랑이 시아버지인 건 잘 알겠는데, 왜 그들 집에는 시어머니마저 이렇게 며느리를 예뻐한단 말인가!

우영과 수영의 수저 든 손이 부들부들 떨렸다. 그런 아들들을 보며 억만이 의미심장하게 물었다.

"와? 너거 불만있드나? 있으마 말해보그라."

그러자 뜨끔해진 우영이 어색한 미소를 띠며 빠르게 말했다.

"하하, 불만은요. 아버진 무슨 말씀을 그렇게 하세요."

"네에, 불만없습니다."

수영마저 고개를 절레절레 흔들었다.

"그라나? 그라마 얼른 밥 묵어라."

지난 삶을 돌이켜 보건대 아버지에 대한 반항은 무의미했다.

약은 여우 백 마리보다 더 교활하신 대장의 속을 절대 다 알 수
없으리라. 그렇게 신혼부부를 제외한 식구들의 여섯 시 삼십 분
아침 식사가 고요 속에 진행이 됐다.

저도 옥희처럼 꽃피는 이십대 중반, 난생처음 선이란 것을 보았습니다. 상대는 아버지 친구 분의 일곱 아들 중 셋째 아들이었습니다. 벚꽃이 이미 다 진 늦은 봄, 저는 엄마 손만 잡고 선 장소에 갔고, 그 셋째 아들은 아버지 어머니 손 다 잡고 선 장소에 왔더랬죠.

눈치 채셨습니까, 옥희와 무영의 선이 바로 저와 셋째 아들과의 선이라는 것을?

에어컨 대신 천장에 위태하게 매달린 커다란 선풍기가 돌아가는 좁디좁은 다방 한가운데 테이블에 앉아 냉차 맛 오렌지주스를 마신 뒤, 달성공원으로 자리를 옮겼습니다. 공허한 마음에 달성공원 입구 앞에 서노라니, 제 어머니가 말씀하십니다.

"너거는 오른쪽으로 돌아라. 엄마랑 아저씨, 아줌마는 왼쪽으로 돌그다. 밥 무야 되니까 중간에서 만나자."

선이라고는 그때가 유일하지만, 친구들과 모여서 선 경험담을 털어놓을 때면 항상 제가 우위를 차지합니다. 평화다방 이야기만 나오면 다들 쓰러지거든요. ㅎㅎㅎ

제가 살고 있는 곳은 경북의 작은 소도시입니다. 닭 울음소리보다 경운기 시동 소리에 새벽잠이 깨는 시골마을. 농한기와 농번기의 구분이 뚜렷하고, 나물을 캐고, 소죽을 쑤는 풍경이 일상인 고장입니다.

옥희의 등록금을 대느라 영순 에미가 달을 보며 울었다…… 란 대목이 나오는데, 그것은 제 친구의 실제 이야기입니다. 대학 입학금과 등록금으로 소 두 마리를 팔아야 했으니, 일 년에 두 번씩 내는 등록금이 모두 여덟 번. 그동안 팔려간 소는 대충 짐작이 되시죠?

『추억의 평화다방』을 쓰는 동안, 무척 즐거웠습니다.

물론 허구도 포함이 되지만, 지난 시절의 추억을 더듬어 한 챕터, 한 챕터 메워지는 것이 행복했습니다.

그런데 연재시 평화다방을 읽으신 분들이 제일 궁금해하셨던 것이 바로 1980년대도 아닌 2000년대, 어떻게 그런 선을 볼 수 있냐는 것이었습니다. 경험담이라 말씀드리면 더욱 그 궁금증은 커졌습니다.

음…… 굳이 엄마 손 잡고 그런 선을 본 이유를 말하라면, 그건 아버지 때문이었습니다. 선을 보기 다섯 달 전, 간암으로 딱 석 달 앓으시고 돌아가신 아버지가 보길 원하셨던 선이었거든요.

절친한 친구의 셋째 아들을 탐내서서, 아프신 중에도 간간이 말씀하셨는데, 평화다방이면 어떻습니까? 확 나가서 선봤죠. 불행히도 옥희와 무영처럼 인연은 되지 못했으나, 살면서 가끔 생각이 날 것 같습니다. 벚꽃이

이미 진 달성 공원 벤치에 앉아 신상명세서를 읊던 기억이 말이죠.

    선을 봤던 것이 봄이었기에, 이 글도 봄에 시작을 했건만, 저의 게으름으로 겨울에 찾아뵙습니다. 『추억의 평화다방』이 앞으로 다가올 파릇한 봄의 정취를 미리 전해 드릴 수 있다면 참 좋겠습니다.
    항상 편안하시고 행복하세요.
    ps. 그때 저 만나셨던 분, 결혼하셨나요? ^^;

—2006년 겨울, 정경하 드림.

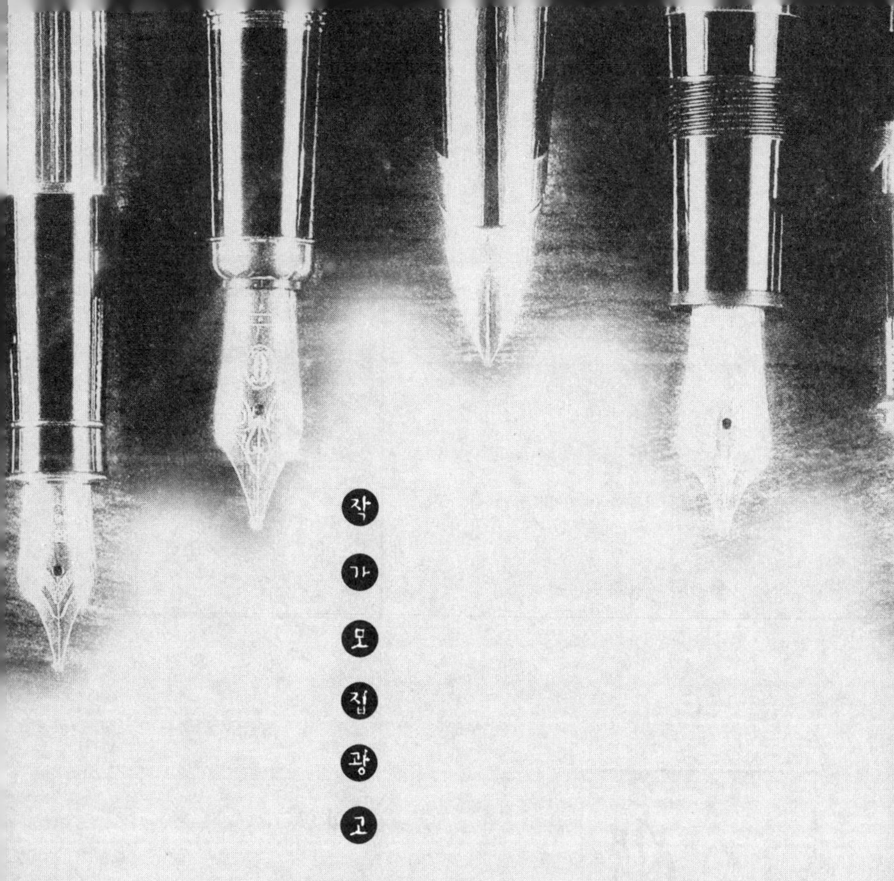
작
가
모
집
광
고